आओ,
Magic Tricks
सीखें

आओ,
Magic Tricks
सीखें

नकुल शेनॉय

प्रभात
पेपरबैक्स
www.prabhatbooks.com

प्रकाशक

प्रभात पेपरबैक्स

4/19 आसफ अली रोड, नई दिल्ली–110002

फोन : 23289777 • हेल्पलाइन नं. : 7827007777

इ–मेल : prabhatbooks@gmail.com ❖ वेब ठिकाना : www.prabhatbooks.com

संस्करण

प्रथम, 2020

अनुवाद

राहुल त्रिपाठी

मूल्य

तीन सौ रुपए

अ.मा.पु.स. 978-93-5322-937-5

मुद्रक

आर–टेक ऑफसेट प्रिंटर्स, दिल्ली

★

AAO, MAGIC TRICKS SEEKHEN
by Shri Nakul Shenoy
(Hindi translation of 'SMART COURSE IN MAGIC')

Published by **PRABHAT PAPERBACKS**
4/19 Asaf Ali Road, New Delhi-110002
by arrangement with HarperCollins Publishers India

ISBN 978-93-5322-937-5

₹300.00

अज्जा, के.जी. कामथ को, जिन्होंने मुझमें भरोसा जगाया और मुझमें कुछ कर सकने का माद्‌दा पैदा किया, मैं बहुत याद करता हूँ।

इनेश और ईशान को, जिन्होंने जादू को अपने अनोखे अंदाज में बनाए रखा और मुझे सिखाया कि जादू वास्तव में हमारे देखने के अंदाज में है जादू हमारे दिमाग में है।

इरेश को, जो कि काफी छोटा होने के बावजूद आईपैड पर बाबा की लिखी बातों का विशेष ध्यान रखता।
उसे मुझसे यही अपेक्षा थी कि मैं उसके साथ खेलूँ और वह अपनी जादुई मुसकान से ऐसा करा भी लेता।

प्रस्तावना

पीटर लैमॉण्ट

मैं नकुल से पहली बार तब मिला, जब वह उडुपी में एक छात्र थे। वह अत्यधिक उज्ज्वल भविष्यवाले नौजवान होने के साथ-साथ एक विद्वान् और जादूगर भी हैं। वह हर तरह से बुद्धिमान हैं और यह भी कि वह केवल मेधावी ही नहीं हैं, बल्कि उनमें ज्ञान के लिए भूख है, जो उनके सवालों से इंगित होता है।

मैं एक बार जादूगर प्रोफेसर शंकर की ओर से आयोजित बेहतरीन 'गिली गिली सम्मेलन' को संबोधित कर रहा था और उसी दौरान नकुल ने मेरे काम को लेकर मेरा साक्षात्कार (इंटरव्यू) किया। अगर मुझे पता होता कि वह साक्षात्कार यहाँ छपेगा, तो मैंने उसे और दिलचस्प बनाने का प्रयास किया होता। लेकिन यह तो हमारे बीच हुई बातचीत का ही अगला समृद्धिकरण लग रहा है, जिसमें वह जिज्ञासु की भाँति हमेशा प्रश्न पूछा करते हैं।

तब से नकुल ने भारत और अन्य स्थानों पर इस दिशा में काफी सम्मान अर्जित किया है। वह जादू और दिमाग की गोपनीय दुनिया के बेहतरीन सोचवाले लोगों में जाने जाते हैं और यूरोप तथा अमरीका के खास लोगों से विचारों का आदान-प्रदान करते रहते हैं। हमारे दरम्यान हुई बातचीत में भी चाहे वह ऑनलाइन हो या आमने-सामने, चाहे भारत में या स्कॉटलैंड में, हमने तमाम विषयों पर चर्चा की। कई वर्षों से नकुल में ज्ञान की न खत्म होनेवाली जबरदस्त भूख बरकरार है। वह सवाल पूछना जारी रखते हैं। लेकिन उनसे भी सवाल पूछे जाते हैं, जिनका जवाब देना उन्हें अच्छा लगता है।

भारतीय जादूगरों से भरे कमरे में जब मैं यह महसूस करता हूँ कि उन्हें समझा पाना थोड़ा कठिन होगा, तब मैं नकुल से ही सलाह लेता हूँ। जब एक अमरीकी वृत्तचित्र फिल्मकार को भारत में किसी विश्वसनीय जादूगर की तलाश थी, तब मैंने

नकुल की चर्चा उनसे की। जब मैं किन्हीं संभावित शोध विषयों के बारे में जिज्ञासु होता हूँ और कुछ जानना चाहता हूँ (जो कि मेरे भारत-भ्रमण का खूबसूरत बहाना होता है) तो मैं नकुल को याद करता हूँ। और अगर मुझे जादू से परिचित कराती कोई पुस्तक चाहिए, तब भी मुझे कुछ पूछने की जरूरत नहीं, क्योंकि वह उसके पास पहले से ही मौजूद रहती है।

जादू के बारे में सटीक परिचय ढूँढ़ पाना कठिन है और मैं ईमानदारी से कहता हूँ कि मैं यह नहीं जानता कि इस पुस्तक से बेहतर जानकारी कहीं और मिल सकती है। इसे ध्यान से पढ़िए, इसमें सीखने लायक बहुत कुछ है और जल्दी ही आप खुद से सवाल पूछने लग जाएँगे। जब आप ऐसा करने लगें, याद रखें कि यह पुस्तक कितनी भी बेहतर क्यों न हो, आपके सभी सवालों के जवाब नहीं दे पाएगी। जादू वह चीज है, जो प्रदर्शन चाहती है और कुछ उत्तर अनुभव के दौरान ही मिलते हैं।

डॉ. पीटर लैमॉण्ट एक लेखक, जादूगर,
इतिहासकार और एडिनबरा यूनिवर्सिटी, यू.के. में वरिष्ठ प्रवक्ता हैं।

परिचय

माइकल वेबल

आप जादूगर नहीं हैं।

इस पुस्तक से एक या दो तरीके आप भले सीख जाएँ, लेकिन नकुल की पूरी कोशिश के बावजूद आप जादूगर नहीं कहलाएँगे, बल्कि आप एक ऐसे व्यक्ति के रूप में जाने जा सकते हैं, जो यह जानता है कि कैसे उन तरीकों का प्रयोग किया जा सकता है। जादूगर न बन पाना कोई बुरी बात नहीं है और बहुत सारे लोग जादूगर बन भी नहीं पाते। अगर आप जादूगर बनना चाहते हैं, जो आप बन सकते हैं, लेकिन केवल जादू के तरीकों से संबंधित कुछ रहस्य सीखकर आप जादूगर बनने की शुरुआत भी नहीं कर सकते। यह हमेशा ध्यान रखिए कि जादूगर बनने की राह बड़ी लंबी है, चुनौतीपूर्ण है और पूरी तरह से कठिन परिश्रम से भरी हुई है। यह आपको अत्यंत आश्चर्यजनक रूप से बदलकर रख देगी।

अगर सिर्फ यह जानना कि तरीके कैसे काम करते हैं, काफी नहीं है तो फिर और क्या चाहिए? और इससे इतर आप क्या कर सकते हैं? यहाँ कुछ गंभीर अवलोकन और सुझाव भी हैं, जो मेरी अपनी जादुई यात्रा के कुछ अनुभव हैं, जो आधी सदी के आस-पास तक कारगर रहे हैं।

रहस्य मायने रखता है

आप केवल इस बात पर निर्भर न रहें कि ट्रिक्स कैसे काम करती हैं। दूसरे जादूगरों की ट्रिक्स कैसे काम करती हैं, इसका कतई खुलासा न करें। हमारे जादुई रहस्य एक ही समय में समान रूप से ताकतवर और नाजुक, दोनों होते हैं। प्रशिक्षु जादूगर वास्तविक जादूगरों की सीख का सम्मान करते हैं और सीखने के दौरान

साझा किए गए रहस्यों को तवज्जो देते हैं। अगर आप अपनी ट्रिक्स का अपने दर्शकों, मित्रों, परिवार या लोगों से खुलासा करते हैं या उन्हें विस्तार से बताते हैं तो आप यह मान लीजिए कि आप में जादूगर होने की क्षमता का अभाव है। सच्चा जादूगर यह समझता है कि हम अपने दर्शकों से कोई रहस्य नहीं छिपाते, बल्कि हम अपने दर्शकों से रहस्यों को बचाते हैं।

एक ट्रिक को दोहराएँ नहीं

जादुई प्रदर्शन एक उपहार की तरह है, जिसे एक जादूगर अपने दर्शकों के बीच बाँटता है। यह विलुप्त, विशेष और महत्त्वपूर्ण आश्चर्य का उपहार होता है। जैसे कि आप किसी व्यक्ति को एक ही तरह का उपहार बार-बार नहीं दे सकते, उसी तरह आप अपने दर्शकों को एक ही तरह का जादू बार-बार नहीं दिखा सकते। दूसरी बार आश्चर्य पहली बार जैसा नहीं रह जाता और आश्चर्य के पल महज पहेली बुझाने जैसे लगने लगते हैं। एक समय ऐसा आएगा, जब आप लोगों की बेहद माँग के बावजूद तनाव और दबाव महसूस करेंगे, क्योंकि आप समान दर्शकों को एक जैसा जादू कैसे दिखाएँ। इस सोच को हमेशा बरकरार रखें।

आप हैं एक प्रतिशत

जादू एक ऐसी कला है, जो इतनी ताकतवर है कि एक कमजोर प्रदर्शन करनेवाले को भी काफी हद तक सहयोग करती है। इसके रहस्य सामान्य, लेकिन गहरे हैं और समय के साथ परखे हुए भी हैं। सिर्फ इसलिए कि आपको सकारात्मक प्रतिक्रियाएँ मिल रही हैं, आप सहसा यह न मान बैठिए कि आपका काम पूरा हो गया। बहुत उम्मीद है कि आपका काम अब शुरू हुआ हो। पहली बार ऐसा होगा कि जो तारीफ आपको मिले, वह ट्रिक के ही जरिए हासिल हुई हो। समय बीतने के साथ जादू आपका हिस्सा बन जाएगा और इसके बाद आप और आपका जादू लगभग बराबरी के साझेदार हो जाएँगे।

जितना ज्यादा हो, उतना अच्छा है

असली जादू तो जादूगर है, ट्रिक्स तो जादू को प्रस्तुत करने का महज साधन है। किसी भी प्रदर्शन की सबसे बड़ी खासियत यह होती है कि उस दौरान प्रस्तुतकर्ता और दर्शकों के बीच कैसा जुड़ाव है। जब मैं आठ या नौ साल का था, एक हँसी-ठिठोली करनेवाले और कहानियाँ सुनानेवाले शानदार जादूगर सीनेटर क्लार्क क्रैंडल

ने मेरा प्रदर्शन देखा। उसके बाद वे मुझे एक तरफ ले गए और कहा, ''नौजवान, तुम एक प्रतिभाशाली नौजवान जादूगर हो और तुम्हारा प्रदर्शन भी बिल्कुल अलग तरह का है। इसलिए मैं तुमको एक रहस्य बताने जा रहा हूँ, अगर तुम एक कार्ड ट्रिक करते समय उससे जुड़ी कोई कहानी भी साथ-ही-साथ सुनाओ और उन्हें बाध्य कर दो कि वे उसे पसंद करें, तो वह बहुत अच्छा रहेगा। लेकिन अगर तुम कार्ड ट्रिक को हटा सकते हो तो वह और भी अच्छा रहेगा।''

आपसी संबंध

अत्यंत तेज, बेहतरीन और प्रतिभाशाली प्रदर्शनकर्ताओं, जिन्हें मैं जानता हूँ, वे इस बात को भली-भाँति जानते हैं कि जुड़ाव या संबंध के क्या मायने होते हैं और ये कितने महत्त्वपूर्ण होते हैं। आपका दर्शकों के संग वास्तविक जुड़ाव कुछ ऐसा है, जिसमें कुछ भी फर्जी नहीं होता। हम अपने दर्शकों से सच्चे अर्थों में तब जुड़ते हैं, जब हम उनसे सच बोलते हैं, इसके बारे में नहीं कि ट्रिक कैसे काम करती है, बल्कि जो ट्रिक हम आजमाते हैं, वह हम सबके लिए क्यों महत्त्वपूर्ण है। जुड़ाव तब खुद-ब-खुद आता है, जब दर्शक यह तय कर लेते हैं कि 'क्यों' भी उनके लिए मायने रखता है।

फर्जीवाड़ा अपने आप में गंभीर किस्म की आत्म-घृणा है

जादू प्रदर्शन का सबसे बढ़िया तरीका है कि आप इसे खुद अपने तरीके से प्रस्तुत करें। वह जिसे आपने तमाम कहानियाँ पढ़कर और प्रस्तुतीकरणों को देखकर खोजा हो, चाहें तो आप अपनी ट्रिक्स के प्रदर्शन के लिए तदनुरूप वस्तुओं में भी फेरबदल कर सकते हैं। यह बड़ा अच्छा लगता है कि हम जिसकी प्रस्तुति या प्रस्तुतकर्ता का तौर-तरीका देखते हैं, उसे ही ग्रहण करना बहुत बड़ी बात समझते हैं, जबकि वास्तविकता में न तो यह उनके लिए उचित होता है, न हमारे लिए और दर्शकों के लिए तो बिल्कुल भी उचित नहीं होता। क्योंकि यह 'क्यों' ही है, जो जादुई प्रदर्शन में सबसे अहम भूमिका निभाता है और दूसरे का प्रस्तुतीकरण नकल करने का सीधा सा मतलब होता है कि दूसरे का 'क्यों' भी लेना। आप अपना रास्ता खुद बनाएँ और इस तरह आप ज्यादा ताकतवर और निष्ठावान जादूगर बन जाएँगे।

यहाँ कोई भी दिशा भ्रम नहीं है

आप आगे चलकर दिशा भ्रम के बारे में कुछ जरूर पढ़ेंगे या सुनेंगे। इसे ज्यादातर

उस तकनीक के रूप में बताया जाता है, जिसमें दर्शकों का ध्यान उस चीज से दूर हटाना होता है, जिसके बारे में आप नहीं चाहते कि वे देखें या महसूस भी करें। वास्तविकता में कोई दिशा भ्रम जैसी चीज होती ही नहीं, केवल दिशा होती है, आपको समझना होगा कि अच्छी दिशा आपको वह सबकुछ उपलब्ध कराती है, जो आप चाहते हैं। आपके दर्शक उसी तरफ देखना चाहते हैं, जिधर आप देख रहे हों। अतः आपको अपने हाथों की तरफ बिना देखे पैंतरेबाजी दिखाते हुए सफाई और रहस्यों को अमल में लाना होगा। यह भी महत्त्वपूर्ण है कि आप अपने दर्शकों का ध्यान और तथ्य सही दिशा में रखें, ताकि वे जादू होने के पल से वंचित न रह जाएँ। जब आप अपने दर्शकों से सुनें कि 'आपने तो मुझे कहीं और ही देखने को कहा था' या 'मैं तो देख ही नहीं पाया' इसका मतलब है कि आपको अपनी दिशा पर और काम करने की जरूरत है।

प्रस्तुतीकरण की ताकत

प्रस्तुतीकरण वह तरीका है, जिससे आप एक ट्रिक का प्रदर्शन करते हैं। इसमें जो शब्द आप बोलते हैं, वे भी शामिल हैं या जो कहानी आप सुनाते हैं और यहाँ तक कि वे वस्तुएँ, जिन्हें आप देखते हैं। प्रस्तुतीकरण और कहानी बहुत गहरे तक उस 'क्यों' से जुड़े होते हैं, जो आपके प्रदर्शन से पैदा होता है, अतः आप जितना अच्छे से अपने क्यों को समझेंगे, आपके प्रभावी प्रदर्शन में और निखार आता जाएगा। अंत में यह किसी भावना या विचारों पर आधारित एक कहानी है, जिसमें आप भरोसा करते हैं या खयाल रखते हैं, सुनाने जैसा ही है। एक ऐसी कहानी, जिसमें आपके दर्शक भी जुड़ाव महसूस करें, क्योंकि तब वे भी इसमें भरोसा करने लगते हैं और उसका खयाल भी रखने लगते हैं। उदाहरण के लिए, यह पुस्तक आपको सिखाएगी कि कैसे एक छोटी पुस्तक से सीखें और उसे अपने हिसाब से बदलें, ताकि उसमें सादे पन्ने नजर आने लगें या उसमें छपाई और तसवीरें दिखने लगें।

यहाँ एक नमूना प्रस्तुतीकरण दिया जा रहा है, जिसे आप भी आजमा सकते हैं।

लोग अकसर मुझसे कहते हैं कि हमें बताइए कि ट्रिक्स कैसे काम करती हैं, वे इसका रहस्य जानना चाहते हैं। सच्चाई यह है कि रहस्य केवल बीज के समान है, जिससे रहस्य बढ़ सकता है। रहस्य के बारे में आपको बताना कुछ वैसे ही है, जैसे कि आपके सेब माँगने पर मैं सेब का बीज ही दूँ। जादू का रहस्य उसके अंतस में होता है, लेकिन एक बीज को सेब बनने में बहुत लंबा वक्त और अच्छी

देखभाल की जरूरत होती है। यहाँ एक छोटी पुस्तक है, जिसमें मैं अपनी गोपनीय जानकारी रखता हूँ, लेकिन तब भी मेरे सीक्रेट में भी सीक्रेट छिपा हुआ है। अगर मैं इस छोटी पुस्तक को खो देता हूँ, तो कुछ रहस्य सुरक्षित रहते हैं, क्योंकि तब वे किसी पन्ने पर लिखे नहीं होते। मैं एक जादूगर हूँ, इसलिए मैं अपने सीक्रेट को महज पन्नों को उड़ाकर ही सामने ला सकता हूँ, लेकिन बस एक क्षण के लिए। जैसे-जैसे मेरी साँसों की गरमी कम होती जाएगी, पुस्तक में लिखी बातें भी गायब होती जाएँगी।

जैसे कि आप अंदाजा लगा सकते हैं कि हर दूसरे पेज पर कुछ लिखकर आप अपनी पॉकेट में कुछ रख सकते हैं और यह चीज कुछ समय के लिए दर्शकों के सवालों को जादू, ताकत और नियंत्रण के पल में बदल सकती है, ये सब प्रस्तुतीकरण पर निर्भर करेगा। याद रखें, जो भी श्रेष्ठ कहानी कहेगा, वही जीतेगा।

एकल सटीक जादू

आप दूसरे जादूगरों से इस बारे में न सुन सकेंगे और न ही कहीं आपको यह पढ़ने को मिलेगा, लेकिन यह सच है, वास्तविक है और महत्त्वपूर्ण भी है। आप एकल, सटीक जादू को सटीक तरीके से कर सकते हैं और यह आपके जरिए सबसे ताकतवर जादू माना जाएगा। यही उचित दर्शकों के लिए, उचित समय पर और उचित जगह पर उचित ट्रिक है।

आप इन आश्चर्यों को उभार सकते हैं, बस आपको अपने दर्शकों के मिजाज के बारे में पहले ही आकलन कर लेना होगा। आप कहाँ प्रदर्शन करना चाहेंगे? वहाँ क्या क्या होगा? वहाँ कौन लोग होंगे? वे क्या जानते होंगे? वे किन बातों पर गौर करना चाहेंगे? इन सवालों के जवाब ढूँढ़कर आप सटीक समय पर सटीक ट्रिक चुनेंगे और उसका परिणाम भी बेहतर आएगा, जो किसी दो घंटे के लंबे स्टेज शो में बड़े भ्रमों की अपेक्षा ज्यादा जादुई और ज्यादा यादगार होगा।

जैसा कि आपने जादू के इतिहास और महान् जादू प्रदर्शनों के बारे में पढ़ा है, ये कहानियाँ जो बार-बार बताई जाती हैं, वे किसी शो या दैनिक कार्यों की महज घटनाक्रम नहीं होती, बल्कि यह वे जादू होते हैं, जो सही समय पर और सही दर्शकों के सामने प्रदर्शित किए गए होते हैं। चाहे वह मैक्स मालिनी और उनके बर्फ उत्पादन करनेवाले ब्लॉक के बारे में, जीन इयुगन रॉबर्ट हाउडिन और उनके हलके और भारी सीने के बारे में या डाई वर्नोन और उनकी हाउडिनी को बेवकूफ बनाने की ट्रिक हो, आप पढ़ें। इन एकल, सटीक जादुई प्रदर्शनों को करनेवाला

हर एक शख्स ऐसा तभी कर सका, जब उसने अभ्यास किया, पूर्व में सोच बनाई, योजना तैयार की और उसपर अमल किया।

माइकल वेबर को 'डायबोलिकल (क्रूर) जीनियस' की संज्ञा दी जाती है और उन्हें आज के समय में जादू की कला के बारे में सबसे प्रभावी विचारवादी के रूप में पहचाना जाता है। वे पूरी दुनिया में दौड़नेवाले जादूगर हैं, कॉरपोरेट स्पीकर, सलाहकार और लाइफ सेवर्स के लेखक हैं।

लेखक के विचार

'आओ, Magic Tricks सीखें' खरीदने के लिए आपका शुक्रिया। जो पुस्तक आपने अपने हाथों में ले रखी है, वह कुछ समय से तैयार हो रही थी। कुछ साल पहले मैं एक जादू का प्रभावी कोर्स तैयार करने को लेकर लगातार काम कर रहा था—एक ऐसा परिणाम चाहता था, जो कि आसानी से किया जा सके और सही मायने में जादू की कला का एक रूप हो। मुझे उम्मीद है कि यह पुस्तक मेरे उन

उद्देश्यों को हासिल करेगी और जादू की यात्रा पर आगे बढ़ने में आपकी मदद करेगी। मुझे विश्वास है कि आपके द्वारा खोजी गई जादू करने की नई क्षमता को इससे मदद मिलेगी और आपको हर तरह के मंच (यहाँ तक कि कुछ अनपेक्षित जगहों पर भी, जैसे जनता के सामने बोलने के दौरान भी) पर अपनी प्रतिभा प्रदर्शित करने के लायक आत्मविश्वास मिलेगा।

बाजार में जादू की पुस्तकों का अंबार लगा हुआ है, उनमें से ज्यादातर 'कैसे करें' पुस्तकें मिलेंगी, जो यह बताएँगी कि जादुई ट्रिक काम कैसे करती है। इनमें से कुछ ही ऐसे हैं, जो इस पहलू पर ध्यान देते हैं कि जादू वास्तव में हो, वादे के अनुसार प्रभाव का प्रदर्शन हो। ऐसी ज्यादातर पुस्तकें बच्चों को लक्ष्य करके लिखी जाती हैं, किसी खिलौने की तरह दिखाई जाती हैं और इनसे यह साफ होता है कि आपको जादूगर बनाने में ये कोई मदद कर पाने में सक्षम नहीं होतीं।

यहाँ तक कि कुछ मैजिक किट भी इस बात का दावा करती हैं कि वे आपको जादू के रहस्य सिखा सकती हैं, इसमें आपको प्रदर्शन के लायक किट मिल जाएगी और यह जबरदस्त काम करेगी। लेकिन वे भी आपको जादूगर के रूप में परिवर्तित नहीं कर सकतीं। वास्तव में, वे बिल्कुल वही होती हैं, जो दावा करती हैं, हर उम्र के बच्चों के लिए जादुई खिलौना भर होती हैं।

मैं एक ऐसी पुस्तक लिखना चाहता था, जिसमें जादुई प्रस्तुतियों और प्रदर्शनों के जरिए कुछ जरूरी बातें आपसे साझा करते हुए आपको जादू के बारे में मूलभूत बातें बताता और आपको जादूगर बनने के सही रास्ते पर ले चलता तथा इस तरह आपको एक मनोरंजनकर्ता के रूप में विकसित करने में योगदान करता।

काफी सोच-विचार, चर्चाओं और वास्तविक दुनिया में प्रयोग करने के बाद मैं गंभीरता से विश्वास करता हूँ कि 'आओ, मैजिक ट्रिक्स सीखें' मेरे द्वारा तय किए गए लक्ष्यों को पाने में सफल होगी। पुस्तक को तैयार कराने में मेरे साथ कंधे से कंधा मिलाकर चलनेवाले मेरे मित्रों गिरी, प्रह्लाद और उमेश के संयुक्त प्रयास का शुक्रिया, जिनकी मदद से हम आपके सामने जादू को लेकर सटीक पाठ्यक्रम प्रस्तुत कर सके हैं। माइकल वेबर, पीटर लैमॉण्ट, मैक्स मावेन और स्टीफन मिंच के उत्साहजनक और विनम्र सहयोग ने इसे और भी बेहतर बनाने में मदद की।

ढाँचा और सामग्री

अगर आपको अचानक किसी का मनोरंजन करने के लिए कहा जाए तो 'आओ, मैजिक ट्रिक्स सीखें' ही वह सबकुछ है, जो आपकी मदद कर सकती है।

यह आपको जादू की दुनिया की छोटी यात्रा पर ले जाती है और आपको ऐसे स्तर पर पहुँचा देती है, जहाँ से आप 20 से अधिक जादुई कारनामों को अंजाम दे सकते हैं।

सबसे महत्त्वपूर्ण यह है कि हम जादू करने के तमाम पहलुओं को समझने के लिए समय देंगे, जी हाँ, जादू। हम सीखेंगे कि ट्रिक, प्रस्तुतीकरण और प्रदर्शन के विभिन्न पहलुओं में अंतर क्या है। हम यह भी सीखेंगे कि किस तरह इस ज्ञान को एक साथ जोड़ा जा सके और दिमाग को उलझा देनेवाली तथा ऐसी जादुई प्रस्तुति दी जाए कि दर्शक दाँतों तले उँगली दबा लें।

जादू की अंदरूनी तकनीक समझने का यह उतना ही अच्छा समय है, जितना किसी और महत्त्वपूर्ण काम का। न्यूनतम स्तर पर भी हर जादू प्रक्रिया के तीन प्राथमिक भाग होते हैं—

1. प्रभाव
2. रहस्य
3. प्रदर्शन

प्रभाव उसे कहते हैं, जो दर्शक देखते हैं और याद रखते हैं। यही वह चीज है, जिसे दर्शक जादू के रूप में व्याख्यायित करते हैं। अच्छा प्रभाव जादूगर की प्रस्तुति और दिशाभ्रम फैलाने की उसकी काबिलीयत से पैदा होता है।

रहस्य जादूगर द्वारा प्रयोग में लाया जानेवाला वास्तविक तरीका है। इसे किसी तैयारी, तकनीक या विशेष घुमाव से जाना जा सकता है, जो कि जादूगर विशेष प्रभाव संभव बनाने के लिए प्रयोग में लाते हैं। सामान्यतया दर्शक इसमें आजमाए जानेवाले रहस्यों को देख नहीं पाते या आकलन नहीं कर पाते।

प्रदर्शन उन सबको कहते हैं, जिसमें जादूगर विभिन्न गतिविधियाँ करके जादू दिखाता है। यह प्रस्तुतीकरण, दिशाभ्रम और रहस्य का समन्वय होता है और वह भी अपेक्षित परिणाम हासिल करने के लिए।

इन तीन पहलुओं को मिलाकर अपने रहस्यों को सुरक्षित रखते हुए और सख्त अनुपालन में जादू का प्रदर्शन संभव होता है। अब चूँकि आप जादूगरी सीखने की शुरुआत कर रहे हैं तो आपको भी यह सुनिश्चित करना होगा कि आपका सीक्रेट हमेशा आपके हाथों में सुरक्षित रहे।

कॉमिक पुस्तक के चरित्र मैंड्रेक द मैजिशियन के इन मशहूर शब्दों को हमेशा याद रखें, जादूगर कभी नहीं बताते। इसके प्रति सच्चे बने रहें और आप पाएँगे कि आपकी अच्छा जादूगर बनने की यात्रा पहले ही आधी पूरी की जा चुकी है।

यह कोर्स इस तरह से तैयार किया गया है कि आपको योजनाबद्ध तरीके से आगे बढ़ना होता है; इसमें सामान्य सा ढाँचा प्रयोग होता है और हाथों में मौजूद जादुई विषयों को लेकर विशेष प्रकार की जरूरी सोच प्रदान करता है। एक पाठ का मूल तत्त्व समझने के बाद हम जादू के प्रदर्शन से उसके प्रभाव को देखेंगे, यहाँ जिसे प्लॉट कहते हैं।

प्लॉट एक कहानी के बोर्ड की तरह होता है, जिस पर प्रभाव पैदा करने के लिए प्रदर्शन किया जाता है, इसमें सेटिंग, दर्शकों का शामिल होना और सबसे जरूरी जादूगर द्वारा प्रभाव पैदा करने के लिए प्रयोग में लानेवाला आधार और पटकथा।

उमेश शेबे का कॉमिक चित्रण यहाँ हमारे चेहरों पर केवल मुसकान ही नहीं लाता, बल्कि यह प्रदर्शन की सेटिंग और उसका परिप्रेक्ष्य भी बताता है।

कार्य सेक्शन के तहत यह बताया जाता है या विस्तृत रूप में सिखाया जाता है कि जादू का प्रभाव कैसे पड़ता है। इसमें गोपनीय घुमाव और चीजों को उस हिसाब से पकड़ना, जिससे जादू की ट्रिक सफल हो सके। इस सेक्शन में ही हम सीखेंगे कि जादू कैसे करें। क्या सामग्री हम प्रयोग करें, क्या विशेष तरीका लागू किया जाए, किन कदमों का अभ्यास करके उन पर मास्टरी हासिल की जाए।

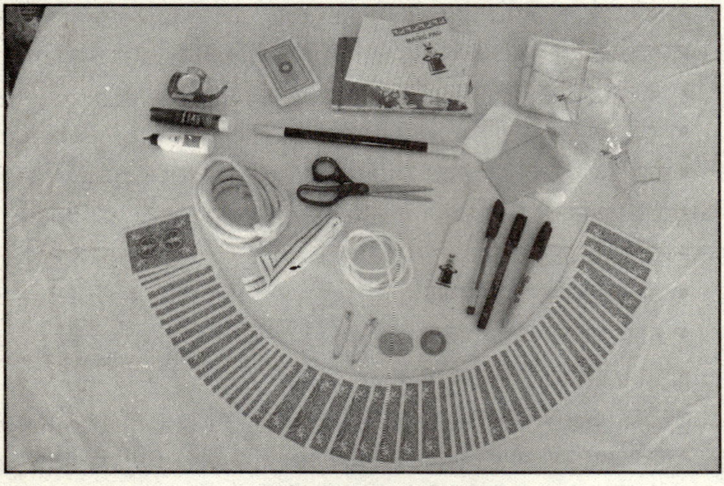

सामग्रियों की तसवीर डेमो के लिए

प्रकाश अडिगा और प्रसन्ना मुकुंदन ने जादू करने के लिए प्रयोग में लाई जानेवाली चीजों का सटीक फोटो इस सेक्शन के लिए भेज रखा है, उन्होंने हर

जादुई प्रभाव को आसान बनाने का प्रयास किया है, ताकि सीखनेवाले को याद करने में परेशानी न हो।

रंगमंच की सामग्री, सीक्रेट्स और औजार के अलावा कार्य सेक्शन में विशेष रूप से देखभाल और प्रस्तुतीकरण बिंदुओं का भी महत्त्व है, जिसे जादू के प्रदर्शन के दौरान प्रभाव विशेष प्राप्त करने के लिए आपको अपने दिमाग में रखना होगा।

सार सेक्शन में उन बातों का तीव्र पुनरीक्षण कर तैयारी करनी होती है, जो कि पाठ से सीखा गया होता है और जहाँ जरूरी हो, दूसरे पाठों की जरूरी बातों को भी जोड़ना होता है। ज्यादातर मामलों में यह पाया गया है कि सार सेक्शन भी अगले पाठों के लिए आधार और परिप्रेक्ष्य तैयार करने में मदद करता है।

मुझे उम्मीद है कि यह ढाँचा सुनिश्चित करेगा कि विषय इस तरह बहें, जो कि सामान्य और आसानी से याद करने योग्य बन सकें। इसके अलावा हर पाठ में प्लॉट और काम की रूपरेखा के माध्यम से जो भी सिखाया गया है, वह पूरी पुस्तक में बोनस प्रभाव के रूप में हर जगह प्रचुर मात्रा में मिलेगा।

वे तमाम जादू, जिन्हें आप इस पाठ्यक्रम के दौरान सीखेंगे, वे हैं—

- विश्व का सबसे तेज कार्ड ट्रिक
- जादुई रंग भरनेवाली पुस्तक
- अस्थिर (वॉबली) कलम
- कलम और सिक्का गायब होना
- पैडल के साथ जादू
- सिक्के से जादू
- झलकता सिक्का
- गायब होता सिक्का
- असमान-समान रस्सियाँ
- कार्ड से दिमाग को पढ़ना
- बिना तैयारी के पुस्तक परीक्षा
- रानी का पता लगाना
- कार्ड पर रखे कप में दूध गिराना
- न टूटनेवाली दाँत खोदनी
- रस्सी को काटना और जोड़ देना
- सटीक सिक्के का गायब होना
- रबरबैंड का जगह बदलना

- कागज के टुकड़े करना और उन्हें वापस अपनी स्थिति में लाना
- नंबर जोड़ो रहस्य
- टेबल के जरिए सिक्का

आप जैसे-जैसे प्रभावों का प्रदर्शन करने में बेहतर होते जाएँगे, यह आपके लिए सलाह है कि आप अपने खुद के विचारों, सोच और पटकथा के आधार पर वैसा ही प्रभाव लाने का प्रयास करते रहें; बिना तैयारी और धड़ल्ले से बोलने का अभ्यास भी करें, ताकि आपने इस पुस्तक के पन्नों से जो कुछ सीखा, उसे और बेहतर बनाते जाएँ तथा आपका जादू प्रदर्शन भी निखरता जाए।

विशेष सीख

इस पाठ्यक्रम को तैयार करने में लगे तमाम विचारों और प्रभावों के साथ ही मैंने पुस्तक के दूसरे भाग—निबंध, साक्षात्कार और संसाधन में चुनिंदा विषयों पर निबंध भी शामिल किए हैं।

यह लेख उन तमाम पहलुओं पर विशेष ध्यान देते हैं, जो आज जादू में प्रचलन में हैं और इसमें जादू के इतिहास, विकास और प्रदर्शन को लेकर विचार तथा सोच को भी शामिल किया गया है।

उनमें से एक विशेष चीज है, डॉक्टर पीटर लैमॉण्ट का काफी गहराई से लिया गया साक्षात्कार। जादू के मामले में वे विश्वप्रसिद्ध हैं और इसके इतिहास एवं सांस्कृतिक पहलुओं से काफी गहरे से जुड़े हैं।

जादू करते समय आनंद लें।

अभिस्वीकृति

अगर मुझे मेरे निकट मित्रों और शुभचिंतकों का शानदार सहयोग न मिला होता तो मेरी सोच के हिस्से के रूप में यह पुस्तक एक विचार के रूप में ही पड़ी रहती। यह एक बेहतरीन अवसर है, जब मैं उन संवेदनशील आत्माओंवाले लोगों के प्रति अपना आभार व्यक्त कर सकता हूँ।

प्रसिद्ध कार्टूनिस्ट सतीश आचार्य का भी शुक्रिया, जिन्होंने अपने शानदार कला कौशल से शीर्षक पृष्ठ पर मुझे मैंड्रेक सरीखे अवतार के रूप में उतारा।

जादू में मेरी यात्रा को दुनिया भर के तमाम लोगों के माध्यम से वर्षों से सहयोग मिलता रहा है। उन्होंने मेरे जादू, मेरे जीवन और इस पुस्तक के लिए सहयोग प्रदान किया है। इनकी तारीफ के लिए मेरे पास शब्द कम पड़ जाएँगे, लेकिन फिर भी मैं तहे दिल से इनका शुक्रिया अदा करता हूँ।

मैंड्रेक, द मैजिशयन ने मेरे जीवन के शुरुआती वर्षों में ही मानस-पटल पर अपनी अमिट छाप छोड़ दी थी और इसी कारण मुझे जादू और स मोहन की दुनिया आकर्षित करती थी। अत: मैं स्वर्गीय ली फाल्क का शुक्रगुजार हूँ, जिन्होंने इस कालजयी चरित्र को दुनिया में स्थापित किया और अमर कर दिया।

मैक्स मावेन और डेविड बर्गलास का भी शुक्रिया, जो असली जादू के लिए असल दुनिया में प्रेरक बनकर आए।

मैं अपने परिवार से मिले प्रोत्साहन और सहयोग के लिए सदा ऋणी रहूँगा, क्योंकि उन्होंने मेरे सपने को साकार करने में उच्च स्तर पर अपनी भूमिका निभाई। उनमें से सबसे अधिक मेरे पिता को, जिन्होंने मेरी प्रतिभा को पहचाना और सबसे पहली मैजिक किट और मैजिक सामान दिलाया एवं मेरी माँ, जिन्होंने अपनी कमाई का बड़ा हिस्सा मेरी मैजिक पुस्तकों और नई मैजिक ट्रिक्स खरीदने में खर्च कर दिया।

सन् 1994 के अंतिम दिनों में प्रोफेसर शंकर और शंकर जूनियर (तेजस्वी) मेरे घर उडुपी आए और उन्होंने धैर्यपूर्वक मेरे जादू के प्रस्तुतीकरण का कारुणिक प्रयास देखा। उनकी सलाह और प्रोत्साहन (मैं नहीं भूला, मेरे पहले सार्वजनिक कार्यक्रम) ने मुझे मंच पर स्थापित किया।

नब्बे के दशक के मध्य मेरे बेहतरीन सहयोगियों और विशेषज्ञ जादूगर प्रह्लाद आचार्य और कुद्रोली गणेश के साथ लगातार बैठकें, चर्चाएँ और रात-रात भर खोजबीन में घंटों बिताने का ही यह फलसफा रहा, जिस कारण मैं अपनी सोच और अपनी मनोदशा को जादू की दुनिया के लायक आकार दे सका। मैं सौभाग्यशाली हूँ कि मुझे पिछले 20 वर्षों में लगातार उनका सान्निध्य मिलता रहा।

मेरी जादुई यात्रा में आनंद तयादे और सैम दलाल का निजी योगदान अविस्मरणीय है। मेरे शुरुआती दिनों में मैं कोई भी सामान खरीदता तो उसमें आनंद की सहमति जरूर होती थी और उनके अनुभव ने कभी मुझे निराश नहीं किया। उनमें मेरा गहरा विश्वास हमारी मित्रता की नींव बनी।

सैम दलाल ने मुझ जैसे अनुभवहीन का मार्गदर्शन किया और मानसिक अवस्था जैसे तकनीकी पहलुओं से रू-ब-रू कराया। यह उनका ही योगदान था कि मैं मन की असलियत को समझ पाया कि दिमाग ही असल सच्चाई है और जो भी वस्तुएँ आस-पास हैं, वे इसलिए हैं, क्योंकि दिमाग उन्हें पहचानता है। इस ज्ञान को पाने के बाद ही मैं समझ पाया कि सैम का मार्गदर्शन पाकर मैं कितना सौभाग्यशाली हूँ। मुझे धीरे-धीरे यह आभास हुआ कि उनके सहयोग का दायरा कितना विशाल है।

मेरे साथियों सुहास प्रभु, वीरेश नायक, गणेश शेनॉय, सतीश भट, सुहास भट, धीरज भंडारे और शरद राव का भी शुक्रिया, जिन्होंने हर मौके पर मेरे सपनों को साझा करने में मेरी मदद की। मेरे कॉलेज के साथी हमेशा मेरे सर्वश्रेष्ठ मित्र बने रहेंगे और ये मेरे परिवार से भी बढ़कर रहेंगे।

यह एक बेहतरीन मौका है कि मैं अपने साथी स्वर्गीय प्रदीप कुमार को भी याद करूँ, जो कभी हमारे अनुभवहीन समूह का हिस्सा हुआ करते थे और जो अब ईश्वर के साथ हैं।

जैसा कि मैं मेंटलिज्म के बारे में बता रहा था, मैं सौभाग्यशाली हूँ कि मुझे इस क्षेत्र के महारथियों का समय-समय पर सहयोग मिला, इनमें लैरी बेकर और बॉब कैसिडी शामिल हैं। ये दोनों ही महान् विभूतियाँ ईश्वर की तरफ से भेजे गए गुरु के समान रहीं और मेरे ज्ञान को सँवारने में उन्होंने अहम भूमिका अदा की।

मैं सौभाग्यशाली हूँ कि उनका सान्निध्य मुझे मिला और मुझे इतना आगे ले आया।

मैंने तो जितना सफर अपने जीवन में तय किया है, उसका आधा भी न कर पाया होता, अगर मुझे माइकल वेबर और डॉक्टर पीटर लैमॉण्ट का सहयोग और मार्गदर्शन न मिला होता। मुझे यह आशीर्वाद प्राप्त है कि उनके जैसा मित्र और शिक्षक मुझे मिला तथा इस पुस्तक के लिए उनका योगदान कभी नहीं भुलाया जा सकता।

यह एक विशेष मौका है, जब मैं अपने मित्रों ऐकर एल्टिंसल, एडी निमैन, डेरेक डेलगॉडियो, एरिक मीड, जीरोम फिन्ले, ल्यूक जर्मे, मार्को फिदा, मैक्सवेल मरफी, पॉल विजिल, रैंडी चोस्तेग, सीन टेर, स्टीफ मिंच और खुफिया सदस्य बाल्सामो लॉज को विशेष रूप से याद करूँ।

मेरे आंतरिक मैजिक सर्किल के साथियों राजा मूर्ति, प्रवीण तुलपुले, प्रह्लाद और कुद्रोली शानदार जादूगर मित्रों को भी शुक्रिया, जिन्होंने मुझे इस बात की आजादी दी कि दिन हो या रात, मेरे विचारों, सोच और शोर-शराबे में उन्होंने मेरा साथ दिया।

मेरी सर्कल के दो साथियों के लिए खास शब्द मैंने बचाकर रखे हैं। ये हैं उमेश शेबे, जिनसे मैं 1999 में मिला, लेकिन वे मेरे जीवन भर के लिए मित्र बन चुके हैं, जो कि सर्वाधिक रचनाशील लोगों में से एक हैं और उनसे कभी भी मिला जा सकता है। एक शानदार कलाकार, उमेश ही हर डिजाइन के जनक और संवर्धक हैं और उनकी बनाई डिजाइन ही बाहरी दुनिया के लिए मेरी पहचान है। उन्होंने इस पुस्तक की रचना में अपनी अहम भूमिका भी निभाई है।

द मैजिक स्पेस के संस्थापक गिरिधर कॉमथ ने हर मौके पर मेरा सहयोग किया और वे मेरी हर सोच में साथ खड़े नज़र आए, जैसे मानो यह उनका अपना खुद का काम हो। गिरि ने हमेशा जोश और अपार ऊर्जा के साथ मेरा साथ दिया तथा मेरी हर परियोजना की सफलता में वे मेरी ताकत बने रहे।

इस पुस्तक को अस्तित्व में लाने का असल श्रेय अगर किसी को जाता है तो वे हैं, मेरी जीवन संगिनी विशाखा। अगर उनका दक्ष सहयोग न होता तो मुझे यह पुस्तक लिखने का मौका ही नहीं मिला होता। उन्होंने हर चीज विशेष तरीके से सहेजी।

अतः अगर आपने जरा सी भी कोई चीज इस पुस्तक में पसंद की हो तो उसका श्रेय उन्हें ही जाता है। कम-से-कम यह तो तय ही है।

अनुक्रम

निबंध, साक्षात्कार और संसाधन

एक शानदार शौक शुरू करने की सटीक राह

1

जादू करने से एक परिचय

जादू से हम सभी के जुड़ने का एक मूलभूत कारण वास्तविक दुनिया से हमारा सम्मोहन होता है। हमारे मन की आँखों में जादूगर वह शख्स होता है, जो कुछ भी कर सकता है, जब चाहे और वह भी केवल अपने हाथों के इशारे से या जादुई छड़ी घुमाकर वह दंग कर सकता है।

दुर्भाग्य से बहुसंख्यक जादूगरों में यह देखा जाता है कि उनके अंदर नई-नई तकनीक सीखने के लिए जिम्मेदार उत्साह में से यह कल्पना खत्म होने लगती है। वास्तविक जादू करने की जरूरत इस कदर हावी हो जाती है कि वह इनके जल्द-से-जल्द और ज्यादा-से-ज्यादा ट्रिक्स सीखने के लिए उकसानेवाली इच्छा को रोक देती है। जिस समय यह जादूगर अपनी कला का प्रदर्शन करना शुरू करते हैं, उसी समय से उनसे यह अपेक्षा की जाती है कि वे जितनी ट्रिक्स जानते हैं, उतना प्रदर्शन करें। इसका परिणाम यह होता है कि उन्हें अपनी अपेक्षाओं को त्यागना पड़ता है और वास्तविक जादूगर बनने का उनका सपना अधूरा ही रह जाता है।

बिना किसी उचित सोच, जगह और प्रस्तुति के बारे में ध्यान दिए कोई भी शख्स जादू ट्रिक के प्रदर्शन के दौरान दर्शकों की भावनाओं को झकझोर नहीं पाएगा। दर्शक तो प्रदर्शन देखता है, लेकिन अपनी मनःस्थिति को कहीं साझा नहीं कर सकता, न तो वह प्रभावों के साथ खुद को जोड़ पाता है। सामने होनेवाली गतिविधियों को लेकर दर्शक तीसरी पार्टी बनकर रह जाता है और जब चीजें चल रही हों, उसमें उसका जरा सा भी योगदान नहीं रह जाता।

इस तरह का प्रदर्शन अपने साथ दर्शकों का अंतर्निहित आमंत्रण लेकर आता है, जो अपेक्षा करता है कि आप उसे विस्तार से बताएँ कि वह किया कैसे गया, उस पहेली को सुलझाएँ, जो आपने प्रस्तुत की।

वहीं दूसरी तरफ जादू की एक प्रस्तुति उन्हें मनोरंजनमय महसूस कराती है, वे सम्मोहित और आश्चर्यचकित हो जाते हैं, मानो उन्होंने कोई वास्तविक चीज देख ली हो।

इसे हमेशा याद रखें। आपके अंदर हमेशा वास्तविक जादू की रचना करने और उसकी प्रस्तुति करने की इच्छाशक्ति हमेशा बरकरार रहनी चाहिए। हमेशा असली जादू करने का प्रयास करते रहना चाहिए और महज ट्रिक्स पर काम करने और पहेलियों की प्रस्तुति पर ही निर्भर नहीं रहना चाहिए।

यह पाठ्यक्रम कुछ इस तरह से बनाया गया है कि आपकी प्रस्तुति जादुई हो और इसे आकर्षक व साफ-सुथरा बनाने के लिए काफी बिंदुओं और विशेष उल्लेखों को उभारकर प्रस्तुत किया गया है। इन्हें सावधानीपूर्वक अनुसरण करें और उसके बाद खुद से उसे दोहराएँ।

जादू सीखने और उन्हें प्रस्तुत करने के सार्वभौमिक रूप से स्वीकार किए गए तीन नियम भी आपको ध्यान रखने हैं—

1. अभ्यास
2. अभ्यास
3. अभ्यास

यह सलाह महान् फ्रांसीसी जादूगर जीन इयुगेन रॉबर्ट हाउडिन ने 1868 में आई अपनी पुस्तक 'सीक्रेट्स ऑफ कंजूरिंग एंड मैजिक' का परिचय लिखते वक्त दी थी। उन्हें आधुनिक जादू के पिता के रूप में भी बहुत से लोग मानते हैं।

साफ है कि किसी ट्रिक का अभ्यास कुछ इस तरह करें कि यह आपके अंदर रच-बस जाए और ऐसा हो कि आप आँख बंद कर या बिना सोचे उसे सहजता से पूरा कर सकें और वह आपकी दूसरी प्रकृति बन जाए, इससे बढ़कर कुछ नहीं बताया जा सकता।

एक मूलभूत सिद्धांत भी है—किसी ट्रिक को तब तक न दिखाएँ या प्रस्तुत करें, जब तक कि आप पूरी तरह उससे वाकिफ न हो जाएँ। मेरे कहने का मतलब यह है कि उसे अच्छी तरह दोहराकर ही सामने लाना उचित रहेगा, न कि केवल आप जानें कि यह कैसे काम करेगा।

जिस तरह अभ्यास जरूरी है, उसी तरह ट्रिक की प्रस्तुति भी महत्त्वपूर्ण है। जादूगरों का दर्शकों से जुड़ाव आपसी बातचीत के माध्यम से होता है, उससे जादू या प्रभाव निखर जाता है। इस पुस्तक के माध्यम से प्रदर्शन और प्रस्तुतीकरण से

जुड़े बिंदुओं पर विशेष ध्यान रखें। यह आपके लिए मार्गदर्शक का काम करेगी और आपको सही दिशा में ले जाने और आपके मनोरंजन कौशल को मजबूत करने में योगदान करेगी।

नियमों को सीखें, उनपर पकड़ हासिल करें, नियमों में ही जिएँ और जब आप उन्हें अपना अभिन्न अंग बना लेंगे, उन्हें तोड़ना भी सीखें, ताकि आपकी प्रस्तुति अपनी खुद की मौलिक प्रस्तुति बन जाए, जो ज्यादा प्रभावी हो और आपके दर्शकों को बाँध ले।

मैं आपकी बेहतरी की कामना करता हूँ। आइए, हम जादू करें। असली जादू!

□

2

मैजिक इन मिसडायरेक्शन

जादू का सफलतापूर्वक प्रदर्शन इस बात पर निर्भर करता है कि दर्शकों का ध्यान दूसरी तरफ ले जाने (misdirection) के कौशल में कितनी महारत हासिल हुई है।

मिसडायरेक्शन अकसर प्रयोग में आनेवाला शब्द है, लेकिन यह सबसे ज्यादा भ्रामक शब्द भी है। सामान्य तौर पर इसका अर्थ लगाया जाता है, देखनेवाले का ध्यान भटकाने या उसे भ्रमित करने की क्षमता से। संक्षेप में जहाँ जादू का असली काम हो रहा हो, वहाँ से दर्शकों का ध्यान कहीं ओर खींचने की कला, ताकि ट्रिक का रहस्य उनसे बचाकर, उन्हें आश्चर्यवाले माहौल में ले जाया जा सके।

फिर भी, दुनिया के बेहतरीन जादूगर आपको यही बताएँगे कि दिशा भटकाव दर्शकों को बरगलाना बिल्कुल भी नहीं कहा जाएगा, क्योंकि यह एक कला है, जिसमें दर्शकों का ध्यान कहीं और ले जाया जाता है। सटीक दिशा भटकाव इसमें निहित है कि दर्शकों का ध्यान विशेष चीजों, हरकतों, शब्दों और क्रियाओं पर केंद्रित किया जा सके और सब मिलाकर उसे वहाँ से दूर रखा जा सके, जहाँ पर असली ट्रिक काम कर रही हो।

कथावस्तु

एक दावत में जादूगर के पहुँचते ही लोग उसपर जादुई ट्रिक दिखाने का निवेदन करने लगते हैं। उसने कहा, ''ठीक है, मैं आपको कुछ खास दिखाता हूँ।'' फिर जादूगर मेजबान या दावत में मौजूद लोगों से पूछता है कि क्या उनके पास ताश के पत्तों का पैकेट है। ताश के पत्तों का पैकेट लेने के बाद जादूगर तुरंत जाँचता है कि उसमें हर तरह के पत्ते हैं या नहीं और उसके बाद वह उन्हें जल्दी-जल्दी फेंटने लगता है।

फेंटने के दौरान ही जादूगर कुछ पत्तों को ऊपर रख लेता है।

जादूगर कहता है, ''देवियो और सज्जनो! ध्यान से देखिए, क्योंकि जो मैं दिखाने जा रहा हूँ, उसे आप पलक झपकते ही चूक सकते हैं।''

ताश की गड्डी में से ऊपर के दो कार्ड निकालकर वह अपनी बात जारी रखते हुए कहता है, ''इधर देखिए, मेरे पास दो काले पत्ते हैं, एक पर 7 लिखा है, दूसरे पर 8 एक चिड़ी (club) और एक हुकुम (spade) है।''

यह सुनिश्चित करने के बाद कि सभी लोग उसे देख रहे हैं, जादूगर आगे बढ़ता है, अपनी क्रियाओं को अपने शब्दों से जोड़ते हुए कहता है, ''अब मैं इस 7 नंबर पत्ते को इस गड्डी के ऊपरी हिस्से में कहीं और 8 नंबर पत्ते को नीचे के हिस्से में कहीं रखता हूँ।''

फिर वह दर्शकों की तरफ देखता है और बिना किसी मजाक या अपने हाथों की संदेहास्पद हरकतों के कहता है, ''चिड़ी और हुकुम के ये पत्ते पूरी तरह इस गड्डी में खो चुके हैं और आप अपनी आँखों के सामने इसे परख भी सकते हैं।''

फिर वह गड्डी उठाता है, उसे अच्छी तरह केवल अँगूठे और छोटी उँगली से पकड़े रहता है और यह ऐलान करता है, ''ऐसा सदियों से यों ही नहीं कहा जाता कि जादूगर का हाथ लोगों की आँख से कई गुना तेज काम करता है। पलक मत झपकाइए, देवियो और सज्जनो, ताकि आप दुनिया की सबसे तेज कार्ड ट्रिक देखने से चूक न जाएँ।''

''तीन तक गिनते ही आप दुनिया के सबसे तेज कार्ड ट्रिक देखनेवाले लोगों में शुमार हो जाएँगे, क्या आपको विश्वास नहीं है। तो यह रहा आपके सामने, एक दो'' और एक तेज हरकत के साथ वह सभी पत्ते हवा में उछाल देता है और चिल्लाकर कहता है, ''और तीन।''

जैसे कि पत्ते हवा में उड़ते हैं और जमीन पर गिर जाते हैं, जादूगर एक विशेष मुद्रा में बिना हिले खड़ा रहता है। उसके आस-पास के लोग महसूस करते हैं कि उसके हाथ में दो पत्ते रखे हैं, बिल्कुल वैसे ही दो काले पत्ते, एक चिड़ी का 7 और हुकुम का 8।

यह प्रस्तुति दावत में लोगों के बीच कौतूहल और चर्चा का विषय बन गई और लोग काफी देर तक 'विश्व की सबसे तेज कार्ड ट्रिक' के बारे में ही बातें करते रहे।

प्रस्तुति सलाह

अगर जादू के लिए मौके पर ताश के पत्ते न मिलें तो आप अपनी खुद की गड्डी प्रयोग करना सुनिश्चित करें। बस इतना करें कि दर्शकों में से किसी एक को वह गड्डी फेंटने के लिए आमंत्रित करें और पत्तों को अच्छे से मिलवाएँ। आगे की प्रस्तुति बिल्कुल वैसे ही करें, जैसाकि पहले बताया गया है।

प्रक्रिया (The Working)

यह प्रभाव और इस पुस्तक में दिए बहुत से दूसरे प्रभाव यही साबित करते हैं कि सबसे बढ़िया जादुई प्रस्तुति उसे ही माना जाता है, जो सबसे आसान तकनीकों के जरिए अंजाम दी जाए।

इस मामले में जो सीक्रेट काम करता है, वह है, आप गड्डी से दो अलग सेट के कार्ड चुनते हैं—

हुकुम से 7 और चिड़ी से 8

चिड़ी से 7 और हुकुम से 8

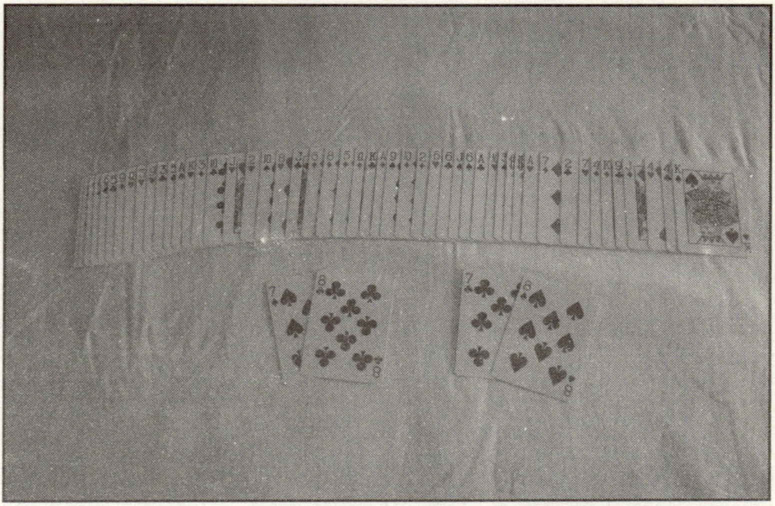

पत्तों को जाँचने के दौरान के शुरुआती क्षणों में ही आपको चुपके से हुकुम का 7 गड्डी की तली में और हुकुम का 8 गड्डी के ऊपर रख देना होता है।

ऐसा आसानी से किया जा सकता है कि सबसे जरूरी पत्ते ऊपर और नीचे रहें और वह भी एक विशेष पत्ते की खोज का दिखावा करते हुए।

याद रखें, कोई यह नहीं जानता कि आप क्या करने जा रहे हैं। आप अपनी हरकतों को इस तरह बतलाते चलें कि आप गड्डी जाँच रहे हैं कि पत्ते पूरे हैं या नहीं। बेहतर यह होगा कि गड्डी से जोकर को हटा दें। इससे आपको काफी कारण मिल जाएगा और आप गड्डी को जाँचने के बहाने कई बार अपनी हरकतों को अंजाम दे पाएँगे।

अगली बार जब आप अपना काम शुरू करें तो खुले तौर पर हुकुम का 7 और चिड़ी का 8 नंबर पत्ता गड्डी से निकालकर सबसे ऊपर रख दें।

अहम जानकारी

गड्डी में सबसे ऊपर का मतलब होता है, सबसे ऊपर रखा हुआ पत्ता, जिसके नीचे बाकी के पत्ते होते हैं। गड्डी के नीचे का मतलब होता है, सबसे नीचे का पत्ता, जिसके ऊपर सारे पत्ते रहते हैं।

प्रस्तुतीकरण के दौरान ऊपर और नीचे के दोनों पत्ते हुकुम का 7 और चिड़ी का 8 निकालें और दोनों एक साथ दिखाएँ, लोगों का ध्यान यह बोलते हुए आकर्षित करें कि 'दो काले पत्ते, एक 7 और दूसरा 8, एक हुकुम और दूसरा चिड़ी।'

अब आप निश्चिंत भाव से दोनों पत्तों को गड्डी में जमा कर सकते हैं और वे उस गड्डी में समा जाते हैं।

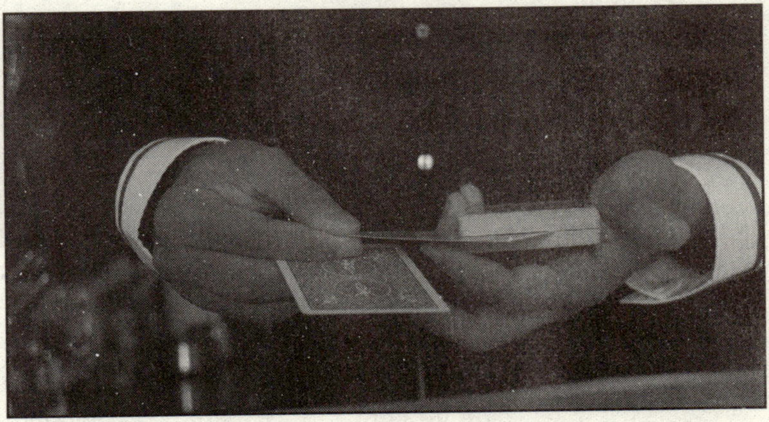

अब यह स्थिति रहती है—

1. दर्शकों को जानकारी है : एक 7 और एक 8 नंबर के पत्ते गड्डी के अलग-अलग हिस्सों में जमा हैं।
2. दर्शकों को जो नहीं पता : गड्डी के सबसे ऊपर और सबसे नीचे के पत्ते 7 और 8 हैं।

गड्डी को अच्छी तरह अँगूठे और अपनी उँगलियों से पकड़ें।

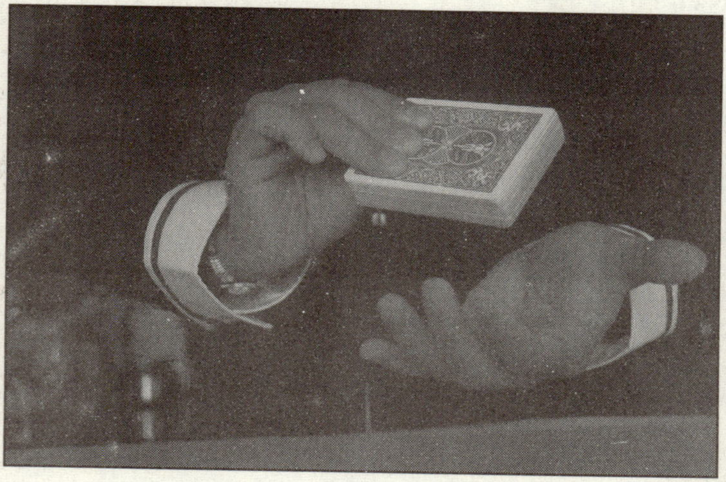

अब गड्डी पर इस तरह दबाव रखें कि सबसे ऊपर और सबसे नीचे के दो पत्तों के अलावा बाकी के पत्तों को अचानक झटका दें और वह भी कुछ इस तरह कि आप किसी चीज पर चोट कर रहे हों या घूँसा मार रहे हों, जबकि उँगलियाँ उस समय आराम की मुद्रा में हों।

आप पाएँगे कि आपके हाथ में रखे बाकी के पत्ते हवा में उड़ रहे हैं, जबकि आपकी उँगलियों का दबाव अब भी सबसे ऊपर और सबसे नीचे के पत्तों पर बरकरार है और वे आपके हाथों से छिटके नहीं हैं।

इसे कुछ समय के लिए दोहराएँ और आपको खुद खास अनुभूति होगी।

ट्रिक इतिहास

इस ट्रिक का ऑगस्ट रॉटरबर्ग ने अपनी पुस्तक 'न्यू एरा कार्ड ट्रिक' (1897) में उल्लेख किया है, जहाँ उन्होंने इसे 'सिंगुलर ट्रांसपोजीशन' (एकल प्रतिस्थापन) बताया है। हालाँकि यह और भी पुरानी ट्रिक है, लेकिन कहीं इसका लिखित विवरण अब तक नहीं पाया गया है।

संक्षेप में

इस जादू का महत्त्व इसमें शामिल दिशाभ्रम में निहित है, जिसमें दर्शकों को केवल छोटी सी जानकारी दी जाती है और अपेक्षा की जाती है कि वे अपनी कहानी को खुद अपने तरीके से पूरी करें और इस तरह उन्हें स्मरण रहित होने की सुविधा मिलती है।

जादू का एक स्वर्णिम नियम हमेशा याद रखें : दर्शकों के सामने अपनी ट्रिक को बिल्कुल न दोहराएँ।

ऊपर दिखाया गया जादू इस बात का ज्वलंत उदाहरण है कि ऐसा क्यों नहीं करना चाहिए। एक ही तत्त्व है, जो इसमें काम करता है और वह है आश्चर्य एवं मनोवैज्ञानिक कारक, जो इसमें पहली बार काम कर जाता है, वह आगे इस ट्रिक को दोहराने पर उतना असरदार नहीं रह जाएगा।

अगर आप यह जादू करना चाहते हैं तो इसमें अपना खुद का कुछ बनाइए, यह आदत बनाइए कि जैसे-जैसे आप इसमें आगे बढ़ते जाएँ, समय-समय पर कार्ड बदलते रहें।

प्रस्तुतीकरण पर बराबर ध्यान देकर जैसा कि इसमें बताया गया है, आप इसे आसानी से मारक प्रभाववाला बना सकते हैं—एक ऐसा जादू, जिसे लोग आपके जरिए याद रखेंगे।

हम ज्यादा-से-ज्यादा समय सीखने में बिताएँगे, ताकि प्रस्तुतीकरण को और बेहतर बनाने पर पकड़ बना सकें और किसी प्रभाव को किस तरह सँवारना है, उसके बारे में अगले पाठ में दिया गया है।

ट्रिक
रानी का पता लगाएँ

जादूगर तीन पत्तों को पंखे के आकार में दिखाता है—दो कार्ड दिखाता है (जैसा कि कार्ड पर अंकित नंबर बताते हैं), जो रानी के अगल-बगल हैं।

दर्शकों को चेताते हुए कि जैसा वे देखते हैं, चीजें अमूमन वैसी नहीं रहतीं, जादूगर उन तीनों पत्तों को पलटकर आपस में बदलता रहता है और दर्शकों में से किसी एक को बुलाता है और रानीवाला पत्ता हटाने को कहता है। क्या उसे याद होगा कि कौन सा पत्ता रानीवाला होगा?

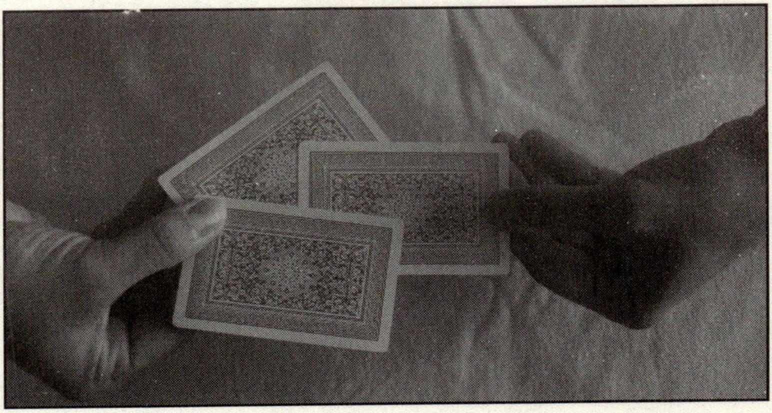

पलटे हुए पत्ते में से एक निकालकर दर्शक अलग कर देता है और अलग रख देता है। अब जादूगर अपने दोनों पत्तों को पलटता है और दिखाता है कि रानी से इतर कार्ड उसके हाथ में रखे हैं। साफ है कि दर्शक ने ही रानी पत्ता निकाला था।

अपने कार्ड दिखाने के बाद जादूगर दर्शक से पूछता है कि उसके पास कौन सा पत्ता है, तो दर्शक बोलता है, "रानी।"

तब जादूगर उसे याद दिलाता है कि दुनिया में वही सबकुछ नहीं है, जैसा दिखता है। कभी-कभी बहुत सामान्य सी चीजें भी, जो हम चलताऊ लहजे में ले लेते हैं, वह वैसा होता नहीं।

इस तरह की रहस्यमयी बातों के साथ वह दर्शक से अपना पत्ता पलटने को कहता है। पत्ता पलटते ही दर्शक विस्मय से चीख उठता है—"अरे, यह तो जोकर है!" जादूगर मुसकराता है और कहता है, "अब हम यह समझ सकते हैं कि ज्यादातर पत्तों के खेल में यह क्यों कहा जाता है कि जोकर आपके किसी भी पत्ते की कीमत और उसका वेष धारण कर सकता है। यहाँ वह रानी के वेष में था।"

तरीका

आपको यह खेल दिखाने के लिए कार्ड का विशेष सेट तैयार करना होगा। कार्ड की गड्डी से दो चुने हुए कार्ड, मसलन एक रानी और एक जोकर को निकाल लें। रानीवाले कार्ड को नीचे दिखाए गए तरीके से तिरछा काट लें।

चुने हुए पत्तों में से किसी एक को ले लें और उन्हें रानीवाले पत्ते के साथ इस तरह जोड़ें कि वे पंखे की तरह बन जाएँ। उन्हें कसकर पकड़ें और इसके बाद उन्हें पलट दें।

पलटे हुए पत्तों को पारदर्शी टेप से इस तरह जोड़ दें कि रानीवाला कार्ड पल्ले की तरह जुड़ा रहे।

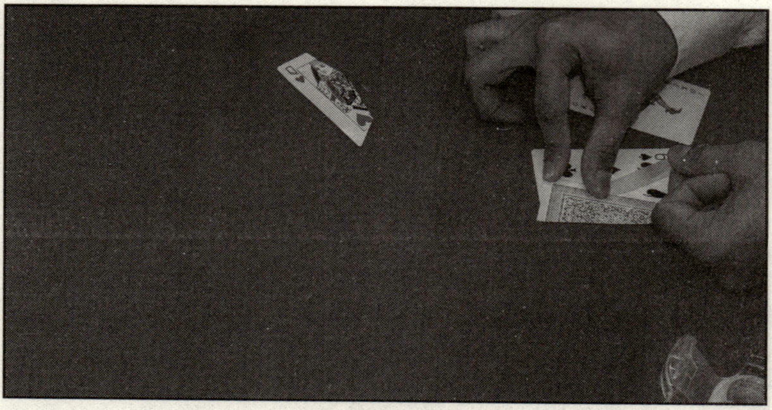

अब रानीवाले कार्ड को चुने हुए कार्ड के बॉर्डर के साथ मिलाते हुए काट लें। पारदर्शी टेप को भी काट लें, अगर वह कहीं से झलक रहा हो तो।

अब आप पूरी तरह से तैयार हैं, 'रानी को खोजो' खेल के लिए। प्रदर्शन करने के लिए पहले जोकरवाले कार्ड को रानी कार्ड के साथ लगाकर बाकी के दोनों पत्तों से ढक लें।

चुना हुआ कार्ड ऊपर रखें, यह दिखाएँ कि रानीवाला कार्ड बीच में है, जबकि उसके नीचे जोकरवाला कार्ड लगाएँ, ताकि निकालनेवाला रानीवाले कार्ड के भ्रम में जोकरवाला कार्ड निकाल ले जाए।

एक बार जब दर्शक बीचवाले कार्ड को रानी कार्ड समझकर निकालेगा (जबकि वास्तविकता में वह जोकर कार्ड निकाल रहा होगा), तो बाकी बचे दोनों कार्ड को इस तरह समेट दें कि सारे कार्ड ढक जाएँ और कोई भी कार्ड दिखे नहीं।

किसी दर्शक की तरफ मुखातिब होने से पहले या कार्ड उनकी तरफ दिखाने से पहले आप कार्ड की स्थिति को अपनी तरफ पलटकर परख भी सकते हैं (चाहें तो छोटे-मोटे बदलाव भी कर सकते हैं)।

ट्रिक इतिहास

हालाँकि रानी को ढूँढ़ो खेल बहुत छप चुका है और कई लोगों द्वारा अलग-अलग समय पर प्रचारित भी किया जाता है, लेकिन इसके खोजकर्ता के बारे में शायद ही कभी बात होती हो। यह एक कनाडाई जादूगर एलन लैंब थे, जिन्होंने सबसे पहले 'लैंब का जोकर थ्री कार्ड मॉण्ट' पुस्तक में 1926 में इसे सबके सामने रखा था।

□

3

सब प्रस्तुतीकरण का कमाल है

प्रत्येक सफल जादुई प्रभाव के पीछे दो महत्त्वपूर्ण कारक होते हैं—

1. दिशा भ्रम का तत्त्व
2. प्रभावी प्रस्तुतीकरण

एक तरफ जहाँ दिशा भ्रम किसी ट्रिक को सफल बनाती है, वहीं जो चीज उस प्रभाव को यादगार बनाता है और जादू को वाकई प्रभावी बनाता है, वह योजनाबद्ध प्रस्तुतीकरण होता है।

प्रस्तुतीकरण बहुस्तरीय प्रक्रिया है। इसमें बताना और दिखाना साथ-साथ होता है और वह भी प्रभावी तरीके से। इसमें प्रस्तोता के पहनने से लेकर, उसके कुछ भी कहने से लेकर करने तक हर चीज समाहित होती है।

अच्छा प्रदर्शन जादू को बेहतरीन बनाता है।

इसे दोबारा पढ़ें। अच्छे प्रदर्शन का दूसरा कोई विकल्प है ही नहीं।

प्रस्तुतीकरण वह अनिवार्य तत्त्व है, जो आपकी जादूगरी को ताकतवर बनाता है। जादुई ट्रिक को दर्शकों के मन में यादगार बनाने के लिए एक अच्छी तरह सोचा-समझा हुआ कथानक, कहानी या कुछ और काफी जरूरी है। ज्यादा जरूरी यह है कि ये सारे तत्त्व दर्शकों की सोच और भावनाओं से जुड़े होते हैं, उन्हें प्रभाव का हिस्सा बनाना ही होता है।

महान् जादूगरों की यह खासियत होती है कि वे सामान्य से जादू को भी इस प्रभावी ढंग से प्रस्तुत करते हैं कि उसमें उनका शानदार और बेजोड़ प्रस्तुतीकरण और सौम्य दिशाभ्रम शामिल होता है।

आइए, देखें कि प्रदर्शन काम कैसे करता है?

एक जादूगर अपनी जेब से एक छोटी सी पुस्तक निकालता है। सबकी

तरफ उस पुस्तक को खोलकर दिखाता जाता है कि उसके सारे पन्ने सादे हैं, उनपर कुछ लिखा नहीं गया है। अपने हाथ की जादुई हरकत से वह दिखाता है कि उसके सारे पन्ने खाली हैं। वह एक बार फिर पन्नों को दर्शकों के सामने घुमाता है। इस बार पुस्तक के सारे पन्ने रंग-बिरंगी चित्रकारी से भरे पड़े होते हैं।

क्या आप इसे हैरतअंगेज कहेंगे? जादुई? या आप क्या सोचने लगे, क्या है यह? क्या ऐसा ही और भी होगा?

हमें इसपर कुछ सोचना चाहिए

हमारे पास एक ऐसी ट्रिक है, जिसके जरिए हम पुस्तक दिखाते हैं, पहले खाली और बाद में छपी हुई। इसके साथ हम क्या कर सकते हैं? इसके साथ हम कौन सी कहानी जोड़ सकते हैं?

यहाँ मैं आपको एक उदाहरण दूँगा। लेकिन आपको भी उसपर जरूर काम करना होगा और एक ऐसे रूप में खुद को विकसित करना होगा कि आप अपनी एक अलग प्रस्तुति तैयार कर सकें।

आखिर इस पाठ्यक्रम का यही तो उद्देश्य है।

कथानक

मान लीजिए कि जादूगर दर्शकों के बीच घिरा हुआ है और वह ऐलान करता है कि उसके पास उन लोगों को बताने के लिए एक कहानी है, अगर वे ध्यान से उसकी बात सुन सकें। मैं आपको बताना चाहता हूँ कि मेरे साथ दो हफ्ते पहले कुछ हुआ था। मैं देर रात को पैदल ही घर वापस आ रहा था। इस कहानी को ध्यान से सुनें, क्योंकि यह कौतूहल से भरी हुई मनोरंजक कहानी है। अगर आप इस कहानी पर विश्वास नहीं करते हैं तो भी कोई दिक्कत नहीं है। मेरे साथ कई ऐसे क्षण घटित हुए हैं, जिसमें मैं परेशानी में घिरा और मुझे विश्वास था कि यह मुझे नए अनुभव प्रदान करेगा।

लोगों का ध्यान अपनी तरफ खींचने के बाद जादूगर आगे कहता है, ''हम सभी ने जादू की पुस्तकों के बारे में पढ़ा और सुना है; पुस्तकें जिनमें रहस्य होता है, पुस्तकें जो बोलती हैं और एक बात, पुस्तकें जो जवाब भी देती हैं। फिर भी दो हफ्ते पहले मिली एक असली जादू की पुस्तक जैसी मुझे आज

तक नहीं मिली, जिसने मुझे बेहतरीन तरीके से तैयार किया।''

फिर जादूगर ने अपनी जेब से एक छोटी सी नोटबुक जैसी पुस्तक निकाली और बोला, ''मैंने यह पुस्तक सड़क के एक किनारे से पाई। मैं इसपर पैर रखने ही जा रहा था कि मेरा ध्यान इसपर पड़ा और मैंने इसे उठा लिया। और जैसा कि किसी के भी साथ होता, मैं इसके पन्ने पलटकर देखने लगा।''

जादूगर ने पुस्तक खोलकर दिखाना शुरू किया तो उसके सारे पन्ने खाली थे और सभी लोग चकित थे कि यह कैसी पुस्तक है। पुस्तक के पन्ने पलटते हुए उसने लोगों से कहा, ''मैं शुरू से अंत तक इसे पलटता गया, इस जिज्ञासा में कि कहीं तो कुछ दर्ज हो।''

जादूगर बोला, ''मैं बड़ा निराश हुआ कि यह कैसी पुस्तक है, जिसमें कुछ लिखा ही नहीं गया। फिर मैंने आस-पास देखा कि शायद जिसकी यह पुस्तक हो, वह खोजता हुआ उधर की तरफ आ सकता है कि आ रहा हो। चूँकि काफी देर तक जब कोई नहीं आया तो इस उम्मीद में कि हो सकता है कि मैं इसके असली मालिक से कभी मिलूँ तो उसे वापस कर सकूँ, मैंने इसे अपने पास ही रख लिया।

''मैं काफी देर से घर पहुँचा, इसलिए मैंने इस पुस्तक को अपने लिविंग रूम में एक टेबल पर रख दिया और अपने बेडरूम में सोने चला गया। तब तक इस पुस्तक को लेकर कुछ भी अजीबोगरीब नहीं था। अगली सुबह जब मैं उठा तो मैंने इसे फिर से पलटना शुरू किया, मैं इसके खाली पन्नों में भी कुछ खोज रहा था।

''संयोग से मेरे घर के बगल में रहनेवाली मेरी भतीजी भी मेरे घर आई हुई थी। उसे अपने विद्यालय से मिले गृह कार्य में कुछ मदद चाहिए थी। उसने ही मुझसे पूछा कि क्या मेरे पास कोई ऐसी छोटी सी पुस्तक है, जिस पर कुछ कलाकृतियाँ बनी हुई हैं। मैंने उसकी तरफ देखा और छोटी पुस्तक दिखाकर उससे विस्मय से पूछा, 'इस पुस्तक में कहाँ बनी हैं कलाकृतियाँ।' ऐसा कहते हुए मैं उस छोटी सी पुस्तक के पन्ने पलटने लगा और यह देखिए!''

और वहाँ मौजूद हर किसी ने देखा कि जादूगर ने अचानक दो पन्ने खोले और उनमें ज्यामितीय कलाकृतियाँ बनी हुई थीं!

''मैं तो उछल ही पड़ा, यह देखकर कि जो पुस्तक अब तक एकदम खाली

पड़ी हुई थी, उसपर ये कलाकृतियाँ कैसे बन गईं! फिर भी, मेरी भतीजी चाहती थी कि उसे पूरी तरह कलाकृतियों से भरी हुई पुस्तक मिल जाए। इसलिए मैंने उसकी आँखों में देखा और उससे जोर से कहा, ऐ पुस्तक, पूरी तरह कलाकृतियों से भर जा।''

जादूगर ने चारों तरफ पुस्तक पलटते हुए हैरतभरी आवाज में कहा, अब जो हुआ, उसने मुझे बुरी तरह चौंका दिया, क्योंकि उसके लिए तो मैं बिल्कुल तैयार नहीं था।''

हर किसी ने देखा कि पुस्तक के हर पन्ने पर कलाकृति बनी हुई थीं और उसमें एक भी पन्ना सादा नहीं था। उसने कहा, ''मेरी नन्ही भतीजी मारे खुशी के उछलने लगी और उसने मेरे हाथ से पुस्तक छीन ली और मुझे हलका सा पुचकार देकर वह अपने घर की तरफ भाग गई।''

प्रक्रिया

इस प्रभाव का रहस्य एक खास 'जादुई पुस्तक' में है, और वह जादू करना आप भी सीख जाएँगे। इस पुस्तक को जादू की दुनिया में 'जादुई रंग पुस्तक' या 'जादुई टिकट एल्बम' भी कहते हैं।

सलाह

जादुई रंग पुस्तक तमाम पेशेवर प्रारूपों में उपलब्ध है और उन्हें 'मैजिक डीलर्स' के माध्यम से पाया जा सकता है, जैसा कि 'द रेफरेंस चैप्टर' में उल्लेख किया गया है। इससे ज्यादा जानकारी अगर आपको मैजिक कलरिंग बुक के बारे में चाहिए तो आप www.smartcourseinmagic.com से भी ले सकते हैं।

मैजिक बुक का रहस्य ही यह है कि इसे विशेष तरीके से तैयार किया गया है। जब एक तरफ से इसके पन्ने पलटे जाते हैं तो इस पुस्तक में सादे पन्ने ही दिखते हैं, लेकिन जब इसे उलटकर इसके पन्नों को पलटा जाता है तो वे सभी पन्ने दिखते हैं, जिन पर ड्रॉइंग बनी होती है।

ग्राफिक का प्रयोग कर आप भी अपनी जादुई पुस्तक तैयार कर सकते हैं।

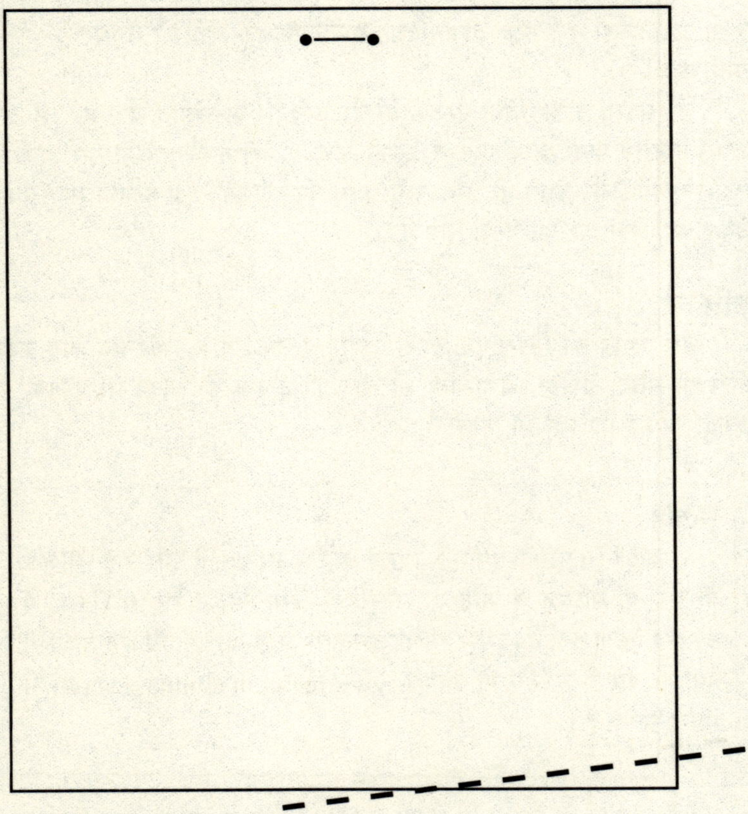

Paper Type A

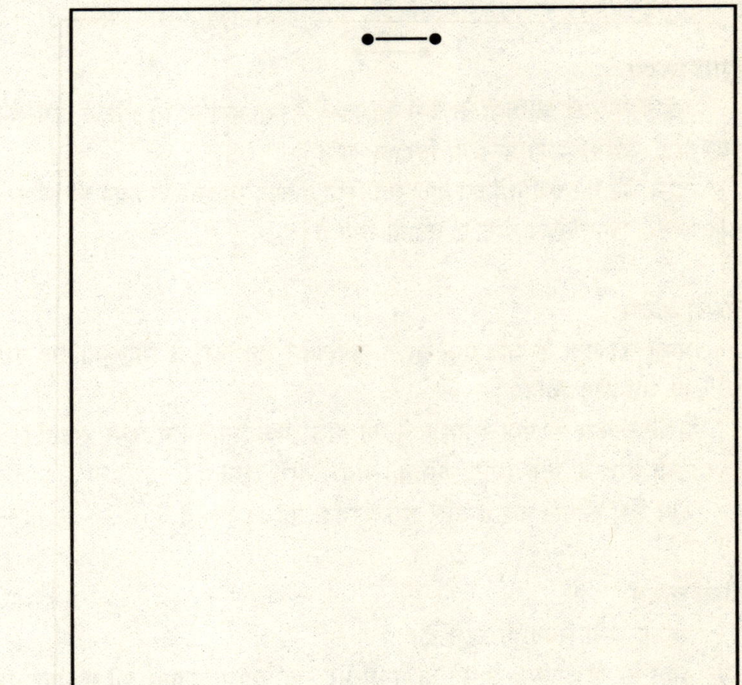

Paper Type B

कैसे बनाएँ जादुई पुस्तक

पहला कदम

ऊपर दिखाए गए दोनों ग्राफिक पेज की 20 कॉपियाँ तैयार कर लें।

आउटलाइन के सहारे बाकी का हिस्सा काट दें।

दूसरा कदम

पहले सेट की कॉपियों के पन्ने का बायाँ हिस्सा हलका सा छाँट दें। बिल्कुल उसी तरह, जैसा पिछले पन्नों में दिखाया गया है।

दूसरे सेट की कॉपियों का दाहिना हिस्सा हलका सा छाँट लें। यह भी बिल्कुल उसी तरह, जैसा पिछले पन्ने में बताया गया है।

तीसरा कदम

पन्नों को एक के बाद एक बदल-बदलकर सेट करें, वे बिल्कुल दाईं तरफ ही सेट होने चाहिए।

उसी आकार के एक रंगीन पन्ने को कवर पेज बनाते हुए ऊपर रख दें।

उसी तरह के एक रंगीन पन्ने को सबसे नीचे लगा दें।

अब उसे स्टेपल कर दें और उसे पुस्तक का आकार दे दें।

चौथा कदम

पहला पन्ना रिक्त ही रहने दें।

आगे के दो आमने-सामने के पन्नों पर ज्यामितीय आकार की कलाकृतियाँ बना दें।

इसे जारी रखें : एक सेट में कलाकृतियाँ बनाएँ, जबकि दूसरे सेट को सादा छोड़ दें।

सभी सामने के पन्नों पर ऐसा ही करें।

अंत का एक पन्ना भी सादा ही छोड़ दें।

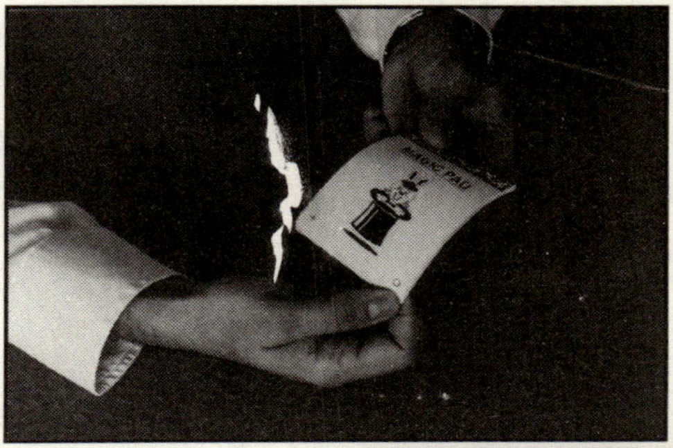

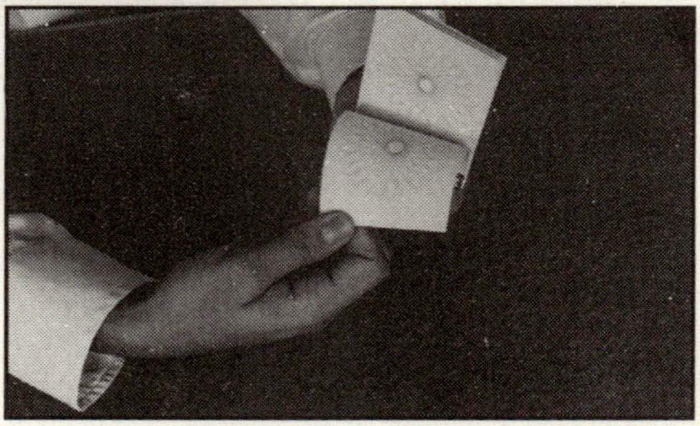

जब आप अपनी मैजिक बुक बना लें, कवर पेज पर पेंसिल से छोटा सा निशान एक + और एक 0 के रूप में दोनों तरफ अंकित कर लें। पेंसिल के इस निशान को 'चाबी' भी कहा जाता है और यह इतना हलका होना चाहिए कि केवल आपको ही दिखे। दोनों निशान इसलिए बनाए जाते हैं, ताकि आपको पता रहे कि पुस्तक का कौन सा हिस्सा ड्राइंगवाला है और कौन सा हिस्सा सादा है।

इस बात का ध्यान रखें

इस उदाहरण में, जब पुस्तक 0 अंकित कवर पेज की ओर से ऊपर से नीचे की तरफ तेजी से पलटी जाती है तो केवल सादे पन्ने ही दिखते हैं। जब पुस्तक पलट दी जाती है और + निशान ऊपर होता है तो पन्नों को पलटने पर उसमें बनी आकृतियाँ झलकने लगती हैं।

आप अपनी खुद की जादुई पुस्तक भी तैयार करें या बेहतर यह होगा कि पॉकेट डायरी या नोटबुक को ऊपर बताई गई तर्ज पर नए सिरे से तैयार कर लें।

इस कथानक में पूर्व में बताई गई कहानी का भी प्रदर्शन के दौरान प्रयोग किया जा सकता है, सिर्फ ध्यान इस बात का रखना है कि पुस्तक को कब किस तरह दर्शकों के सामने पलटना है।

इसके साथ खेलें। इसके साथ ही सोचें कि आप इसमें और क्या-क्या नई बातें जोड़ सकते हैं।

इस विधा का इतिहास

यह ट्रिक जीन प्रीवोस्ट की ला प्रीमियर पार्टी डेस सबटाइल्स एट प्लेजेंट्स इन्वेंशंस और रेनाल्ट स्कॉट की डिस्कवरी ऑफ विचक्राफ्ट, दोनों पुस्तकों में 1584 प्रकाशित हुई है, हालाँकि इस जादू का विचार और भी पुराना है। इन पुस्तकों के आने से पहले इस ट्रिक को कई और नामों से भी जाना जाता था, जिसमें 'ब्लो बुक' भी शामिल है।

संक्षेप में

ऊपर दिया गया उदाहरण यह बताने के लिए था कि अच्छे प्रस्तुतीकरण से किसी प्रभाव को कई गुना तक बढ़ाया जा सकता है।

साथ ही, आप माइकल वेबर द्वारा इस पुस्तक के संदर्भ में लिखा गया परिचय 'प्रस्तुतीकरण की ताकत' को दोबारा पढ़ें। आपको निश्चित तौर पर कुछ-न-कुछ नया चकित करनेवाला विचार मिलेगा, जो आपकी किसी प्रभाव की प्रस्तुति को और निखार देगा।

यह बहुत जरूरी है कि हर जादुई क्रिया में कुछ हरकतें भी की जाएँ, चाहे वे हाव-भाव से हों, शब्दों से या कहानियों से कारण या तर्क बताया जाए कि क्यों यह जादू प्रदर्शित किया जा रहा है। इससे प्रदर्शन के लिए न केवल बेहतरीन आधार तैयार होगा, बल्कि यह दर्शकों को ट्रिक के काम की जिज्ञासा से भी दूर हटाएगा और उन्हें सामने हो रहे जादू के जरिए आनंद में और गहरे तक ले जाएगा।

जैसा कि आपने पढ़ा, ऊपर दी गई पटकथा को समझें और प्रयोग करें, उसे महसूस करें और चरित्र निभाएँ। भावनाओं को महसूस करें, उन्हें साझा करें और अपनी आवाज व अपनी हरकतों से कहानी में जीवन पैदा कर दें। इससे आप जो जादू साझा करना चाहते हैं, उससे दर्शकों को और गहराई से जोड़ पाएँगे।

जैसा कि ज्यादातर जादू के खेल इस तरह प्रस्तुत किए जाते हैं कि वे तार्किक होते हैं और विज्ञान के नियमों पर आधारित होते हैं, यह बहुत जरूरी होता है कि प्रस्तोता को सहज तार्किक होना चाहिए। उसे बताना चाहिए कि क्यों यह जादू यहाँ प्रस्तुत किया जा रहा है? या बेहतर यह होगा कि दर्शकों से यह उम्मीद की जाए कि वे क्यों का खयाल रखें?

ट्रिक
कार्ड से लेकर पॉकेट तक

जादूगर हमेशा जादू की ताकत बताते हुए कहता है कि असंभव को संभव बनाता है यह। ताश के पत्तों की गड्डी की तरफ देखते हुए उसने उनमें से तीन कार्ड निकाले और उन्हें पंखा बनाकर दर्शकों को दिखाया—चिड़ी, हुकुम और ईंट के इक्के उसमें थे।

दर्शकों के बीच कार्ड की गड्डी बँटवाने के बाद जादूगर दर्शकों से कोई रंग बोलने को कहता है—लाल या काला। दर्शक लाल रंग चुनते हैं।

जादूगर दर्शक को लाल कार्ड उठाने को बोलता है, जिसे दर्शक ने कुछ समय पहले ही दिखाया था—ईंट का इक्का।

इसके बाद जादूगर ने कार्ड की गड्डी पर जादुई हाव-भाव दिखाते हुए ऐलान किया कि उसने उक्त दर्शक के पास से ईंट का इक्का गायब कर दिया है और वह वापस गड्डी में आ गया है।

"क्या यह आपको अविश्वसनीय नहीं लग रहा?" जादूगर ने पूछा और टेबल पर रखी कार्ड की गड्डी पर थपकी देने लगा।

दर्शक ने जब गड्डी खोली तो वाकई उसमें ईंट का इक्का रखा हुआ था।

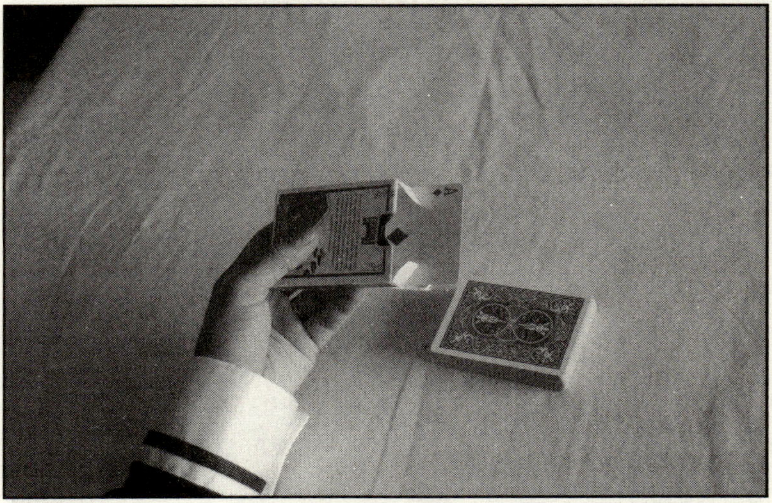

दर्शक ने सारे पत्ते उठा लिये और जल्दी-जल्दी उन्हें जाँचने के लिए पलटने लगा। जाँच में उसने पाया कि इसमें और कोई ईंट का इक्का कार्ड नहीं रखा है।

तरीका

आपको यह खेल दिखाने के लिए चार इक्केवाले कार्ड चाहिए। इससे पहले कि आप खेल शुरू करें, आपको ईंट का इक्का हटाकर अपनी जेब में रख लेना होगा। अब आप तीन इक्के लें और उन्हें पंखे का आकार इस प्रकार दें कि देखनेवालों को पान का कार्ड ईंट के कार्ड जैसा दिखे।

अब चिड़ी का कार्ड और हुकुम का कार्ड ऊपर रखते हुए और सबसे नीचे पान का कार्ड ऐसे रखना है कि वह साफ-साफ न दिखाई दे। इसे उलटकर लगाएँ, ताकि पानवाले बिंदु ऊपर की तरफ दिखें।

चिड़ी और हुकुम के पत्तों को ऐसे लगाएँ कि पान का पत्ता ईंट के पत्ते जैसा नजर आए। यह सुनिश्चित करें कि पान का ऊपरी सिरा ऊपर ही रहे और उन्हें इस तरह सेट करें कि पान का कार्ड ईंट के कार्ड जैसा प्रतीत हो।

कार्डों को पंखे का रूप देकर दर्शकों की तरफ दिखाएँ और उन्हें यह आभास कराएँ कि उस पंखे में हुकुम, चिड़ी और ईंट के इक्के रखे हुए हैं।

उन तीनों पत्तों को नीचे रख दें। अब पान का कार्ड गड्डी के बीच रख दें और बाकी के दोनों कार्ड भी इसी तरह गड्डी में मिला दें।

अब किसी दर्शक को बुलाकर कहें, ''मैं उनसे निवेदन करता हूँ कि वे लाल या काले में से कौन सा रंग चुनना चाहेंगे?''

दर्शक लाल या काले में से किसी एक के बारे में बोलेगा। यहीं पर हमें एक शानदार तकनीक का इस्तेमाल करना होगा, जिसे जादूगर की पसंद बोला जाता है। इससे हमें अपनी सही पसंद को हर वक्त नियंत्रित करने की सुविधा मिलती है, जबकि मुक्त पसंद का भ्रम बना रहता है।

सीन

दर्शक बोलता है, लाल। बेहतरीन। तत्काल उस रंग का इस्तेमाल करिए और ऊपर दी गई विधि पर आगे बढ़ते जाइए।

सीन

दर्शक बोले, काला। बिना पलकें झपकाए आप उससे दोबारा पूछें, काला! आप काला पसंद करते हैं? ठीक है। यह मुझे लाल कार्ड के साथ छोड़ेगा।

हम लाल कार्ड के साथ खेल जारी रखते हैं।

अब दर्शक से फिर पूछें कि क्या उसे याद है कि उसके पास लाल कार्ड किसका था, आप जोर से बोलें, "वो ईंट का इक्का था।"

अब आप कहेंगे कि आपने दर्शक के पास से वह लाल कार्ड झपट लिया और उसे वापस खाली गड्डी में डाल दिया। इस दौरान जादू करने जैसे हाव-भाव बनाते रहें, ताकि लगे कि ईंट कार्ड वापस गड्डी में जा रहा है और फिर उसे टेबल पर रख दें।

आराम से बैठ जाएँ और तारीफों का आनंद लें।

ट्रिक इतिहास

एस.डब्ल्यू. इर्दनेस की 1902 में लिखी पुस्तक 'द एक्सपर्ट एट द कार्ड टेबल' के द थ्री एसेज पाठ में इस तरह के खेल के बारे में पढ़ा जा सकता है। इस तरीके को देखकर लगता है कि यह 18वीं शताब्दी या उससे भी पहले का हो सकता है।

□

4

जादू का विज्ञान

'कोई भी आधुनिक तकनीक जादू के स्तर को नहीं पा सकती।' जब तक हम विज्ञान फंतासी के लेखक ऑर्थर सी क्लार्क की इन कालजयी पंक्तियों का उल्लेख न करें, तब तक कोई भी व्यक्ति जादू और विज्ञान के आपसी संबंधों के बारे में बात नहीं कर सकता।

यह एक सामान्य सा वाक्य है, जिसमें कई निहितार्थ छिपे हुए हैं। मूल आधार पर देखें तो यह एक सोच को दरशाता है कि जादू विज्ञान की पहुँच से कहीं आगे की चीज है, इसके साथ ही यह भी समझा जा सकता है कि विज्ञान में लगातार हो रही बढ़ोतरी उसे जादू और फंतासी के करीब ले जा रही है।

यह देखना वाकई कौतूहलपूर्ण है कि जादू एक ऐसी उन्नत तकनीक है, जिसे विज्ञान हासिल ही नहीं करना चाहता, बल्कि उससे आगे भी जाना चाहता है।

हैरी पॉटर के अदृश्यता के रहस्य के घटनाक्रम को याद करें, जो कि अभी भी निर्माणाधीन है या हाल की घोषणा कि ऐसी मशीनें, जो मनुष्य का दिमाग पढ़ सकेंगी, जल्दी ही तैयार हो जाएँगी। पहले दर्जे के जादूगरों, जिसमें आधुनिक जादू के पिता, जीन इउगेन रॉबर्ट हॉउडिन शामिल हैं, ने विज्ञान फंतासी पर आधारित बहुत से जादुई कृत्य प्रस्तुत किए हैं।

बहुत से उदाहरण हैं, जिसमें जादूगरों ने खुद को वैज्ञानिक, डॉक्टर या अनुसंधानकर्ता के रूप में प्रदर्शित किया है। ऐसे भी घटनाक्रम हैं, जिसमें मंच पर तमाम तरह के जादूवाले प्रयोग किए गए, जिनका उद्देश्य अफ्रीकी ओझाओं के जंतर-मंतर को न केवल पछाड़ना था, बल्कि यह भी दावा करना था कि हमारा (पश्चिमी/नई दुनिया) जादू तुम्हारे घुमंतू यायावर जादू से कहीं बेहतर है। कई सारे उदाहरण हैं जादूगरों के, जिसमें वे खुद को ऐसे नए उपकरणों या मशीन का खोजकर्ता होने का दावा करते हैं, जो असंभव को संभव बना

सकती हैं। कुछ अच्छे उदाहरण के रूप में एक बहुत ही सुंदर नक्काशीवाली घड़ी आधारित ऑटोमाटा को रखा जा सकता है, जो शतरंज खेल सकती है, लोगों से बात कर सकती है या पेड़ पर फल उगा सकती है।

शुरुआती दिनों से ही जादूगरों ने अपने खेल में तकनीक की ताकत डालने के लिए ऐसे प्रयोग किए या सिद्धांतों को लगाया, जो असंभव को भी संभव करने की कल्पना पर आधारित थे और इसमें उन्होंने कलात्मकता का बखूबी प्रयोग किया। कल्पना पर आधारित होने के कारण वे विज्ञान की उन्नति का प्रयोग करने में आगे रहे और यही नहीं, किसी खोज का उन्होंने अपने अलग मौलिक अंदाज में इस्तेमाल किया। उदाहरण के लिए 19वीं शताब्दी में रॉबर्ट हाउडिन ने 'लाइट एंड हेवी चेस्ट' के नाम से एक जादू का प्रदर्शन किया था, जो काफी मशहूर हुआ था। वह शो इलेक्ट्रोमैग्नेट की मदद से किया गया था, जिसमें जादूगर के इशारे पर एक वस्तु अचानक बहुत हलकी हो जाती तो कभी अचानक बहुत भारी हो जाती।

आगे चलकर जादू को ज्यादातर धुएँ और शीशे के विशेष प्रभाव से जाना जाने लगा, जो वॉवदेविलेन जादूगरी अभ्यास से आया, जिन्होंने अपनी प्रस्तुतियों में इन तत्त्वों का ज्यादा प्रयोग किया। मंच पर तमाम तरह के भ्रम पैदा करने, मसलन डरावने भूत जैसी आकृतियाँ, शरीर के आर-पार देख लेने की कला और प्रकाश व प्रतिबिंब के प्रयोग से अंग-भंग जैसी चीजें लेकर आनेवाले ये जादूगर पहले शख्स थे।

तकनीक को अपने अलग तरीके से प्रयोग करने और उससे सामंजस्य बिठाने के कारण बहुत से जादूगरों ने दुनिया के इतिहास में अपना नाम स्वर्णिम अक्षरों में दर्ज कराया। फ्रांसीसी जादूगर जॉज मीलीज ने यादगार फिल्म 'अ ट्रिप टू द मून' में विशेष प्रभावों का सबसे पहले प्रयोग किया, जबकि ब्रिटिश जादूगर जैस्पर मस्कलिन ने दूसरे विश्वयुद्ध में अपने जादुई कौशल से मित्र राष्ट्रों की फौज को जर्मन लड़ाकू जहाजों से छद्म आवरण से छिपा लिया था।

वास्तव में जादू और विज्ञान अपरिचित होते हुए भी प्रकृति से जुड़े हुए हैं। जादूगर विज्ञान के ही नियमों और तकनीक का प्रयोग करते हुए ऐसे प्रभावों का सृजन करते हैं, जिन्हें देखने के बाद वैज्ञानिक भी हैरत में पड़ जाते हैं।

आज के समय में ज्यादातर जादू विज्ञान के नियमों और तर्क आधारित पुष्टियों को ध्वस्त कर रहे हैं, चाहे वह वस्तुओं को हवा में तैराना हो, किसी व्यक्ति को एक कमरे से दूसरे कमरे में बिना उसे छेड़े पहुँचा देना हो अथवा

एक कठोर वस्तु को दूसरी कठोर वस्तु में से पार कराना हो।

कुछ कलात्मक जादुई प्रभाव, मसलन हवा में से कोई चीज खींच लेना, कोई वस्तु गायब कर देना या एक वस्तु को किसी दूसरे रूप में बदल देना, यह सब विज्ञान को चुनौती देते हुए मिलते हैं या यह ऐसी चीजें हैं, जिन्हें विज्ञान नहीं कर सकता।

उदाहरण के लिए, अगर जादूगर हवा में उड़ानेवाले प्रभाव का प्रयोग करता है तो उसमें वह ज्यामितीय ज्ञान का कलात्मक प्रयोग करता है और प्रकाश के तत्त्व का प्रयोग करके वस्तु को हवा में उड़ाने का भ्रम पैदा कर देते हैं।

यह पहले भी कई बार बताया जा चुका है और एक बार फिर दोहराना समीचीन होगा कि जादू दिखाना पूरी तरह इस बात पर निर्भर करता है कि आप दर्शकों के बीच अविश्वास का पूरी ताकत से दमन कर देंगे। दर्शक जानते हैं कि यह केवल एक खेल है और ऐसा वास्तव में होना असंभव है। इसके बावजूद शो के उस पल में वे विश्वास करना चाहते हैं, इसकी वास्तविकता महसूस करना चाहते हैं। संक्षेप में दर्शक उस जादूगर द्वारा बनाए जा रहे जादू के साथ खेलना चाहते हैं।

जानते हुए या अनजाने में दर्शकों का मिजाज रॉबर्ट हाउडिन के इन शब्दों से मेल खाता है, 'जादूगर एक कलाकार होता है, जो जादूगर का किरदार निभा रहा होता है।'

जादू हमें क्यों आकर्षित करता है, इसके पीछे एक आधारभूत कारण है कि यह मनुष्य को फंतासी और अवास्तविक जरूरतों से सीधे जोड़ देता है। इस जरूरत को जादूगर पूरी करता है और इसके लिए वह नए-नए अविश्वसनीय से लगनेवाले खेल लेकर सामने आता है, जो इंजीनियरिंग और तकनीक की मदद से विकसित किए गए होते हैं।

यही वह ज्ञान है, जो यह सुनिश्चित करता है कि इस धरती पर जादू भी रहेगा और जादूगर भी। जैसे-जैसे विज्ञान और तकनीक में उन्नति होती जाएगी और मनुष्य जादू और फंतासी के वास्तविकता में बदलने के करीब पहुँचेगा, उसी तरह जादूगर भी विज्ञान के नियमों को तोड़ते-मरोड़ते रहेंगे और हमारी कल्पनाओं को परवाज देंगे। वास्तव में ये जादूगर ही हैं, जो विज्ञान को कुछ नया करने की प्रेरणा देते हैं।

जादू के खेल में प्रस्तुतीकरण विज्ञान से आच्छादित रहता है। दृश्य और हरकत का विज्ञान दर्शकों को घुमाकर रख देता है।

कथानक

एक सामाजिक कार्यक्रम में पहुँचे जादूगर से लोग जिद करते हैं कि वह अपनी कला लोगों को दिखाए। यह अनपेक्षित अनुरोध तो होता है, लेकिन निंजा की तरह ही जादूगर को हमेशा खेल दिखाने और परिस्थिति को अपने पक्ष में करने के लिए तैयार रहना होता है।

लोगों की भीड़ में से किसी शख्स की सुंदर कलम पर उसकी नजर टिक जाती है। उससे जादूगर कहता है, 'हलो सर! आपकी कलम तो बहुत प्यारी लग रही है। क्या आप कुछ देर के लिए इसे मुझे दे सकते हैं?'

कलम लेकर जादूगर बड़े गौर से उसका मुआयना करता है, आगे-पीछे, ऊपर नीचे करके उसे हर कोण से परखता है। जादूगर कहता है, ''हाँ! मुझे लगता है कि अगर यह कलम वास्तव में असली है तो यह एक विशेष तत्त्व से बनी होगी और तब इससे मैं विज्ञान के एक बहुत ही दिलचस्प पहलू से जुड़ा खेल आपको दिखाऊँगा। इस बेहतरीन कलम को आज के विशेष मौके पर लाने के लिए आपका शुक्रिया।''

लोगों का ध्यान अपनी तरफ खींचने के बाद जादूगर अपना खेल शुरू करता है। आपको शायद पता हो या नहीं, लेकिन ज्यादातर जादू होते ही ऐसे हैं, जिसमें विज्ञान का श्रेष्ठतम इस्तेमाल किया जाता है; हम लोग विज्ञान के नियमों को पूरी तरह तोड़-मरोड़कर या अपने हिसाब से बदलकर खेल दिखाते हैं और यहाँ तक कि वैज्ञानिकों को भी दंग कर देते हैं। फिलहाल जो मैं आपको दिखाने जा रहा हूँ, वह एक असाधारण खेल है।

विज्ञान के शिक्षक की भाँति उसने कहा, ''स्कूलों में हम सभी ने पढ़ा है कि फ्रिक्शन की वजह से गरमी पैदा होती है और गरमी के कारण ठोस वस्तु तरल में बदलने लगती है। अब इस कलम को देखिए, कितनी सुंदर कलम है और वह भी ठोस मेटल से बनी हुई। हमें इस बात का फायदा मिलेगा कि यह कलम एक विशेष धातु की बनी हुई है, जो जादू को और आसान बना देगा।''

अपनी बाईं हथेली पर कलम रखकर उसने दाएँ हाथ से उसे ढक दिया। इसके बाद वह अपने दोनों हाथ रगड़ते हुए बोला, ''हाथों को रगड़ने से फ्रिक्शन पैदा होगा, जिससे गरमी पैदा होगी। हालाँकि इतनी गरमी भी नहीं पैदा होगी कि कलम पिघल जाए। हमें इसके लिए ज्यादा गरमी चाहिए होगी, हाँ! यह ठीक रहेगा।''

कलम को अपनी हथेली से हटाकर जादूगर ने उसे अँगूठे और उँगलियों के बीच फँसा लिया और उसे हिलाने लगा। साथ ही उसने कहा, ''अगर हम इसे उचित मात्रा में गरमी देते हैं तो यह ठोस चीज तरल में बदलने लगेगी और यह कलम नरम होते-होते रबड़ की तरह बन जाएगी।''

देखनेवाले चकित थे और अपने सामने कलम को मुड़ता हुआ देख रहे थे, मुड़ती जा रही थी, वह ऐसे मुड़ रही थी, मानो रबड़ की बनी हो और यहाँ तक कि नूडल्स की तरह जादूगर अपनी उँगलियों के बीच उसे लगातार हिलाता जा रहा था।

जिस तेजी से जादूगर ने उसे हिलाना शुरू किया था, उसी तेजी से वह अचानक रुक गया और बोला, ''और साथियों हम इसे फूँक मारकर थोड़ा सा ठंडा भी कर देते हैं।'' फिर वह मुँह से ही उसपर फूँक मारने लगा और बोला, ''इससे कलम के मॉलीक्यूल्स को सामान्य तापमान पर आने में मदद मिलेगी और यह कलम फिर से ठोस अवस्था में पहुँच जाएगी।''

जादूगर ने कलम को जल्दी-जल्दी हिलाना शुरू किया, ताकि वह जल्दी ही अपनी पुरानी और मजबूत अवस्था में आ जाए और फिर उसने कलम को उसके मालिक के सुपुर्द कर दिया।

जादूगर ने कलम-मालिक से कहा, ''इस खास कलम को रखने के लिए आपका शुक्रिया, क्योंकि अगर आज आपने यह कलम अपने पास न रखी होती तो हम यह खास बात आज नहीं देख पाते। आप इस सुकून से रह सकते हैं कि कलम पुरानी वाली स्थिति में ही है।''

इसके साथ ही जादूगर आगे के कुछ और खास कार्यक्रमों के लिए तैयार होने लगा और लोगों से जादू तथा विज्ञान के खास संबंधों पर बातें करने लगा।

क्रियाकलाप

आप सोच रहे होंगे कि ऐसा कैसे संभव हुआ कि हाथ में रखी कठोर कलम रबड़ की तरह नरम बन गई और हाथों को कुछ भी नहीं हुआ। तो यह खेल संभव हुआ एक चतुर प्रक्रिया से, जो वैज्ञानिक सिद्धांतों पर आधारित थी—नजरों का प्रतिस्थापन (डिस्प्लेसमेंट ऑफ साइट) और छवि का अपवर्तन किसी वस्तु के दोहरे मूवमेंट।

यह सब इस बात को सुनिश्चित करने के लिए किया जाता है कि देखनेवाले को यह महसूस होने लगे कि कलम किसी नरम रबड़ से बनी हो, जबकि यह पहले की तरह ही हमेशा से कठोर रही।

इसमें जो बात छिपी है, वो यह कि कलम को बीच से चाहे जैसे पकड़ लें, कोशिश करें कि मध्य से थोड़ा हटकर पकड़ें, अँगूठे और उँगलियों से काफी हलके तरीके से।

प्रक्रिया नोट

यह सुनिश्चित करें कि एक सिरा दूसरे की अपेक्षा जरा भारी हो। अगर आप कोई पेंसिल या कलम ले लेते हैं, जो भारी नहीं है तो आपको इसे लंबे समय तक पकड़े रहना होगा, इसके अलावा इसे वस्तु के केंद्र से काफी दूर से पकड़ना होगा।

कलम को ढीले, लेकिन पकड़ इस तरह से हो कि उसे हिलाने पर वह हाथों से छूट न जाए।

कलम को हिलाने की खूबी इसमें है कि सिर्फ कलम के अलावा हाथ, उँगली, कलाई और हाथ का बाकी हिस्सा बिल्कुल नहीं हिलने चाहिए। कलम को हिलाने में लगनेवाली जरूरी ताकत कोहनी से आनी चाहिए।

कलम को उँगलियों के बीच न हिलाएँ। यह वह चीज होगी, जो हर कोई करना चाहेगा और मैं आपको आश्वस्त करना चाहता हूँ कि यह काम नहीं करेगा।

इस ट्रिक की खूबी कलाई और उँगलियों को आपस में जोड़े रखने में है और हाथ तथा कलम में कंपन कोहनी से आना चाहिए।

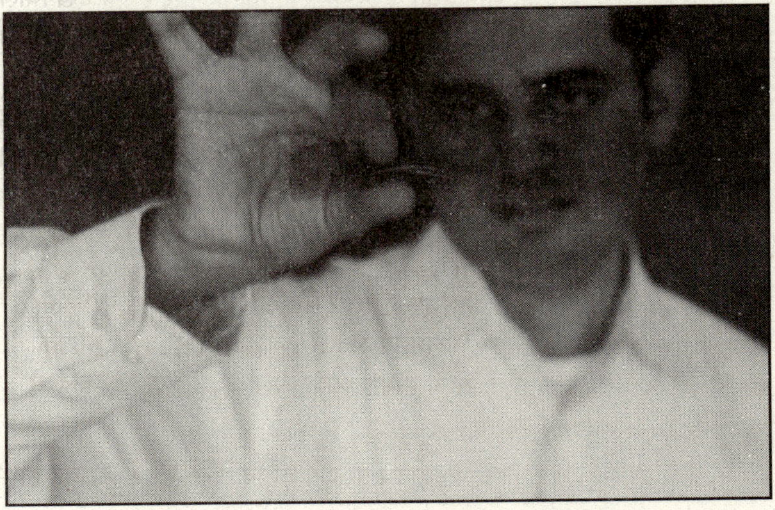

आपको यह तरीका सीखने में ज्यादा वक्त भी नहीं लगेगा और अभ्यास से आपकी इसपर पकड़ बन जाएगी। बेहतर परिणाम के लिए शीशे के सामने इसका अभ्यास करें। एक बार आपकी इस तरीके पर पकड़ बन जाएगी तो आपको खुद भी आश्चर्य होगा, इसके परिणाम को देखकर।

ट्रिक इतिहास

पेंसिल के मुड़ने के खेल की शुरुआत कहाँ से हुई, इसका रिकॉर्ड तो उपलब्ध नहीं है, लेकिन बहुत से समान ऑप्टिकल भ्रमवाले खेल 19वीं शताब्दी में ही खोजे गए। इसलिए ऐसा माना जाता है कि इस खेल की शुरुआत भी उसी दौरान हुई होगी।

संक्षेप में

जादू का खेल एक भुलावा या छलावा है, जो इसे देखनेवालों को वास्तविक विवरण से कहीं दूर ले जाता है और आपको एक ऐसी प्रस्तुति देने के मोड़ पर लाकर खड़ा कर देता है, जहाँ यह विज्ञान से जुड़ा आश्चर्य लगने लगता है।

यह एक बेहतरीन उदाहरण है कि कैसे अच्छी तरह से तैयार किया हुआ खेल, जो कि विज्ञान और तर्क के आधार पर टिका हो, असलियत को छिपाने के बावजूद प्रभावी ढंग से लोगों का मनोरंजन कर सकता है और यही नहीं, लोगों को यह भी महसूस करा सकता है कि यही सामान्य वैज्ञानिक सिद्धांत है, जो कि ज्यादातर लोगों को पता है।

हर जगह की तरह महत्त्वपूर्ण पहलू इसमें यही है कि खेल में निपुण होने के लिए अभ्यास की सख्त जरूरत है। इसे सीखें और इसपर पकड़ हासिल करें, ताकि आपको इसकी प्रस्तुति करते समय कुछ सोचना न पड़े। इसके अलावा आपको अलग-अलग तरह की कलम और पेंसिल से अभ्यास करना भी जरूरी है। इससे आप नए माहौल में या नए मॉडल के कलम या पेंसिल से अपनी प्रस्तुति देने में ज्यादा सहज महसूस करेंगे।

जादू का यह खेल आपको अलग तरह के जादुई खेलों को सीखने और आगे बढ़ने के लिए प्रेरित करेगा और जैसे-जैसे आप आगे बढ़ते जाएँगे और ट्रिक्स सीखते जाएँगे आपको लोगों को चौंकाने में आनंद बढ़ता जाएगा।

ट्रिक
कार्ड पर शीशे के कप को टिकाना

जादूगर ताश की गड्डी से एक पत्ता निकालकर उसे टेबल पर रख देता है, इसके बाद वह सावधानी से उसके ऊपर एक गिलास रख देता है।

जब वह अपना हाथ हटाता है तो गिलास कार्ड के ऊपर ही टिक जाता है।

मानो कि जादूगर के लिए इतना ही काफ़ी न हो, वह गिलास में पानी भी डालता है। अपना ड्रिंक डालकर वह गिलास उठाता है और पी जाता है, जबकि ताश के पत्ते को वह वापस अपनी पॉकेट में डाल लेता है या ताश की गड्डी में रख देता है।

प्रक्रिया

इसके लिए आपको ताश के पत्ते को कुछ खास तरह का बनाना होगा, ताकि वह टेबल पर पानी से भरे गिलास को अपने ऊपर टिका सके और किसी को इसकी भनक भी न लगे।

इसके लिए आपको दो पत्तों की जरूरत पड़ेगी।

- सामने के पत्ते के लिए कोई बढ़िया सा कार्ड चुनें राजा, रानी या गुलाम।
- कोई छोटा-मोटा कार्ड लें, जैसे कि जोकर और उसे लंबाई में आधा काट लें।

कार्ड को सावधानीपूर्वक खड़ा करें, दूसरे कार्ड को पारदर्शी टेप से चिपका दें। इसके बाद दूसरी तरफ से भी चिपका दें, ताकि प्रथम दृष्ट्या दो कार्ड न दिखें।

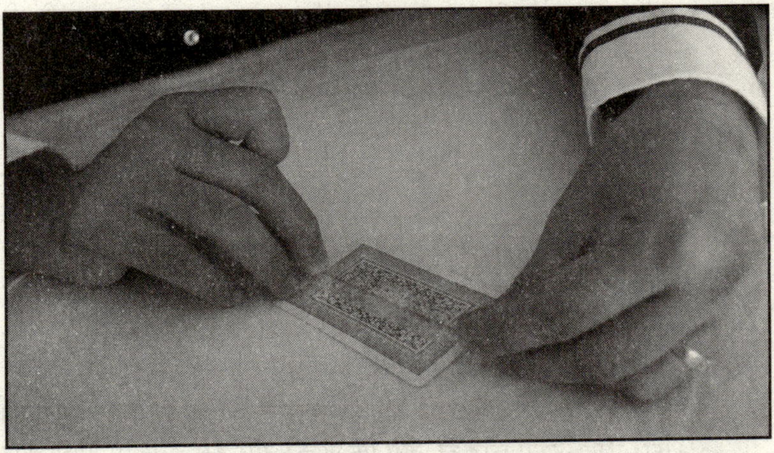

खेल दिखाने के लिए अब आप उक्त खास पत्ते को ताश की गड्डी से निकालें और उसे सीधा खड़ा करें। गिलास का वजन उसे पत्ते पर टिके रहने में मदद करेगा।

जब आप पानी से भरे गिलास को कार्ड के ऊपर से हटाएँ तो दूसरे हाथ से कार्ड के निकले हुए पत्ते को दबा दें।

सावधानी बरतें

आश्चर्यजनक जादू पारदर्शी टेप के कारण और भी मजेदार हो जाता है, क्योंकि यह दर्शकों को दूर से दिखता नहीं और अपना खास काम भी कर देता है।

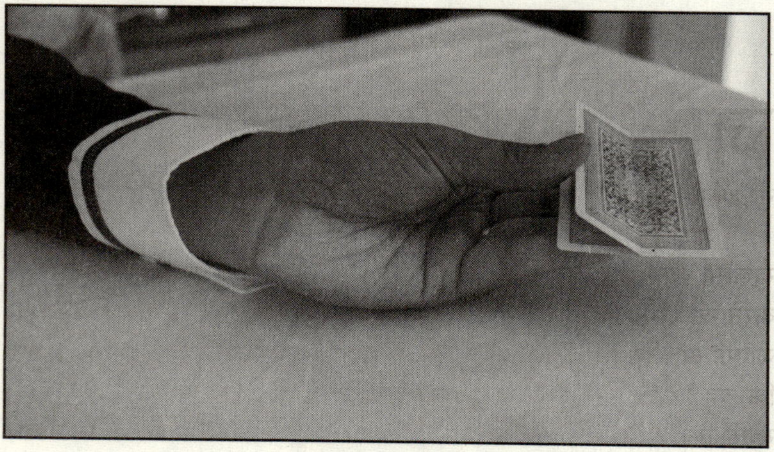

दर्शकों को यह लगना चाहिए कि पत्ते के आगे-पीछे कोई दूसरी चीज नहीं है और उसने गिलास को बिना किसी सहारे के अपने ऊपर बिठाए रखा था। इसके बाद उसे सावधानी से उठाएँ और अपनी पॉकेट में सहेज लें।

ट्रिक इतिहास

इस ट्रिक को 1909 में स्टैंनयॉन की मैजिक मैगजीन में देखा जा सकता है।

□

5

आश्चर्य से बनता है जादू

जादू का सबसे महत्त्वपूर्ण तत्त्व इसका चौंकानेवाला पहलू होता है। यह वह चीज है, जो अचानक सामने आती है और आश्चर्य पैदा करती है या शायद उस खेल में चौंकानेवाले मोड़ होते हैं।

जादू के खेल का आधारभूत नियम यह होता है कि खेल के परिणाम का खुलासा कतई नहीं करना चाहिए। दर्शकों को कभी यह न बताएँ कि आप क्या करने जा रहे हैं, इसका खुलासा करने से उनके अंदर की जिज्ञासा खत्म होती जाएगी और फिर उन्हें आनंद की अनुभूति नहीं होगी। इसके अलावा यह अपेक्षा कि वह ज्यादा-से-ज्यादा जानने का प्रयास करे, तो इसकी ज्यादा उम्मीद बनी रहेगी कि वे आपके खेल को पकड़ लें।

जितने भी खेलों के बारे में हमने पूर्व में चर्चा की है, क्या हमने दर्शकों से कभी यह अपेक्षा की कि वे कोशिश करें कि आगे क्या हो सकता है।

मैं गंभीर हूँ! पूर्व के पाठों पर एक बार फिर नजर दौड़ाइए, खेल के प्रदर्शन को देखिए और यह लिखते जाइए कि हमने क्या कहा दर्शकों से और वास्तव में हमने क्या किया।

हमने उन्हें यह बताया कि हम क्या करने जा रहे हैं, लेकिन बिल्कुल वही किया नहीं।

इसके अलावा यह हमारी प्रतिज्ञा और कथानक पर ही ज्यादातर आधारित था, न कि खेल या ट्रिक पर। यह अंतर बहुत जरूरी है और खेल की सफलता के साथ जुड़ा हुआ है।

बहुत से जादूगर मंच पर पहुँचते ही घोषणा करते हैं, ''देवियो और सज्जनो, मैं आपके समक्ष एक हैरतअंगेज जादू प्रस्तुत करने जा रहा हूँ, जिसमें रस्सी को काटना और उसे फिर से जोड़ देना शामिल है।'' (एक खेल, जिसके

बारे में हम बाद में सीखेंगे) इसमें आश्चर्य क्या है, अगर वे वैसा ही करें, जैसा उन्होंने कहा है?

इसमें आश्चर्यजनक मोड़ तब आएगा, जबकि कहे जाने के विपरीत चीजें हों। शायद एक मजाकिया रुटीन, जहाँ कि जादूगर बताए अनुसार रस्सी न काट पाए या काटने के बाद उसे दोबारा जोड़ न पाए, जैसी कि उसने घोषणा कर रखी थी। या उससे भी बेहतर यह हो कि रस्सी या कैंची में से कुछ गायब हो जाए।

- इसपर जरा गंभीरता से सोचें। ऊपर बताए हालात में आप क्या करेंगे?
- आपके लिए उस खेल के क्या मायने या परिप्रेक्ष्य होगा?
- आप क्या कहेंगे? क्या हरकतें, शब्द या कहानी आप प्रयोग करेंगे?
- सबसे महत्त्वपूर्ण, आप दर्शकों पर क्या छाप छोड़ना चाहेंगे?

अगली ट्रिक जादू में आश्चर्य के पहलू को केंद्रित एक बेहतर उदाहरण साबित हो सकती है।

कथानक

जादूगर के सामने बैठे लोग कुछ मनोरंजक देखने के उद्देश्य से उसकी तरफ उम्मीद भरी नजरों से देख रहे हैं। उसने अपनी बाईं हथेली पर रखे एक सिक्के को दिखाया, उसने फिर खेल को समझाना शुरू किया—

''जादू के खेल में जो जरूरी तत्त्व है, वह है दिशा भ्रम। यह एक सामान्य सी बात है कि जादूगर का हाथ दर्शकों की आँख से कहीं तेज घूमता है। हालाँकि यह पूरा सच नहीं है और यह मैं आपको इस खेल में दिखाऊँगा।''

जादुई छड़ी की तरह अपने दाएँ हाथ में एक कलम पकड़कर जादूगर ने कहा, ''ये, देवियो और सज्जनो, आपको दंग कर देगा और कहीं आप इसे देखने से चूक न जाएँ, इसलिए मैं आपको समझाना चाहूँगा कि मैं क्या करने जा रहा हूँ।''

सिक्के को कलम से थपकी देते हुए जादूगर ने जोर से बोला, ''तीन तक की गिनती में यह गायब हो जाएगा।'' दर्शकों ने पूरा ध्यान उस ओर दिया, जिधर जादूगर ने ऐसा किया, ''और यह सुनिश्चित करने के लिए कि आपमें से किसी ने इसे देखने में चूक नहीं की होगी, मैं इसे दोहराऊँगा।''

''एक।'' जादूगर ने कलम को घुमाया और सिक्के पर जोर से थपकी दी।

''दो।'' उसने उसी प्रक्रिया को दोहराया और थपकी को वहाँ बैठे सब लोगों ने सुना और देखा।

"और तीन।" उसका हाथ फिर उसी तरह घूमता हुआ आया और सिक्के तक पहुँचा।

दर्शकों ने इस उम्मीद से कि सिक्का तो गायब हो ही गया होगा, आँखें फाड़कर जादूगर की तरफ देखा। लेकिन यह क्या? सिक्का तो गायब हुआ ही नहीं। और तभी उन्हें महसूस हुआ कि कोई चीज है, जो वहाँ नहीं है, क्योंकि इस बार थपकी की आवाज भी नहीं सुनाई दी, देखो जादूगर का दाहिना हाथ खाली है। कलम ही गायब हो गई, जो अब कहीं नहीं दिख रही है।

खाली दाहिने हाथ से जादूगर ने जादुई हाव-भाव बनाए और यह सुनिश्चित किया कि हर किसी का ध्यान यह देखने पर रहे कि कलम रहस्यमय तरीके से कैसे गायब हो गई। थोड़ा रुकने के बाद उसने दाहिने हाथ को धीरे-धीरे लगातार ऊपर की तरफ घुमाया और दाहिने कान की तरफ ले गया।

दर्शकों की आश्चर्य भरी हँसी छूट पड़ी, जब उन्होंने देखा कि कलम तो जादूगर के दाहिने कान से चिपकी हुई है।

कान से चिपकी कलम निकालते हुए और अपने दाहिने हाथ में कलम लेकर दर्शकों को दिखाते हुए जादूगर बोला, "लेकिन मैं जो वाकई करना चाहता था।"

जादूगर ने कलम को नीचे किया और दोबारा अपनी बाईं हथेली पर लगातार थपकी दी, "यह सिक्का गायब करना चाहता था—तीन!"

तब उसने अपना बायाँ हाथ खोलकर धीरे से दर्शकों को दिखाया और अच्छा हुआ कि सिक्का गायब हो गया। एकमात्र जादूगर ही था, जो मुसकरा रहा था और बाकी जनता आश्चर्यचकित होकर विस्मय से देख रही थी कि जादूगर के बाएँ हाथ से सिक्का गायब हो चुका था।

प्रक्रिया

इससे पहले के एक पाठ में हमने दिशा भ्रम की महत्ता पर चर्चा की थी और यह सीखा था कि कैसे यह वास्तव में नियंत्रण स्थापित करने और दर्शकों का ध्यान उस तरफ ले जाने के बारे में है, जिधर आप उसे निर्देशित करते हैं। यह खेल इस पहलू का सबसे सटीक उदाहरण है।

हम दिशा भ्रम तकनीक का इस्तेमाल दर्शकों को यह विश्वास दिलाने के लिए करते हैं कि जिस बारे में उन्हें बताया गया है, वास्तव में उसके बारे में उन्हें कुछ नहीं बताया गया।

मुझे एक बार और विस्तार से बताने का मौका दें।

खेल के शुरुआती समय में दर्शकों को यह बताया गया कि सिक्का गायब होगा। अगर आप शब्द या हरकतों को गौर से देखेंगे तो पाएँगे कि जादूगर ने कहा था, 'मैं इसे गायब कर दूँगा,' यानी थपकी की आवाज को, जो सिक्के पर कलम की चोट से पैदा हो रही थी।

परिणामत: दर्शकों ने गलत शब्द याद कर लिया, 'मैं सिक्का गायब कर दूँगा,' जबकि वास्तव में उसने ऐसा नहीं कहा था।

बाकी का काम तो पूरी तरह आत्मविश्वास से भरे प्रस्तुतीकरण और दर्शकों को अच्छे से व्यवस्थित करने से हो पाया।

स्टेज अ

हर बार जब भी कलम को घुमाया जाता, वह कान को लगभग छूकर ही जाती।

पहले दो बार तो आप यही करेंगे। आपकी आँखें सिक्के पर गड़ी रहें, जैसे कि आप यह अपेक्षा कर रहे हों कि किसी भी क्षण वह गायब हो सकता है।

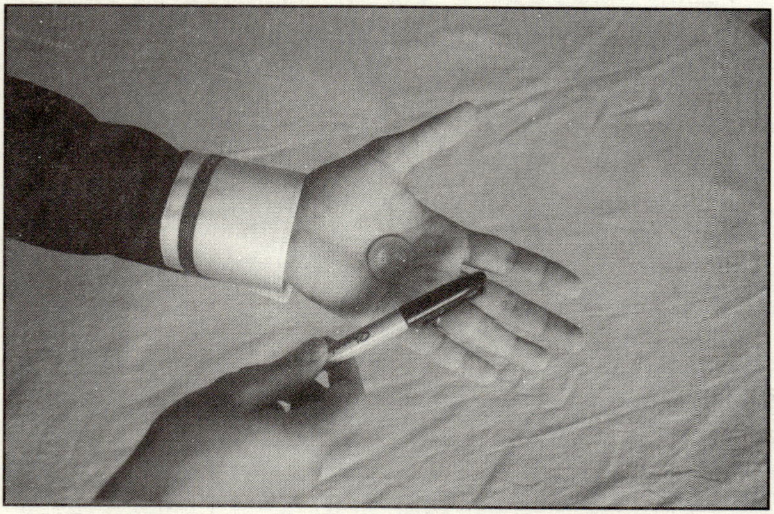

तीसरी बार में कलम को तेजी से कान के पीछे लगा देना है और केवल हाथ ही घुमाना है और ऐलान करना है—तीन।

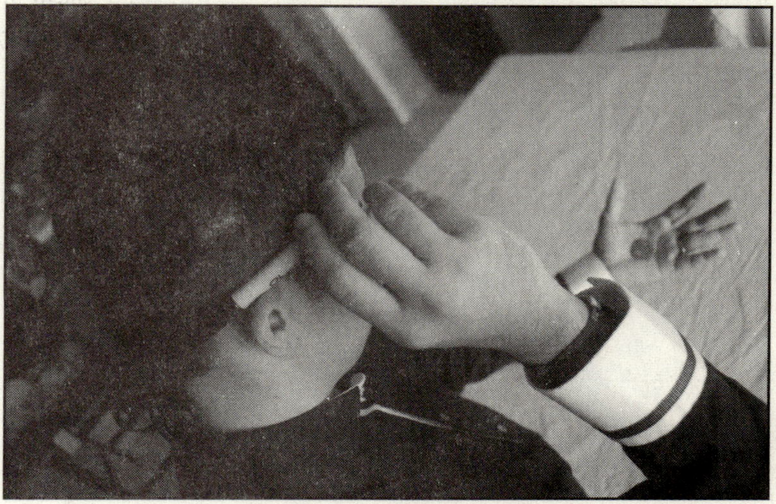

आपको अपनी नजर सिक्के पर बनाए रखनी है और अपने हाथों को रोक लें।

क्रियाकलाप बिंदु

यह महत्त्वपूर्ण है कि हाथों को घुमाएँ तो उनके बीच कुछ समय का अंतर हो। उसी तरह तीसरे दौर में जल्दबाजी न करें। अगर जरूरत पड़े, पहले दो बार में ही और समय लें, ताकि आपको तीसरे दौर में अतिरिक्त समय मिल सके।

अपने एक्शन में जल्दबाजी न दिखाएँ। अपना पूरा समय लें और यह सुनिश्चित करें कि कलम कान के पीछे अच्छी तरह रख दी गई है और वह गिरेगी नहीं। आखिर यह खेल का प्राथमिक पहलू है कि कलम गायब होनी है।

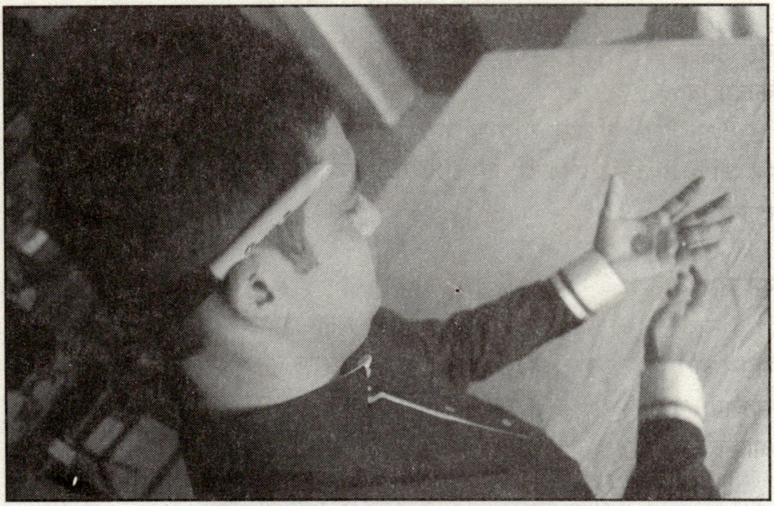

जैसे-जैसे आप अपना हाथ नीचे ले जाएँगे, अपनी आँखें सिक्के पर गड़ाए रखें, मानो आप उसके गायब होने की अपेक्षा कर रहे हों।

जैसे ही आप बोलेंगे, 'और तीन!' अपने दाहिने हाथ को बाएँ हाथ की तरफ से घुमाते हुए ले आएँ और रोक लें।

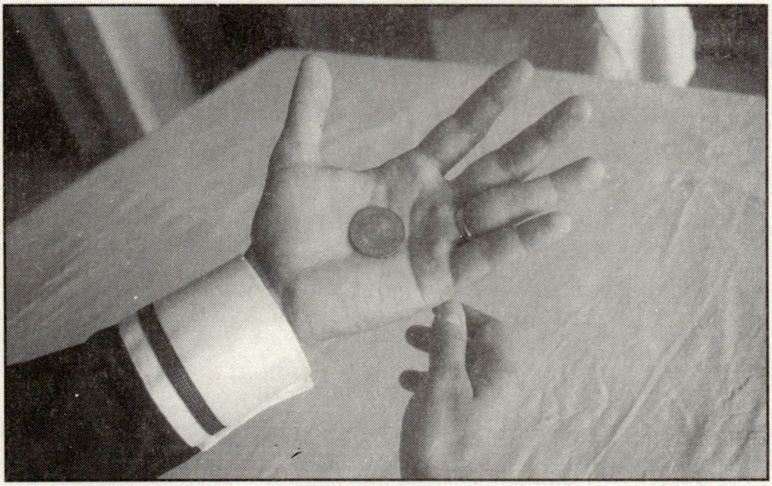

अपने हाथों की तरफ देखिए, एकदम से चौंक जाइए और अपने दिमाग को यह अंकित करने दीजिए कि आपका दाहिना हाथ खाली है। सिक्का तो है, लेकिन कलम गायब है।

आप जैसे ही यह महसूस करेंगे, दर्शक भी अचानक यह देखकर भौंचक रह जाएँगे कि कलम कहाँ गायब हो गई! जितने ज्यादा आप चौंकेंगे, उतना ही दर्शक भी।

स्टेज ब

जब आप यह साबित कर देते हैं कि कलम गायब हो गई, तभी आप एक सौम्य और धीमे दरशाता हुआ एक्शन कान की तरफ करें और अपने आपको हलके से बाएँ तरफ घुमाएँ, खासकर अपना सिर, ताकि हर कोई यह देख सके कि कलम आपके दाएँ कान से चिपकी हुई है।

यही वो पल है, जब आप चोरी-छिपे, लेकिन धीमे और जान-बूझकर अपना बायाँ हाथ नीचे की तरफ घुमाएँगे, सीधे आपके ट्राउजर की बाईं पॉकेट की तरफ।

एक झटके में आप सिक्के को अपनी बाईं जेब में डाल देंगे और अपने हाथ

को आराम से घुमाते हुए उसी अवस्था में ले जाएँ, जहाँ वह घूमने से पहले था, हाथ को थोड़ा सा कप की शक्ल देते हुए और हल्की सी मुट्ठी बना लें।

यह सब उसी दौरान हो जाना चाहिए, जिस समय आप लोगों को अपने कान पर चिपकी हुई कलम दिखा रहे हों और सिक्का पॉकेट में डालने के बाद खुद को बाईं तरफ घुमाते जाएँ। फिर कलम को दाएँ कान से उतारकर दर्शकों की तरफ मुसकराते हुए बढ़ें।

अब यह कहें, ''लेकिन वास्तव में तो मैं सिक्का गायब करना चाहता था,'' आप कलम को नीचे की तरफ ले आएँ, साथ ही मुट्ठी बनाए हाथ को अपने सीने तक की ऊँचाई पर ले आएँ।

यह महत्त्वपूर्ण है कि आप उस समय यही महसूस कराएँ कि सिक्का अब भी आपके हाथों में ही है और उसका वजन तथा आकार भी वैसा ही लगे जैसे कि वास्तव में होता। इससे दर्शकों को उनके दिमाग में यह चीज दिखेगी।

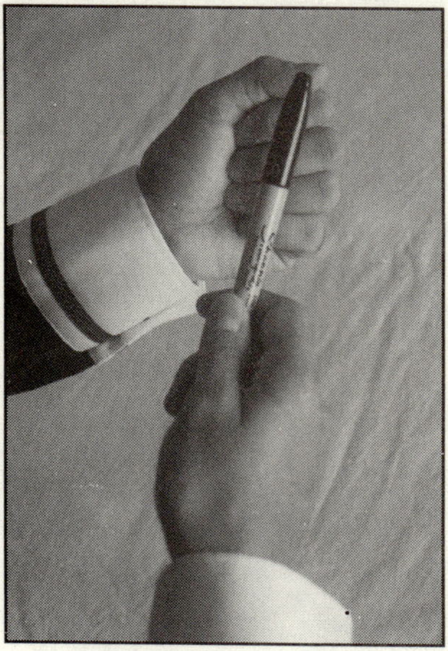

कलम को अपनी मुट्ठी पर हलके से थपकी दें, फिर धीरे-धीरे उस मुट्ठी को खोलें और दिखाएँ कि सिक्का कहाँ है, यह तो गायब हो गया।

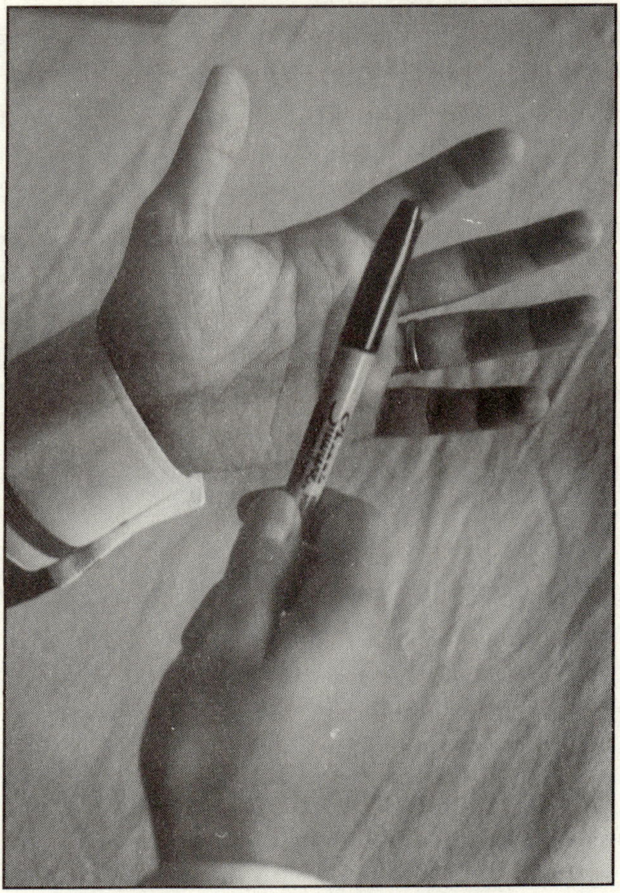

अब आपके लिए तालियाँ बज उठेंगी।

ट्रिक इतिहास

यह ट्रिक तारबेल की कोर्स इन मैजिक, अंक 7 (1972 में प्रकाशित) पुस्तक में मिलेगी, जो 'इयर इट इज' पाठ के अंतर्गत दिखेगी और इसका श्रेय हैरी क्राफोर्ड को जाता है।

समग्रता में

पढ़ने में यह जितना सामान्य और सही लगेगा, अच्छी तरह प्रस्तुत करने में यह उतना ही कठिन होगा। सबसे अच्छा यह है कि इस खेल का महत्त्व इसके प्रस्तुतीकरण में है, आपको केवल इतना करना है कि दर्शकों की पसंद का खयाल रखना है और दिशा भ्रम फैलाने में महारत हासिल करनी है।

पहले हिस्से की सफलता इसी में है कि लोगों के दिमाग में एक अलग ही अपेक्षा कायम करनी है, इसी से दूसरे हिस्से पर भी पड़नेवाले प्रभाव की तैयारी होती है और लोग समझते ही रह जाते हैं कि किस तरह पहले कुछ गायब हुआ और बाद में कुछ और। जिसे पहले गायब होना था, वह बाद में गायब हुआ।

इस खेल का अभ्यास शीशे के सामने करें, ताकि आप खुद को अलग-अलग कोणों से देख सकें। इसमें दर्शकों का एक कोण भी शामिल होगा। साथ ही वे कोण भी दिखेंगे, जो गलत होंगे और जिन्हें सुधारने की जरूरत होगी। समय की भी पहचान इसी तरह होगी और आप यह तय कर सकेंगे कि कितनी देर में खेल पूरा हो जाएगा। इस पहलू पर विशेष ध्यान दें कि आपका कप के आकार का बनाया हुआ हाथ शीशे के सामने कैसा दिखता है और इसकी स्थिति पर भी गौर करें, जब आप काल्पनिक सिक्का इसमें रखा हुआ दिखाते हैं।

हमें यह समझना होगा कि शीशे का प्रयोग अभ्यास के सहायक के तौर पर करना होगा और इसे हम आगे के पाठों में भी समझेंगे, जिनमें जादू के और भी मजेदार खेल आपको सिखाए जाएँगे—

- बड़े खेल में छोटे को छिपाने की अवधारणा।
- सीखने, अभ्यास करने और जादू पर पकड़ बनाने की प्रक्रिया में शीशे का प्रयोग।

ट्रिक

अटूट टूथपिक

जादूगर बात कर रहा था भ्रम और वास्तविकता की। उसका कहना था कि वह इसे दिखाकर ज्यादा अच्छी तरह समझा सकता है और वह भी टूथपिक के जरिए।

एक रूमाल निकालकर उसने उसे टेबल पर बिछा दिया।

उसने एक दर्शक से एक टूथपिक उठाकर रूमाल पर रखने का निवेदन किया।

टूथपिक को सुरक्षित करने के लिए उसने रूमाल को अच्छी तरह मोड़ दिया, इसके बाद उसने दर्शकों में से एक को आमंत्रित किया और टूथपिक को टुकड़ों में तोड़ने को कहा।

कुछ लोग टेबल तक आए और रूमाल में रखे टूथपिक को तोड़ने का प्रयास किया। हालाँकि उन्हें टूथपिक के टूटने की आवाज सुनाई नहीं दी। उन्होंने अपनी उँगलियों से पूरी ताकत भी लगाई।

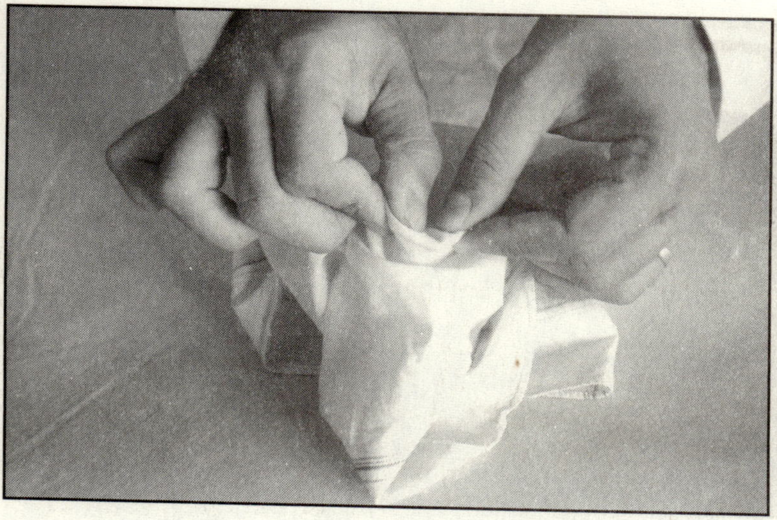

जादूगर ने कहा कि टूथपिक कई टुकड़ों में टूट चुकी है और यह हकीकत है। फिर भी, तब क्या होगा, जब यह सब भ्रम साबित होगा?

उसने रूमाल खोलकर टेबल पर रख दिया और हर किसी ने देखा कि टूथपिक कहीं से नहीं टूटी थी और जैसे रूमाल में रखी गई थी, वैसी ही सुरक्षित पड़ी हुई है। जादूगर ने कहा, ''हर चीज, जिसमें ज्यादातर वास्तविकता शामिल हो, भ्रम हो सकती है।''

तरीका

यह एक हैरतअंगेज खेल है, जो जरा सी तैयारी के बाद ही खेला जा सकता है। वास्तव में यह एक ऐसा बेहतरीन प्रदर्शन है, जिसे कोई भी उचित हालात में प्रस्तुत कर सकता है।

आपको एक रूमाल की जरूरत होती है मात्र।

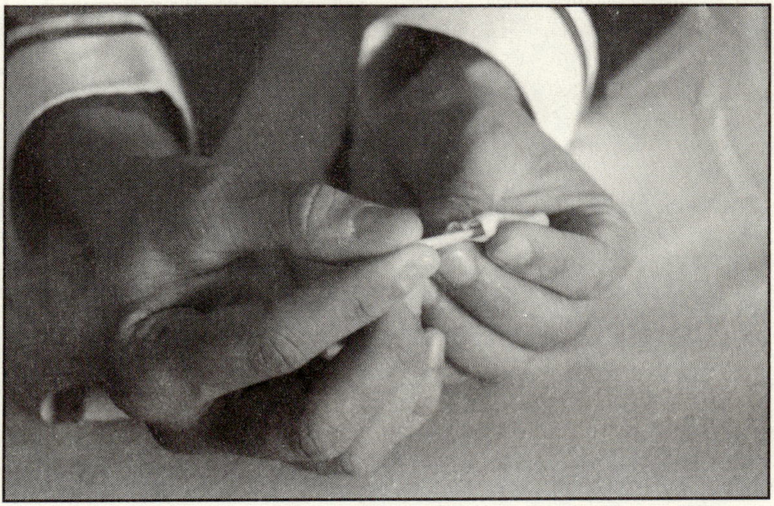

इसे दिखाने के लिए आपको रूमाल के बॉर्डर पर मुड़ी हुई जगह में टूथपिक डालनी होगी। यह टूथपिक जरूरी नहीं कि वैसी ही हो, जैसी कि आप अंत में इस्तेमाल करेंगे, क्योंकि यह सिर्फ महसूस की जाएगी और दिखेगी नहीं। कोई भी टूथपिक काम करेगी इसमें।

जब आप दर्शकों के सामने हों, आपको रूमाल दर्शकों के सामने खोलना है, जिसमें टूथपिक छिपे हुए हैं। जाहिर तौर पर रूमाल खाली ही दिखेगा।

सावधानी रखने योग्य बात

इस बात पर जोर न दें कि लोग गंभीरता से रूमाल के खाली होने पर गौर करने लगें। लोगों के लिए इतना ही काफी है कि वे इसे खुला हुआ और साफ-साफ देख सकें।

अब किसी दर्शक को आमंत्रित कर उससे एक टूथपिक रूमाल पर रखवाएँ, उसे मोड़कर अच्छी तरह तह बना लें।

जैसे ही आप कपड़े को मोड़ेंगे, टूथपिक को उसमें सुरक्षित रखने का जतन करें। आप कोशिश करें कि छिपी हुई टूथपिक को सेंटर में ले आएँ और लोगों को यह महसूस कराएँ कि यह रूमाल के अंदर रखी गई वही टूथपिक है, जिसे दर्शक अपने हाथों से रखकर गया है।

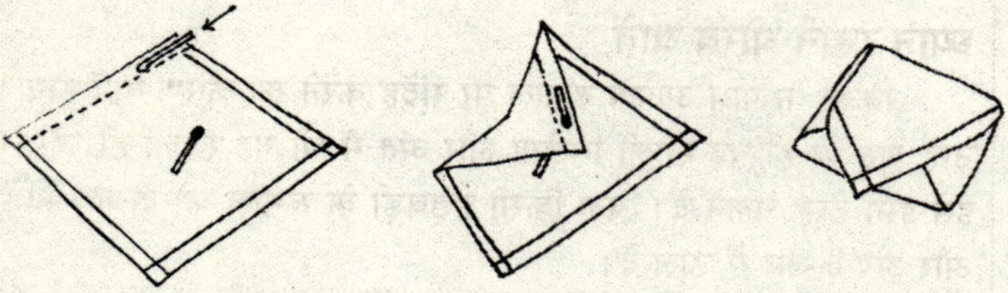

लोगों से कहें कि इसे टुकड़ों में तोड़ दें। वे खुशी-खुशी ऐसा करेंगे।

जब भी आप तैयार हों, रूमाल खोल दें, थोड़ा जादुई हाव-भाव उस पर दरशाएँ और लोगों के सामने यह दिखाएँ कि कैसे टूथपिक एकदम सुरक्षित हालत में रखा हुआ है।

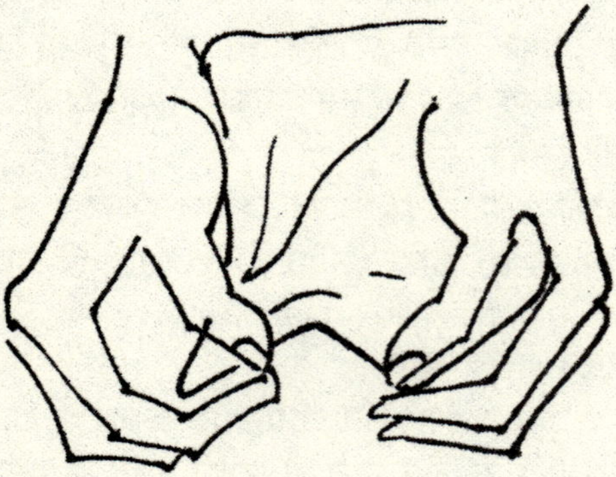

टूटा हुआ टूथपिक तो रूमाल के बॉर्डरवाले इलाके में पड़ा हुआ है और पूरे खेल के दौरान उसी में छिपा रहा। रूमाल को दर्शकों के सामने खोल दें और दर्शक द्वारा रखी गई टूथपिक को लोगों को दिखाएँ कि वह नहीं टूटी और रूमाल को मोड़कर अपनी जेब में डाल लें। याद रखें, यहाँ आपको किसी तरह की जल्दी नहीं करनी है और न ही कुछ छिपाना है।

ध्यान रखने योग्य बातें

किसी के पास आपके रूमाल पर संदेह करने का कारण नहीं होगा। उन्हें शुरू से ही यह खाली मिलेगा और अंत में भी यह खाली ही रहेगा। इसे इसी तरह चलने दें। बिना किसी हड़बड़ी के रूमाल को दोबारा मोड़ें और अपनी जेब में डाल दें।

ट्रिक इतिहास

इस ट्रिक के कुछ अंश पुस्तकों में बीसवीं शताब्दी के पहले दशक में मिलते हैं। इससे पहले का विवरण लकड़ी की माचिस तीली के प्रयोग के रूप में मिलता है, क्योंकि यह उस दौरान बहुत ही सामान्य सी वस्तु थी। इसका श्रेय शायद ही कभी किसी को दिया गया हो, लेकिन ऐसा विश्वास किया जाता है कि इसकी खोज जी.डब्ल्यू. हंटर ने इंग्लैंड में की थी।

□

6

हाथ की सफाई से होता है कमाल

बड़े-बड़े मंच, विस्तृत सामग्रियाँ, बड़े औजार आदि अपनी-अपनी जगह सब ठीक हैं, लेकिन एक जादूगर किसी का और कहीं भी मनोरंजन कर सकता है। इसे बिना किसी विशेष तैयारी या सोच-विचार के किया गया खेल कहते हैं; यह जादू आनन-फानन में उपलब्ध वस्तुओं या उधार माँगे गए सामानों से किया जाता है।

बिना सोचे-समझे किए गए खेल के ज्यादातर मामलों में जादूगर की कोशिश यह होती है कि छोटे-मोटे सामानों से ही खेल दिखाने का प्रयास किया जाए और वह भी जो उसके पास ही रखे हों। इन जेबी खेलों से वह कभी खाली नहीं रहता और इनका प्रदर्शन किसी भी सामान्य सी जगह पर कर सकता है।

इस पाठ में हम कुछ ऐसे ही खेलों के बारे में सीखेंगे, जिनके लिए ज्यादा ताम-झाम की जरूरत नहीं रहती है। हम एक छोटे से 'पैडल' को चलाना सीखेंगे। इसकी एक खास बात यह है कि इसे प्रयोग करने की कला सीखने के बाद हम और भी इसी तरह की वस्तुओं, जैसे कि कलम या जेबी चाकू आदि से भी खेल दिखा सकने में सक्षम हो जाएँगे।

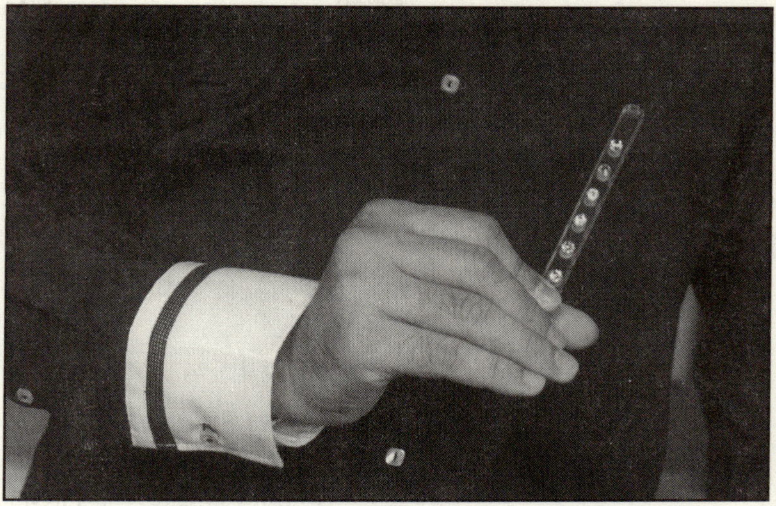

इस हैरतअंगेज खेल को जादू के एक ताकतवर सिद्धांत ने ही संभव कर दिखाया है—बड़ा या प्रमुख क्रिया छोटे या कम महत्त्व की क्रिया को ढक लेती है।

आप इस सीख को अपने पास संगृहीत कर सकते हैं, क्योंकि इसकी मदद से आप ज्यादातर जादू के खेल दिखा सकते हैं और दर्शकों को बड़े घटनाक्रम में उलझाकर आप असली काम को छोटी सी क्रिया के जरिए निपटा लेंगे।

यह खेल दरशाता है कि किस तरह सामान्य और प्रभावी हाथ की सफाई की ताकत होती है कि वह सामने बैठे दर्शकों के सामने ही जादू कर देते हैं, ज्यादातर मामलों में वस्तुएँ पूरी तरह जाँची जा सकती हैं।

कथानक

जादूगर लोगों के एक समूह के बीच होता है और यह बता रहा होता है कि कैसे जादूगर होने के कारण बहुत सारी चीजें ऐसी हैं, जिन्हें वह अपनी तरह का समझ चुका है। एक बहुत ही साधारण सा सवाल मुझसे पूछा जाता है, क्या तुम मेरी बीवी को गायब कर सकते हो? और अविश्वसनीय तरीके से दूसरा सवाल यह कि क्या एक हैट से खरगोश निकाल सकते हो?

'यह कुछ इस तरह का हो गया है कि मैं हर दूसरे या तीसरे दिन जरूर सुनता हूँ, मैंने इससे निपटने के लिए एक उपाय खोजा। यहाँ मैं दिखाता हूँ कि मेरे पास है।' ऐसा कहकर उसने अपनी जेब से प्लास्टिक की कोई वस्तु निकाली। देखने में वह छोटा सा बैट या नाव चलानेवाला पैडल जैसा लगता था।

जादूगर ने कहा, "यह एक जादुई सामान है। यह उसी तरह ताकतवर है, जैसे कि कोई जादुई छड़ी और यह वह काम भी कर सकती है, जो जादू की छड़ी भी नहीं कर सकती।"

दर्शकों की जिज्ञासा बढ़ गई तो जादूगर ने पैडल के दोनों हिस्सों को बारी-बारी से लोगों को दिखाया और बोला, ''उदाहरण के लिए आपमें से ज्यादातर को यह पैडल बहुत सामान्य और सादा सा लगेगा। हालाँकि ऐसा है नहीं।''

जादूगर ने कहा, ''मेरे लिए बस एक ही जादुई शब्द कहना काफी रहेगा, 'अबरा का डबरा' और जादू से एक खरगोश की तसवीर सामने आ जाएगी।'' दर्शक यह देखकर हैरान रह जाते हैं कि पैडल के एक तरफ कैसे खरगोश आ गया।

पैडल के दूसरी तरफ का हिस्सा दिखाते हुए और यह साफ करते हुए कि खरगोश दूसरे हिस्से में नहीं है, जादूगर ने अपना खेल जारी रखते हुए कहा, ''फिर भी अगर मैं इस खालीवाले हिस्से को अपने हाथ से छू लूँ और बोलूँ, 'अबरा का डबरा' तो दूसरे हिस्से में भी एक खरगोश निकल आएगा।'' दर्शकों के आश्चर्य की सीमा न रही, जब उन्होंने वास्तव में एक खरगोश को दूसरे हिस्से पर भी पाया। दोनों तरफ खरगोशों की एक-एक तसवीर चर्चा का विषय बन गई।

जादूगर ने फिर कहा, ''अब सबसे दिलचस्प सवाल यह है कि क्या आप खरगोश को साक्षात् यहाँ ला सकते हो?'' बहुत कम ही इसे सच मानेंगे। इसलिए मुझे इसके लिए कुछ करना चाहिए।

फिर उसने कहा, ''यहाँ आप जाँच सकते हैं कि बचा हुआ एक खरगोश वास्तविक है और यह हमारी कल्पनाओं का ही हिस्सा नहीं है।'' उसने पैडल एक दर्शक को देकर उसे जाँचने को कहा, जिसने कहा कि हाँ, पैडल का एक हिस्सा खाली है और दूसरे पर खरगोश की तसवीर बनी हुई है।

पलक झपकाकर कुटिल मुसकान के साथ जादूगर बोला, ''मुझे हैरानी है कि कैसे किसी ने यह खेल देखने के बाद अपनी पत्नी को गायब करने के लिए मुझसे नहीं बोला।''

प्रक्रिया

इस खेल के पीछे के खुशनुमा रहस्य और इसी तरह के सैकड़ों उच्च प्रभाववाले खेलों को महज तीन शब्दों में बयाँ किया जा सकता है—द पैडल मूव।

एक बार इन पर पकड़ बन जाए, पैडल गेम तो आपके जीवन भर का साथी बन जाएगा। यह एक छोटी सी चार सिरोंवाली चपटी लकड़ी होती है, इनमें दो सिरों पर हलकी सी गहराई भी होती है। नीचे दी गई तसवीर से एक बढ़िया पैडल और उसके विविध आकारों से यह साफ भी हो जाएगा।

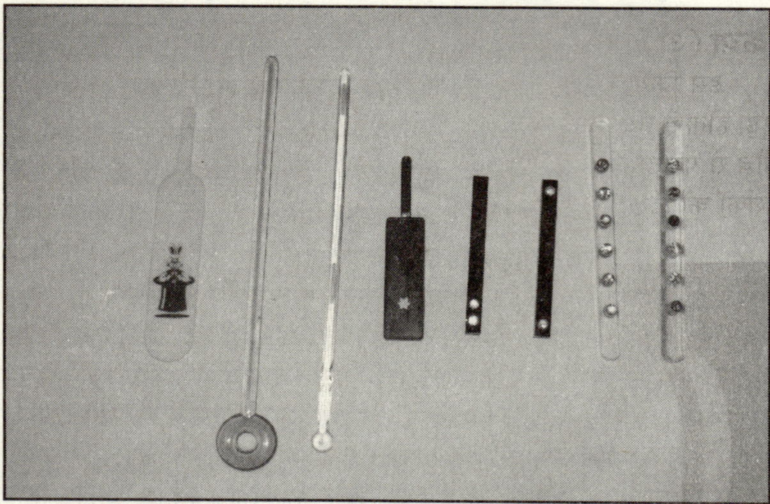

त्वरित टिप्पणी

पैडल जैसा दिखनेवाला कोई भी सामान आप इस्तेमाल कर सकते हैं। ज्यादातर पेय पदार्थों को हिलानेवाली डंडियाँ अपेक्षित सटीक आकार में आती हैं, जो कि हमारे काम के लिए बिल्कुल सटीक होती हैं। आप अलग प्रकार के जादुई पैडल भी खरीद सकते हैं, जो जादू करनेवाले सामानों के आपूर्तिकर्ता, जिनके बारे में 'द रेफरेंस' पाठ में उल्लेख किया जा चुका है, से लिया जा सकता है। जादुई पैडल के बारे में ज्यादा जानकारी के लिए आप smartcoerseinmagic.com पर लॉग- इन भी कर सकते हैं।

पैडल मूव

पैडल मूव दो अलग-अलग क्रियाओं का समन्वय है, जो कि जब प्रदर्शित किया जाता है तो एक ऐसा भ्रम पैदा करता है, जिसमें किसी तरह की कमी नहीं रह जाती। लिखित रूप में कहें तो यह दो क्रियाओं, अ (बड़ी क्रिया) और ब (छोटी क्रिया) के एक साथ प्रदर्शित किए जाने पर पैडल मूव इल्यूजन पैदा होता है।

क्रिया (अ)

इस क्रिया में दाहिना हाथ शरीर के काफी करीब होता है और कोहनी से मुड़ा होता है तथा जमीन के समानांतर होता है। पैडल को अँगूठे और उँगलियों के बीच से पकड़ा जाता है। पैडल के दोनों हिस्से ऊपर-नीचे या उलट-पुलट करके दर्शकों को दिखाइए।

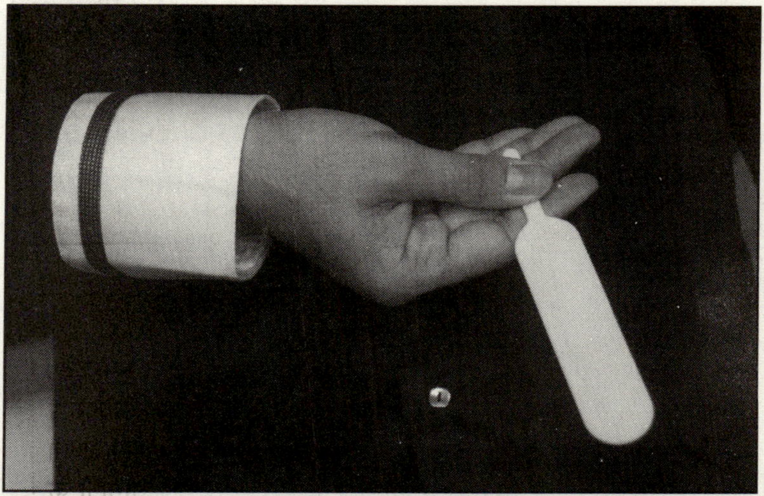

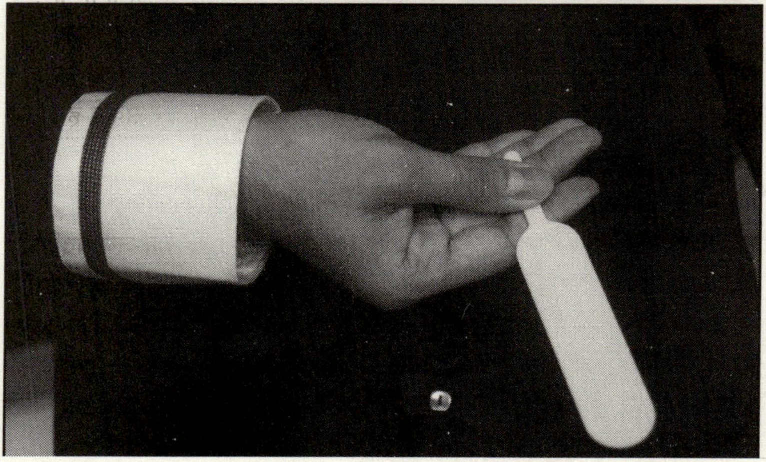

हाथ का बाकी हिस्सा नहीं हिलना चाहिए और केवल कोहनी से उँगली तक के हिस्से को ही हिलने की छूट है। महत्त्वपूर्ण यह है कि कलाई हमेशा सीधी और कोहनी की लाइन में होनी चाहिए और हाथ का पूरा हिस्सा मुड़ने की दशा में ही कलाई भी मुड़नी चाहिए।

इस एक्शन के जरिए पैडल के दोनों हिस्सों को दर्शकों को दिखाया जा सकता है और दर्शक केवल इसी एक्शन को लेकर जागरूक भी रहते हैं।

क्रिया (ब)

पैडल को अँगूठे और उँगलियों के बीच पकड़ें।

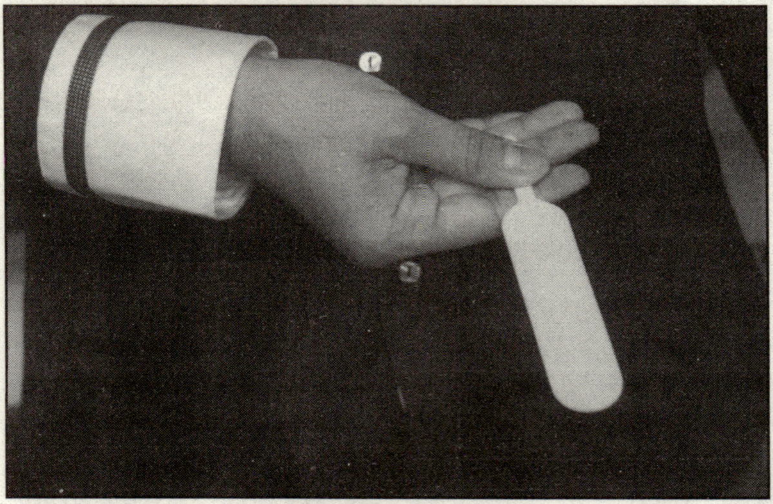

अब सतह पर हलका सा दबाव डालते हुए अँगूठे को आगे की तरफ सरकाएँ, ताकि पैडल का दूसरा हिस्सा ऊपर आ जाए।

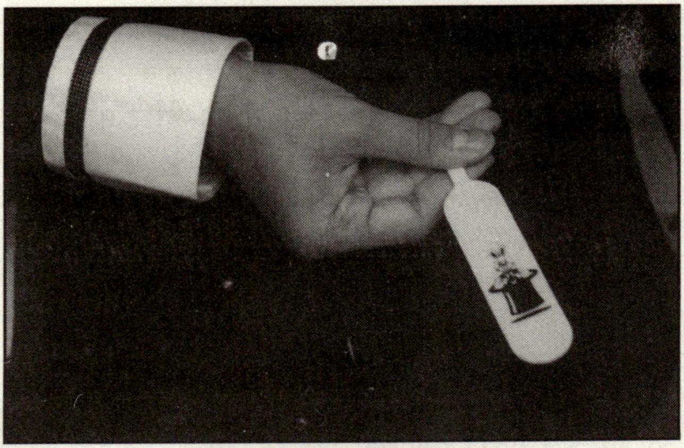

इस प्रक्रिया को उलटकर दोहराएँ, यानी अँगूठे को पीछे की तरफ ले जाएँ और पैडल पर उसी तरह दबाव बना रहे, ताकि उसके ऊपर नीचे के हिस्से पलटते रहें या असल स्थिति में पहुँच जाएँ।

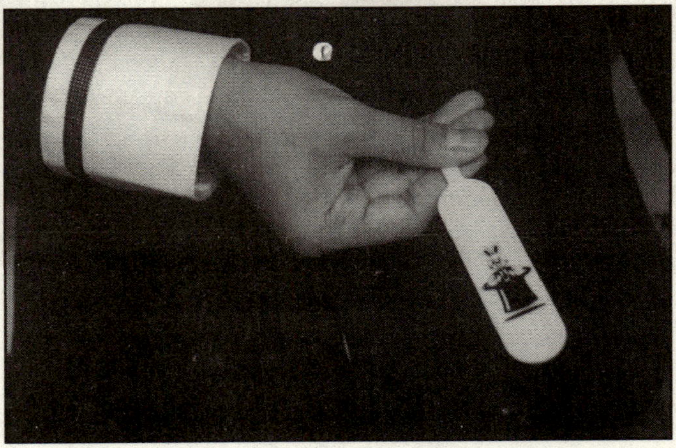

पैडल की स्थिति को बदलने की प्रक्रिया से हमें यह तय करने में आसानी रहेगी कि कौन सा हिस्सा दर्शकों की तरफ रहेगा कि वे देख सकें।

उँगलियों के सहारे रहस्यपूर्ण घुमाव को ही पैडल मूव कहते हैं।

एक्शन को मिलाना (अ और ब)

उँगलियों के बीच पैडल को उलटने-पुलटने के एक्शन का समय सबसे महत्त्वपूर्ण है, क्योंकि हाथ को भी तभी मुड़ना होगा और यह पैडल मूव का जरूरी तत्त्व है।

इसमें ट्रिक यह है कि इसमें एक्शन न तो बहुत तेजी से करना है और न ही छिपाकर। इसमें असल बात पैडल को उलटने-पुलटने (छोटा एक्शन) से लेकर हाथ को ऊपर-नीचे करने (बड़ा एक्शन) के दौरान समय के उचित इस्तेमाल की है।

इसे शीशे के सामने करने का प्रयत्न करें और अलग-अलग गति के साथ, खासकर बहुत धीमे और सामान्य से धीमे, ताकि आप अपने हिसाब से इस खेल के तरीके को तय कर सकें। खेल दिखाते समय यह प्रक्रिया सामान्य सी लगनी चाहिए और बिल्कुल अदृश्य होनी चाहिए।

इस खेल का जितना हो सके, अभ्यास करें।

अभ्यास को प्रदर्शन का हिस्सा बनाएँ

एक बार आपने पैडल मूव का अभ्यास करके उसपर पकड़ बना ली, दोनों यानी उँगलियों को घुमाने और बिना घुमाए आप आराम से और बिना किसी रुकावट के इसे प्रदर्शित करने के लिए तैयार रहते हैं तो इस तरह आगे बढ़ें—

पैडल के दोनों खाली हिस्सों को दिखाएँ

पैडल के खाली हिस्से को दर्शकों की तरफ रखने या उन्हें दिखाने से शुरू करें, फिर अपनी बाँह को अपनी तरफ मोड़ें और दर्शकों को यह दिखाएँ कि पैडल का दूसरा हिस्सा भी सादा ही है।

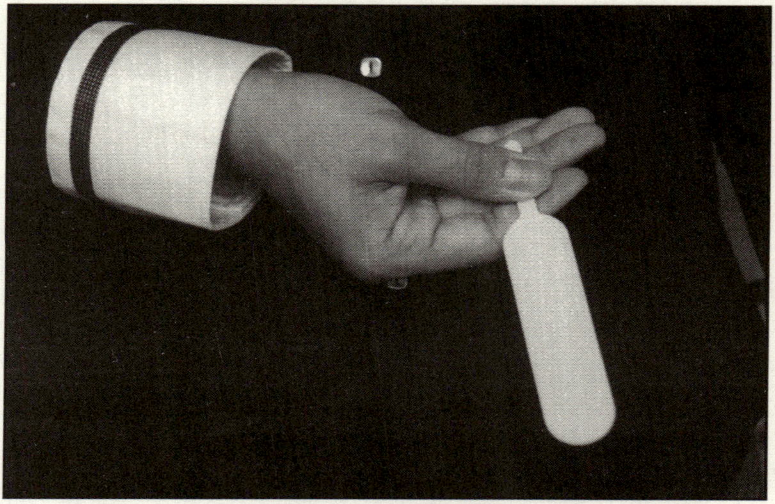

एक्शन को इस तरह प्रस्तुत करें कि दर्शकों को बिना किसी संशय के यह स्वीकार करने में दिक्कत न हो कि पैडल के दोनों हिस्से पूरी तरह खाली हैं।

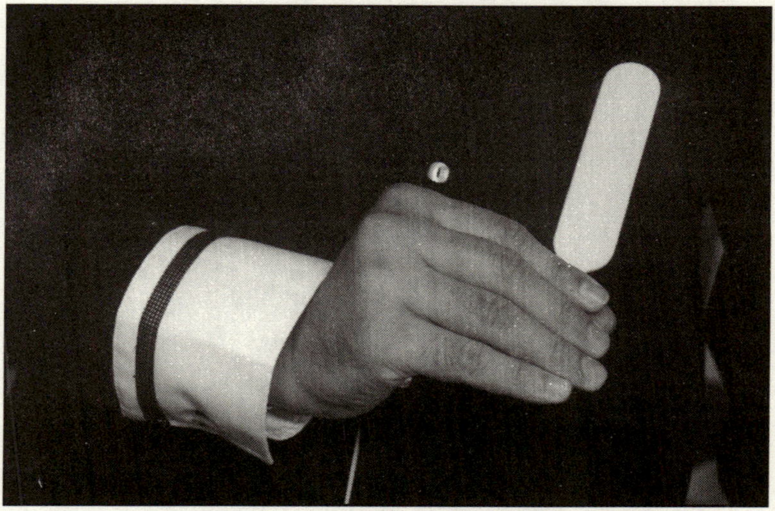

इसे कुछ समय के लिए दोहराएँ।

पैडल के एक हिस्से पर खरगोश लाना

पैडल के खाली हिस्से को दिखाते हुए एक त्वरित झटका दें, जिससे दर्शकों को कुछ होता हुआ सा प्रतीत हो और खरगोश छपे हिस्से को ऊपर कर दें, ताकि दर्शक खरगोश के चित्र को सामने पा सकें।

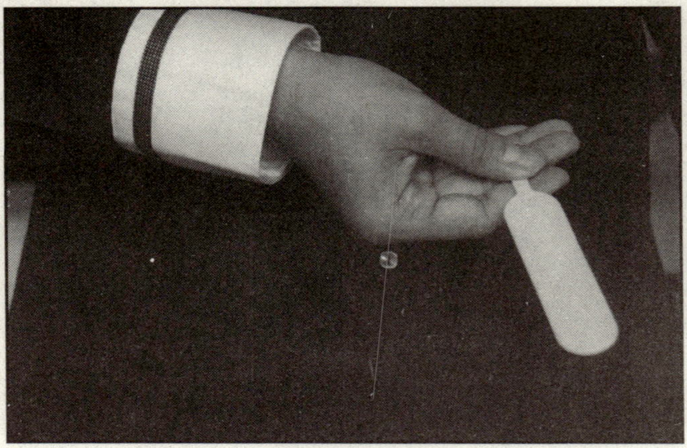

बाँह को मोड़कर पैडल के दोनों हिस्सों को दिखाएँ और बिना पैडल को घुमाए ऐसा करें कि लगे कि खरगोश पैडल के केवल एक ही तरफ छपा हुआ है और दूसरा हिस्सा अभी खाली है।

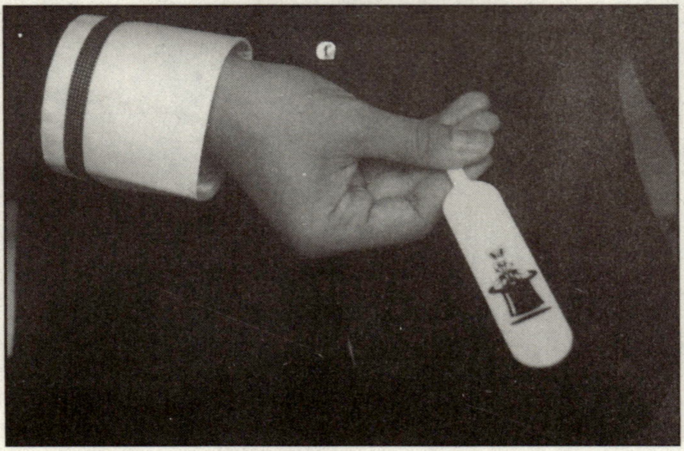

खरगोश को दोनों हिस्सों पर दिखाना

बाँह को अपनी तरह खींचे हुए पैडल को पकड़े रहें और सादावाला हिस्सा दर्शकों की तरफ रखें (खरगोशवाला हिस्सा आपकी तरफ हो)।

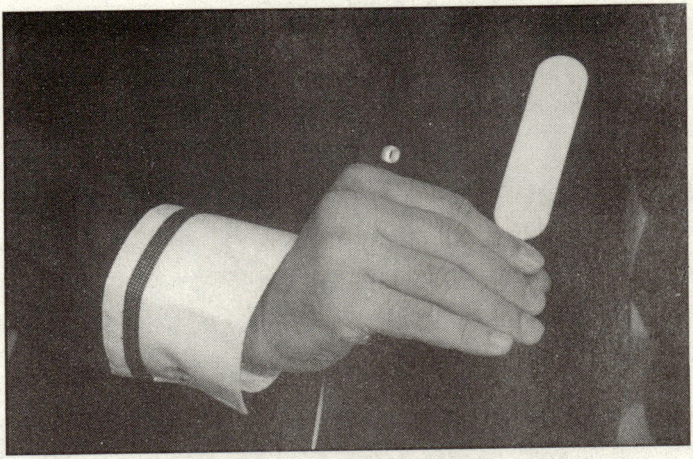

अब एक झटकेवाला एक्शन दिखाएँ और पैडल को घूमनेवाले एक्शन में लाएँ, ताकि खरगोश सादेवाले हिस्से पर भी दिखने लगे।

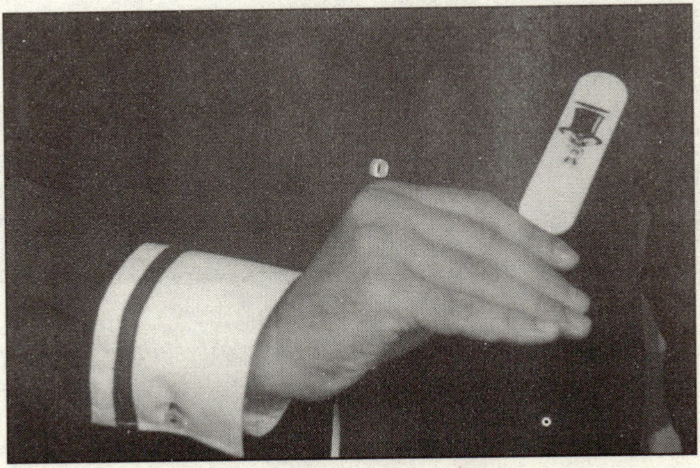

दूसरी तरफ भी खरगोश दिखाने के बाद आप पैडल मूव प्रक्रिया का प्रयोग करें और पैडल के दोनों तरफ खरगोश का आभास दरशाकर लोगों को दंग कर सकते हैं।

इस एक्शन को दर्शकों से बात करते हुए कई बार दोहराएँ।

सतर्कता बरतें

पैडल मूव के जरिए आप दोनों ओर खरगोश दिखाने की तैयारी कर रहे हैं तो अगर जरूरी हो तो पैडल की स्थिति को व्यवस्थित करें।

एक तरफ से खरगोश के चित्र को मिटाना

सामान्य शुरुआती स्थिति की तरह पैडल को इस तरह पकड़ें कि खरगोश के चित्रवाला सिरा ऊपर की तरफ हो। पैडल के सादे हिस्से को उँगलियों से पोंछ दें, जैसे आप साफ करने के लिए पोंछते हैं। फिर पैडल को दर्शकों की तरफ घुमाएँ और दिखाएँ कि वहाँ से चित्र गायब है।

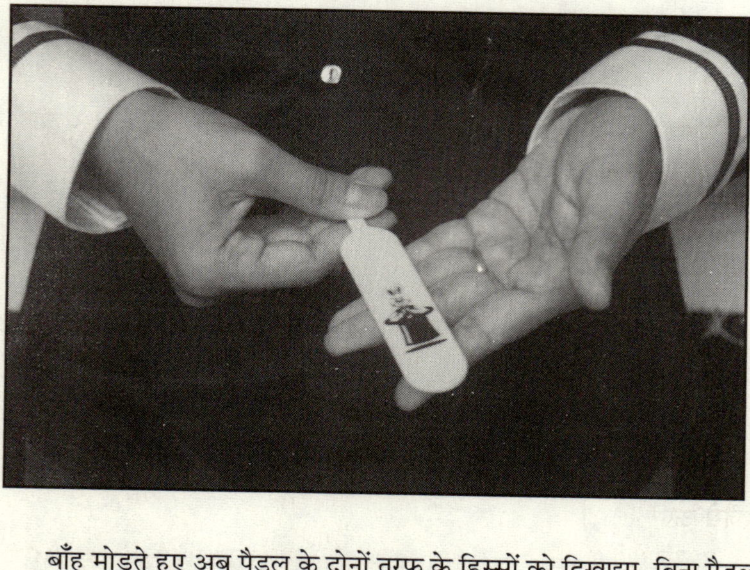

बाँह मोड़ते हुए अब पैडल के दोनों तरफ के हिस्सों को दिखाइए, बिना पैडल को गोल-गोल घुमाएँ (बिना पैडल मूव) चित्र को ऊपरी हिस्से में और सादावाले हिस्से को नीचे रखकर।

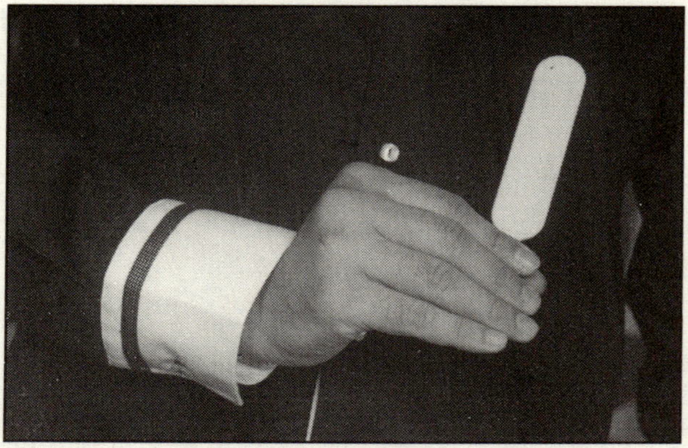

पैडल को नीचे रखकर कहें, खेल खत्म।

ट्रिक इतिहास

पैडल मूव खेल दुनिया का सबसे पुराना खेल है, जो कि लिखित में पाया गया है। इसका उल्लेख जीन प्रीवोस्ट और रेनॉल्ड स्कॉट की 1584 में छपी पुस्तकों में मिलता है।

संक्षेप में

पैडल मूव खेल आपको विभिन्न प्रकार के अद्भुत और आश्चर्यजनक प्रभावों से भरे खेल दिखाने को प्रोत्साहित करेगा। जादू के सामान और औजार आपूर्ति करनेवालों (मैजिक शॉप्स) से आप तरह-तरह के पैडल हासिल कर सकते हैं, जिससे आप बदल-बदलकर खास खेल लोगों के सामने रख सकेंगे। इस पुस्तक के अंत में संदर्भ पाठ के तहत आपको विस्तृत जानकारी भी मिल जाएगी।

अच्छा अभ्यास करें तो आप पैडल मूव खेल को कलम या पेंसिल के जरिए भी कर सकते हैं और वह भी बिना किसी खास तैयारी के, बिल्कुल उसी तरह जैसे ऊपर बताया गया है।

संक्षेप में, यह खेल उस अवधारणा का ज्वलंत उदाहरण है, जिसमें कहा जाता है कि 'बड़े एक्शन के पीछे छोटी-मोटी क्रियाएँ' छिप जाती हैं। इसे एक अच्छी शुरुआत भी मान सकते हैं और इसके जरिए अविश्वसनीय जादू पैदा करने की हाथ की सफाई के महत्त्व को भी समझ सकते हैं।

ट्रिक
रस्सी को काटना और वापस उसी स्थिति में लाना

जादूगर के पास एक लंबी रस्सी है। उसे कोई खेल दिखाने के लिए रस्सी बराबर कटी हुई चाहिए, वह सावधानी से रस्सी के बीच का हिस्सा नाप लेता है और उसे कैंची से काटकर दो रस्सी बना लेता है।

इतनी सतर्कता के बावजूद रस्सी के दोनों टुकड़े छोटे बड़े हो जाते हैं। अब जादूगर इन दो हिस्सों को बाँध देता है गाँठ को अपने बाएँ हाथ से पकड़ लेता है।

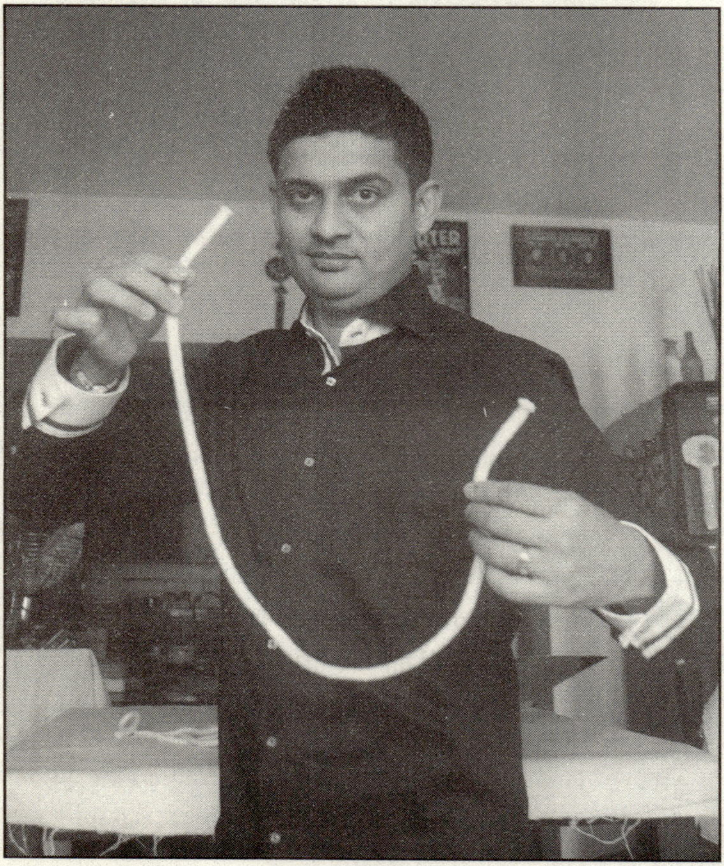

वह उस पर जादुई धूल छिड़कता है और रस्सी वापस अपनी पुरानी स्थिति में आ जाती है, यानी बिना गाँठवाली रस्सी बन जाती है। अब गाँठ गायब और लोगों की आँखें फटी -की-फटी रह जाती हैं।

तरीका

रस्सी काटने और उसे वापस पुरानी स्थिति में लाने के तमाम तरीके हैं और आज हम एक पुराने तरीके पर गौर करते हैं।

नीचे दिखाई गई तसवीर के हिसाब से रस्सी के दोनों सिरों को बाएँ हाथ में ले लें।

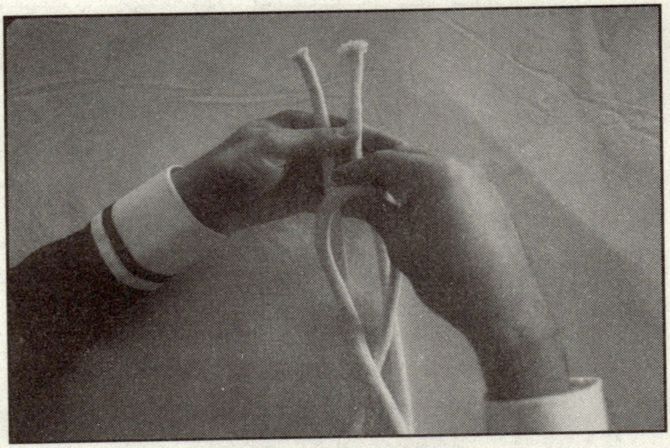

अब अपने दाएँ हाथ की उँगलियों से रस्सी के बीचवाले हिस्से को ऊपर लाएँ और दोनों सिरों के साथ जोड़ लें।

यह बताते हुए कि बीचवाले हिस्से को काटना जरूरी है, इसमें कैंची डालकर उसे बराबर काट लें।

- इसकी महत्ता पर जोर देते हुए इसे पुनः दोहराएँ।
- अब रस्सी के दोनों सिरों को बाएँ हाथ से पकड़ लें।
- अब रस्सी के बीचवाले हिस्से को दाएँ हाथ की उँगलियों से फिर ऊपर लाकर रस्सी के दोनों सिरों के साथ जोड़ लें।

जैसे यह साथ आ जाएँ और रस्सी के बीचवाले सिरे को लेकर दाएँ हाथ की बीचवाली उँगली से बाएँ सिरे में डालें।

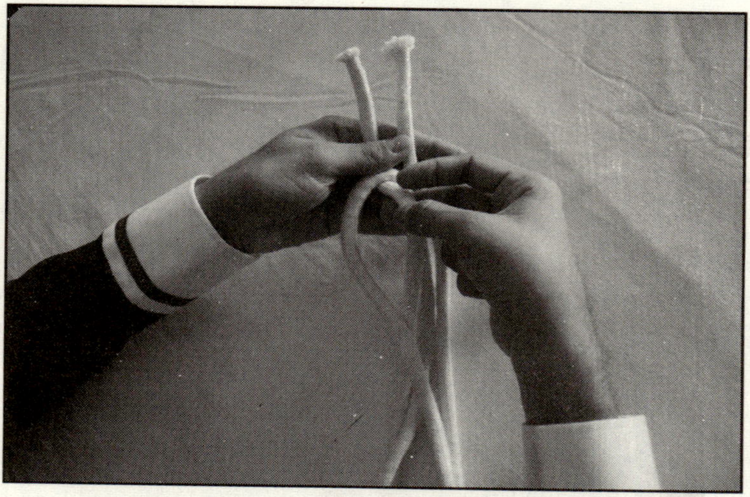

इस तरह से बाएँ हाथ की रस्सी के लिए बीच का नया सिरा बन जाएगा और रस्सी पहले की वास्तविक स्थिति के बजाय नई स्थिति में होगी, जबकि हर किसी को यही लगेगा कि आपने रस्सी के बीचवाले हिस्से को पहले की ही तरह ऊपर लाकर वास्तविक स्थिति की तरह का बना दिया।

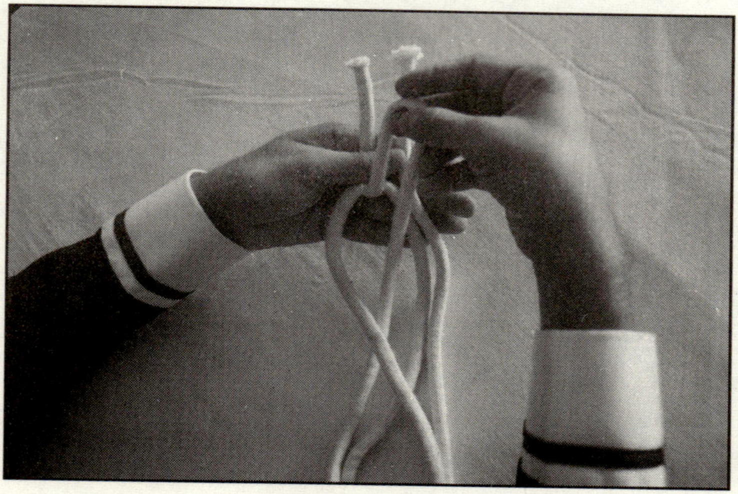

यहाँ तसवीरें आपको बताएँगी कि जरूरी घुमावों को किस तरह आप बेहतर ढंग से समझ सकते हैं। ऐसा करने के लिए आपको अच्छे अभ्यास की जरूरत है, क्योंकि बीचवाले सिरे को चतुराई से प्रयोग करने की जरूरत रहती है।

जब आप रस्सी को काट रहे होते हैं तो वास्तव में आप एक हिस्सा छोटा और दूसरा हिस्सा बड़ा रखते हैं, लेकिन देखनेवाले को लगता है कि आप उसे बराबर-बराबर काट रहे हैं।

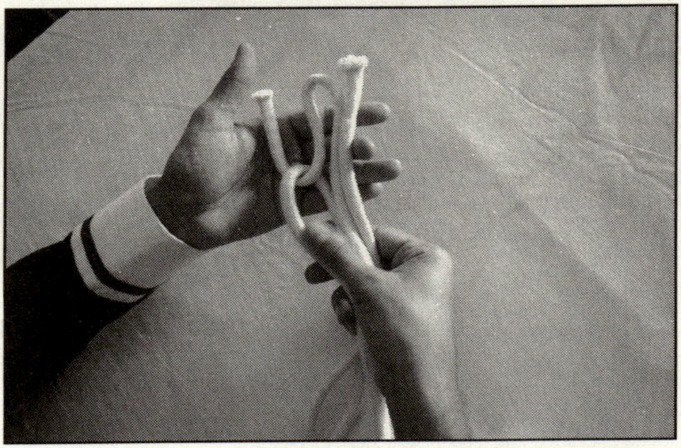

रस्सी को इस तरह दिखाएँ कि वे दर्शकों को दो लगें।

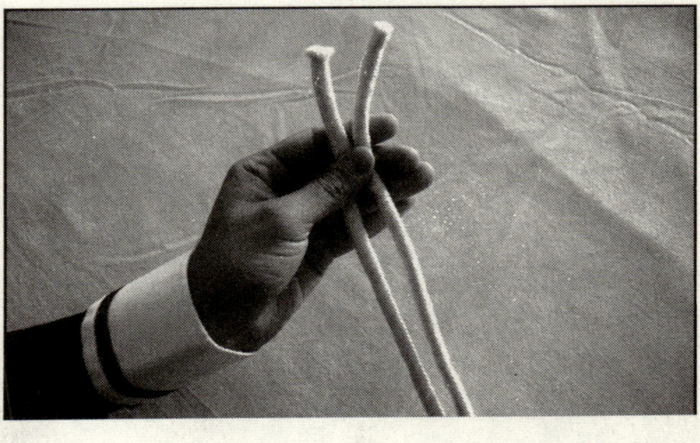

अब छोटे हिस्से को लेकर उसमें गाँठ बाँध लें।

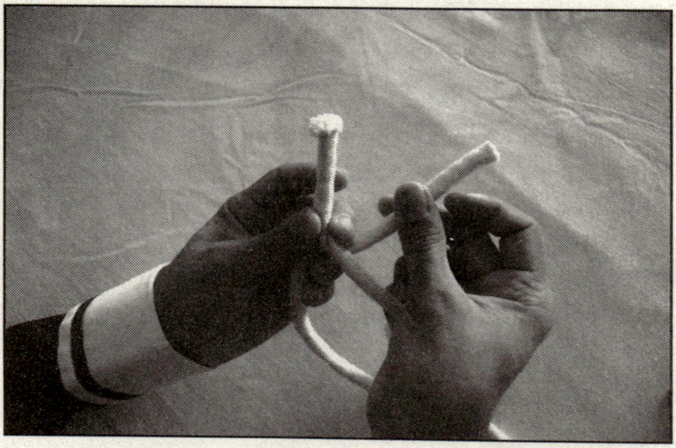

सतर्कता बरतें

आपको केवल एक गाँठ बाँधनी है। इसे सही तरीके से करें, यह देखने में लगेगा कि दोनों रस्सियाँ बँधी हैं। इस तरह प्रदर्शित करें कि लोगों को लगे कि आप दो बार गाँठ बाँध रहे हैं, जबकि आप एक ही बार बाँधेंगे।

इस तरह दिखाएँ कि आपने दोनों अलग-अलग रस्सियों को आपस में बाँध दिया है।

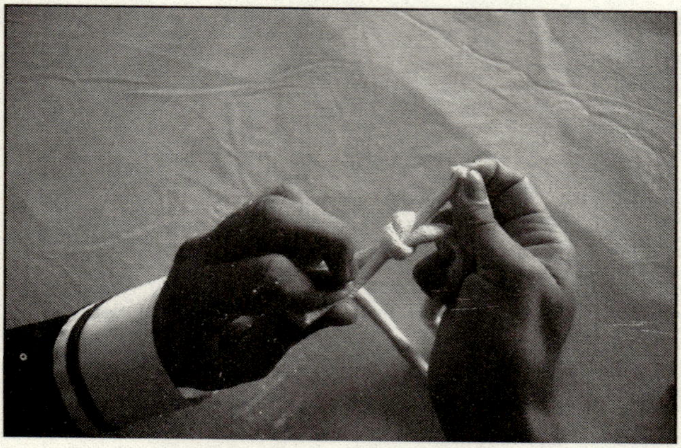

अब बाएँ हाथ पर रस्सी को अपने दाएँ हाथ की मदद से लपेट लें। लपेटते समय दाएँ हाथ की उँगलियों को हलकी मुट्ठी बनाकर इस तरह दबाए रखें कि ऐसा लगे कि उसमें गाँठवाला हिस्सा छिपा हुआ है, जो कि वास्तव में है नहीं और यह आसानी से लपेटने के दौरान सरक जाएगा। अंत में यह पूरी तरह साफ हो जाएगा।

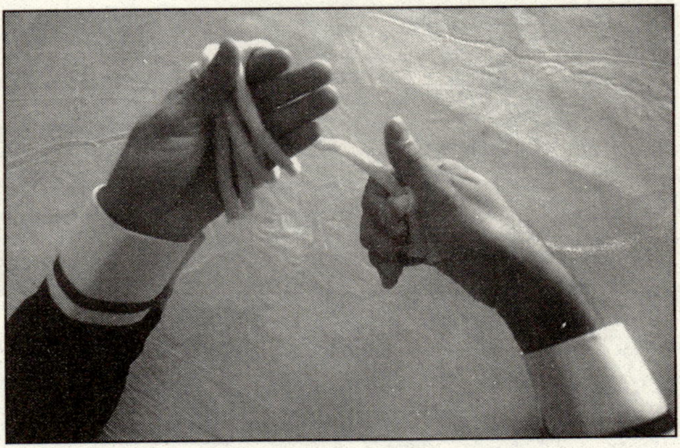

अब आप अपना दायाँ हाथ अपने कोट की दाईं पॉकेट में डालें। यह आभास कराते हुए कि आप उसमें से कुछ जादुई धूल निकाल रहे हैं, गाँठ को पॉकेट में डाल दें।

रस्सी पर काल्पनिक जादुई धूल छिड़ककर हाथ खोल दें और दर्शकों को रस्सी दिखाएँ; इस तरह दिखाएँ कि लगे असली रस्सी लोगों के सामने है।

ट्रिक इतिहास

प्राचीन जादू का हिस्सा होने के कारण रस्सी काटने और जोड़ने के जादू का उल्लेख जीन प्रीवोस्ट और रेनॉल्ड स्कॉट की 1584 में छपी पुस्तकों में मिलता है।

□

7

शीशे से सबकुछ हो सकता है

जादू के खेल को लेकर लोगों के मन में एक बात काफी आम होती है कि यह सब शीशे की मदद से होता है। आपने भी जादू को कुछ उसी तरह सुन रखा होगा, जिसे 'धुआँ और शीशे' से जोड़ते हैं, सही?

अच्छा, बिना चिनगारी के धुआँ उठता भी नहीं। जादूगर ऐसा वास्तव में करते हैं और ऐसा इसलिए, क्योंकि वे उसमें कलात्मक प्रभाव देना चाहते हैं, वे विक्टोरिया काल के दौरान प्रस्तुत अत्यधिक मशहूर वॉदेविलेन शो के माहौल को मंच पर उतारना चाहते हैं। शीशे की मदद से बहुत सारे काम आसानी से हो जाते हैं, दर्शकों को भी विविधता का एहसास होता है, तमाम रहस्यमय प्रस्तुतियाँ, गायब होने की घटनाएँ और प्रतिस्थापन से जुड़ी उपलब्धियाँ चुपके से शीशे के गुण के चलते आसानी से पूरी कर ली जाती हैं।

यह सच्चाई है कि शीशे की मदद से जादुई तरीके से लोग, हाथी, स्मारक सबकुछ गायब कर दिया जाता है। लेकिन यह वह चीज नहीं, जिसकी चर्चा हमें इस पाठ में करनी है

यहाँ हम शीशे का एकदम अलग प्रयोग करना सीखेंगे, उसे अपने जादुई खेल का अभिन्न अंग बनाएँगे : जादू पर पकड़ और अभ्यास के लिए एक सहयोगी की तरह।

जब हम नए खेल के बारे में सीखते हैं या सीखे हुए जादू का अभ्यास करते हैं तो हम उसे अपनी समझ से देखना शुरू करते हैं या तो ऊपर-नीचे या अगल-बगल के एक्शन करके। यह वास्तव में गलत प्रक्रिया है।

जादू की प्रस्तुति को हमेशा दर्शकों के नजरिए से देखना ठीक होता है और इसीलिए इस खेल को उनके कोणों से सीखना तथा अभ्यास करना महत्त्वपूर्ण

हो जाता है। इसी पहलू को ध्यान में रखते हुए शीशा हमारी गंभीरता से मदद करता है।

शीशे के सामने अभ्यास करने से आप यह आसानी से समझ पाएँगे कि दर्शकों के सामने कैसे चीजों को व्यवस्थित ढंग से रखना है तथा अपनी हाथ की सफाई को कैसे और सुधारना है एवं कैसे गलतियों को दूर करते हुए मंच पर क्या-क्या सतर्कता बरतनी है, ताकि आपका खेल पकड़ में न आने पाए। शीशे के सामने अभ्यास करने से अवांछनीय चीजें या कोण पकड़ में आ जाते हैं, जिन्हें दर्शकों के सामने नहीं आना चाहिए, जिससे जादूगर को शर्मसार होना पड़े।

शीशे के सामने अभ्यास को जादू की अवधारणा में सबसे ज्यादा गलत समझा जाता है। बहुत से नौसिखिए यह समझते हैं कि उन्हें शीशे के सामने खड़े होकर केवल अभ्यास करना है। हालाँकि यह सही है, लेकिन यह इससे ज्यादा भी बहुत कुछ है।

शीशे के इस्तेमाल का मतलब है कि आपको अपनी क्रियाओं और अगले कदम पर नजर रखनी है और उसी अनुरूप ढालना है, जिस अनुरूप आपके जादुई ट्रिक का प्रदर्शन होना है। जादूगरों को काफी तल्लीनता से इसका अध्ययन और विश्लेषण करना पड़ता है कि उनके हर कदम में क्या खामी है और उसे वे किस तरह दूर करके उसमें सुधार ला सकते हैं। इससे उसे समस्याओं वाले कोण को छाँटने में मदद मिलती है और वास्तविक प्रस्तुति के दौरान इन समस्याओं के उभरने की आशंका घटती जाती है।

इसीलिए कहा जाता है कि शीशे से ही सारा जादू होता है।

पूरी लंबाई के शीशे में निवेश करें और शीशा 3 फीट चौड़ा और 5 फीट ऊँचा होना चाहिए और इसे अपने कमरे की दीवार में जमीन से एक फीट ऊपर फिक्स करा दें। आप और भी शीशे कतारबद्ध तरीके से दीवार में लगवा सकते हैं, जो जमीन से उचित ऊँचाई पर हों और उनका आकार 3 गुणा 5 फीट का होना चाहिए। इससे आपकी जरूरत जरूर पूरी हो जाएगी।

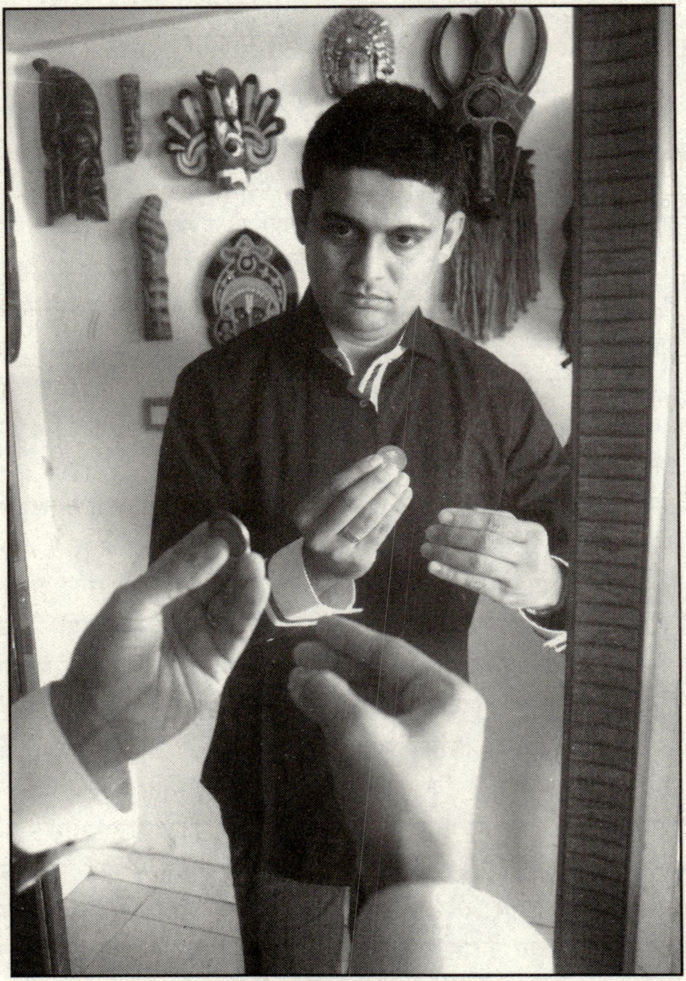

एक पूरे आकार का शीशा आपको प्रस्तुतीकरण के दौरान की शिष्टता भी सिखाएगा, आपकी भाव-भंगिमाओं को श्रेष्ठता की ओर ले जाएगा और जादू के दौरान होनेवाली जरूरी शारीरिक गतिविधियों को भी दुरुस्त करेगा, इससे दर्शकों की नजर में आपका व्यक्तित्व भी जादुई बन जाएगा। लोग आपके व्यक्तित्व से प्रभावित होंगे।

आइए, अब जादू का कलात्मक रुख देखें, एक आश्चर्यजनक खेल, जिसे आप बिना किसी सहारे या मंचीय तैयारी के भी कर सकते हैं, यह जानने के लिए शीशे के इस्तेमाल का रहस्य क्या है ?

कथानक

जादूगर बच्चों के समूह के बीच है और चाहता है कि यह मौका सभी के लिए यादगार बन जाए।

वह एक बच्चे की तरफ इशारा करता है और कहता है, ''हे ! क्या आप कुछ समय के लिए मुझे यह दे सकते हैं ? मैं वादा करता हूँ कि आपको बेहतरीन जादू दिखाऊँगा।'' इतना कहकर जादूगर उस बच्चे के कान के पीछे पहुँच जाता है और वहाँ से एक सिक्का निकाल लाता है।

उँगलियों से सिक्के को पकड़कर जादूगर बोलता है, ‘‘यह तो बहुत अच्छा है कि आप वहाँ सिक्का लगाकर घूम रहे हैं। अब हम इससे कुछ और दिलचस्प कारनामे करते हैं।’’

इससे पहले कि दर्शकों के आनंद की अनुभूति खत्म होती, जादूगर अचानक हुलिया बदलकर जादू का खेल दिखाने के लिए बिल्कुल तैयार हालत में आ गया।

सिक्के को अपनी उँगली और अँगूठे के बीच रखकर उसने कहा, ‘‘आपमें से ज्यादातर ने यह भाँप लिया होगा कि यह जादुई सिक्का है और अब हम इससे कुछ अनोखी चीजें करेंगे। जैसे किकोई और सिक्के में होता है, इसमें भी चित और पट (हेड और टेल) हैं। और इसमें ऐसा भी कुछ खास नहीं है।’’

दाएँ हाथ में रखे सिक्के को लेकर इधर-उधर दिखाते हुए जादूगर ने उसे अपनी हथेली पर रख लिया, फिर उसने मुट्ठी बनाई और सामने ले आया।

उसने अपनी दाईं मुट्ठी की तरफ देखते हुए कहा, ‘‘यह सिक्का तो बहुत छलिया है।’’ फिर उसने मुट्ठी कस ली और धीरे-धीरे मुट्ठी खोली, उसकी मुट्ठी से सिक्का गायब हो चुका था।

‘‘सिक्के के गायब होने पर लोग आश्चर्य करें, उससे पहले हमारे लिए यह जरूरी है कि हम तीक्ष्ण जादुई नजर से उसे ढूँढ़ निकालें।’’ फिर उसने बाएँ हाथ से बड़े प्यार से एक बच्चे की नाक पकड़ी और सिक्का उसके दाएँ हाथ पर गिरते हुए दिखा।

यह दिखाकर जादूगर ने सिक्का अपने बाएँ हाथ में ले लिया और बोला, ‘‘मैंने पहले ही कहा था कि यह जादुई सिक्का है और यही कारण है कि यह जो कहता है, वह करके रहता है।’’

जादूगर ने सिक्के को बाएँ हाथ से दाएँ हाथ में रखकर उससे खेलते हुए कहा, ‘‘ज्यादातर समय लोगों को यह लग रहा था कि मैंने चालाकी से सिक्के को अपनी शर्ट के सहारे हाथ ऊँचा कर उसे बाँह में डाल लिया।’’

जादूगर ने अपनी बंद दाईं मुट्ठी की तरफ अपने बाएँ हाथ से इशारा कर दिखाया। कुछ देर की शांति के बाद जादूगर ने नाटकीय तरीके से धीरे से अपना दायाँ हाथ खोला और सिक्का उसी तरह गायब हो गया, जैसे पहली बार हुआ था। फिर उसने कहा, ‘‘अब भी सिक्के के पास जादुई दिमाग है और यह जब चाहे तब गायब हो सकता है।’’

दर्शकों ने एक बार फिर देखा कि जादूगर का दायाँ हाथ खाली था और वहाँ कोई सिक्का नहीं दिख रहा था।

कार्यप्रणाली

इस प्रस्तुति के पीछे तीन अलग-अलग सिद्धांत मौजूद हैं—

1. फ्रेंच ड्रॉप
2. फिंगर पाम
3. क्लासिक पाम

द फ्रेंच ड्रॉप

हाथ की सफाई का कलात्मक पहलू इतना खास है कि इसे सीखना जितना आसान है, इसे प्रदर्शित करना उतना ही कठिन। और यही बात इसे खास बनाती है, जिसमें शीशा एक प्रमुख सिखानेवाले सहयोगी की केंद्रीय भूमिका में होता है।

शुरुआत में सिक्के को पहले बाएँ हाथ के अँगूठे और उँगलियों के बीच रखें, इस तरह कि यह हथेली के समानांतर और क्षैतिज रूप में हो।

अब दाएँ हाथ को बाएँ की तरफ ले जाएँ और बाएँ हाथ को बिल्कुल न हिलाएँ, जैसे पूर्व की स्थिति थी, बिल्कुल उसी तरह बनाए रखें, हथेली जमीन के समानांतर अँगूठा उसके नीचे।

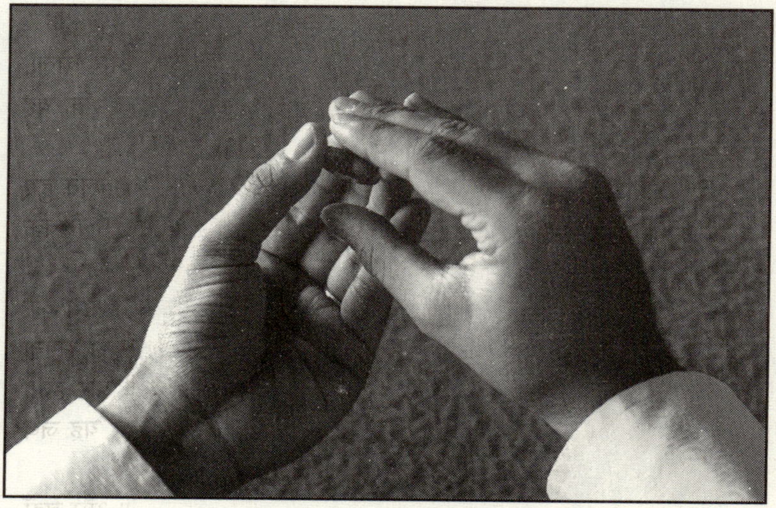

बाएँ हाथ में रखे सिक्के को दाएँ हाथ की उँगलियों से ढक दें और अँगूठे की मदद से उसे कसकर पकड़ लें।

अब अपना दायाँ हाथ वहाँ से दूर करें और यह सुनिश्चित करें कि बायाँ हाथ बिल्कुल न हिले। उसमें किसी तरह का न तो बदलाव हो, न उँगलियों की स्थिति ही बदले।

इस मौके पर आपका बायाँ हाथ बिल्कुल उसी तरह दिखेगा, जैसे कुछ देर पहले की स्थिति में था, अंतर बस इतना रहेगा कि उसमें से सिक्का हटकर दाएँ हाथ में आ चुका होगा।

अब सिक्के को बाएँ हाथ में दोबारा रख लें, उसी तरह जैसे वह पहले था और इस क्रिया को दोबारा करें।

बाएँ हाथ से सिक्के को दाएँ हाथ में ले जाने की प्रक्रिया को कई बार दोहराएँ।

सतर्कता की बात

शीशे के सामने अपने हाथों को स्थिर रखने और सिक्के को एक हाथ से दूसरे हाथ में ले जाने की हर हरकत का विश्लेषण करें और उसे दर्शकों के एंगल से फिट पाने तक दुरुस्त करते रहें। दर्शकों को कहीं से भी आपका एक्शन संदेहास्पद नहीं लगना चाहिए।

जब आप अच्छी तरह अभ्यास कर लेंगे तो यही एक्शन आपका दूसरा व्यक्तित्व या प्रकृति बन जाएगा, तब आप फ्रेंच ड्रॉप के सीक्रेट मूव को समझने के लिए तैयार हो पाएँगे।

पहले की तरह शुरू करें, सिक्के को बाएँ हाथ के अँगूठे और उँगली से पकड़ें, कुछ इस तरह कि यह हथेली के समानांतर हो। अपना दायाँ हाथ ऊपर लाएँ और चार उँगलियों को एक-साथ चिपकाकर सिक्के को उठाने के लिए तैयार हो जाएँ और जमीन के समानांतर हथेली रखें और अँगूठा उसके नीचे होना चाहिए। सिक्के को बाएँ हाथ से दाएँ हाथ की उँगलियों से पूरी तरह ढक लें।

इससे पहले कि दायाँ अँगूठा सिक्के को लेकर बंद हो जाए, बाएँ अँगूठे को ढीला छोड़ें। अँगूठे को इतना ढीला छोड़ें कि सिक्का बाएँ हाथ पर गिरे।

जब आप अपने बाएँ अँगूठे को ढीला छोड़ेंगे, बिल्कुल वैसे ही जैसे आपने सिक्के को उठाने के लिए दाएँ हाथ को ऊपर ढका था, इससे सिक्का नीचे गिरकर बाएँ हाथ पर अटक जाएगा।

दायाँ हाथ ऐसे हरकत करेगा, मानो वाकई सिक्का अपने साथ ले गया, हालाँकि वहाँ कोई सिक्का होगा नहीं।

सतर्कता के बिंदु

बाएँ हाथ की स्थिति को बिल्कुल न बदलें। सबसे जरूरी कि न तो इसे बंद करें और न मुट्ठी बनाएँ।

इस बीच बाएँ हाथ में सिक्का अंदर की तरफ बीच और अँगूठीवाली उँगली के बीच आ जाएगा।

उँगलियों को हलका सा मोड़कर सिक्के को उँगली और हथेली के बीच नीचे दी गई तसवीर की तरह सहेज लें।

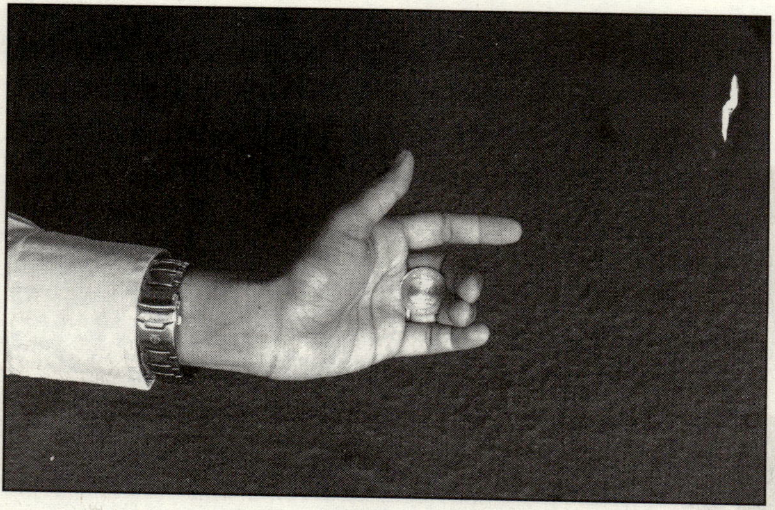

उँगली-हथेली स्थिति का फायदा यह है कि हाथ काफी खुला होता है और प्राकृतिक रूप से खाली दिखता है।

शीशे के सामने इन सबका अभ्यास करें। सिक्के के वास्तविक आदान-प्रदान की तुलना गलत स्थानांतरण से करें और इस प्रक्रिया का अपने हिसाब से प्रयोग कर यह सुनिश्चित करें कि आप बिल्कुल वही कर रहे हैं, जो उचित है और मंच पर यही प्रक्रिया आगे बढ़ानी है।

जब आप अच्छी तरह अभ्यास कर लें और इस पर आपकी पकड़ बन जाएगी तो आप बाएँ हाथ में रखे सिक्के को गायब करके दिखाने के लिए लालायित रहेंगे और मौका मिलने पर आप ऐसा करके दर्शकों को दंग कर देंगे।

बच्चे के कान से सिक्का निकालना

किसी व्यक्ति के कान से सिक्का निकालने के लिए बस बायाँ हाथ उसके कान तक ले जाएँ (या वहाँ, जहाँ से आप सिक्का निकालना चाहते हैं), जिसमें चुपके से सिक्का रखे हों (नीचे दी गई तसवीर में देखें)।

अपना खाली दायाँ हाथ वहाँ से 6 से 8 इंच दूर रखें, ताकि सिक्का छोड़ने पर उसे पकड़ सकें।

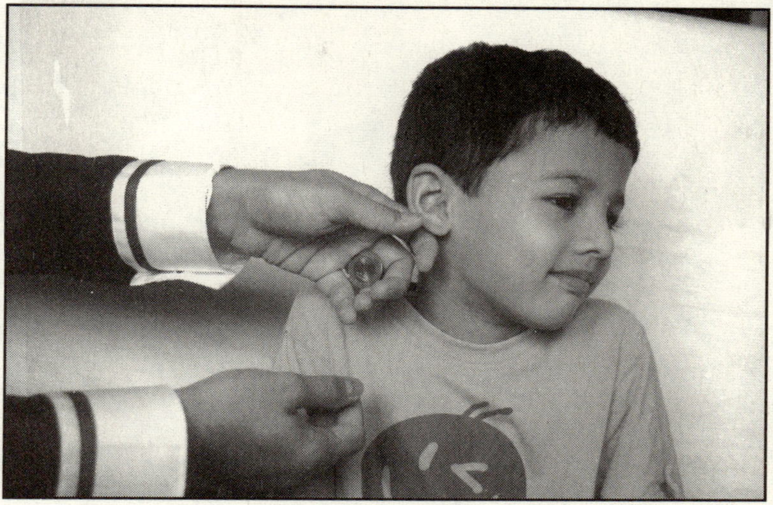

बाएँ हाथ को ढीला छोड़ें और सिक्के को दाएँ हाथ में गिरने दें।

सही तरीके से करें, इससे देखनेवाले को यह लगेगा कि सिक्का अगले आदमी के कान, नाक या बाजू से निकल रहा है।

सतर्कता बिंदु

एक बार फ्रेंच ड्रॉप का अभ्यास करने के बाद आप आसानी से इसे कर सकते हैं और जरूरी नहीं कि सिक्के से ही किसी भी छोटे सामान, जैसे बॉल या अँगूठी से भी लोगों को दंग कर सकते हैं।

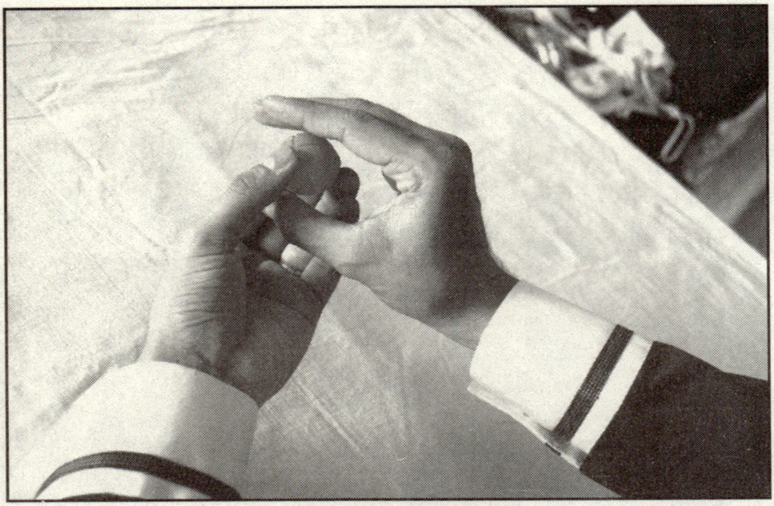

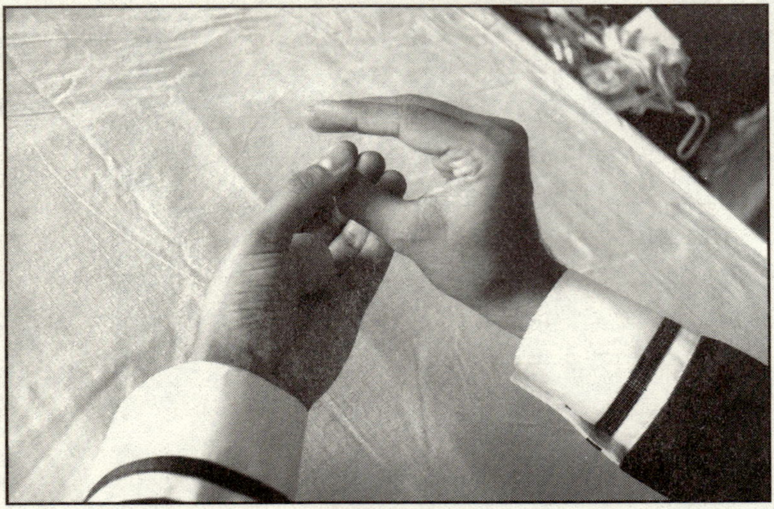

कलात्मक हथेली

सिक्के को नियंत्रित करने या गायब करने का कलात्मक हथेली के अलावा कोई श्रेष्ठ या प्राकृतिक उपाय नहीं है। अगर इसे अच्छी तरह किया जाए, तो यह

बिल्कुल उसी तरह लगेगा, एक सिक्का एक हाथ से दूसरे में गिराया गया, जबकि, वास्तव में वह असली हाथ में ही सुरक्षित रहा।

इसमें यह सीखने की जरूरत है कि कैसे हथेली की मांसपेशियों का इस्तेमाल करते हुए सिक्के को हथेली में रखें और हाथ को खुला भी रखें तथा खेल के दौरान बहुत मामूली बदलाव हो। हथेली को इस तरह दिखाना है कि यह खुली हुई हो और खाली हो।

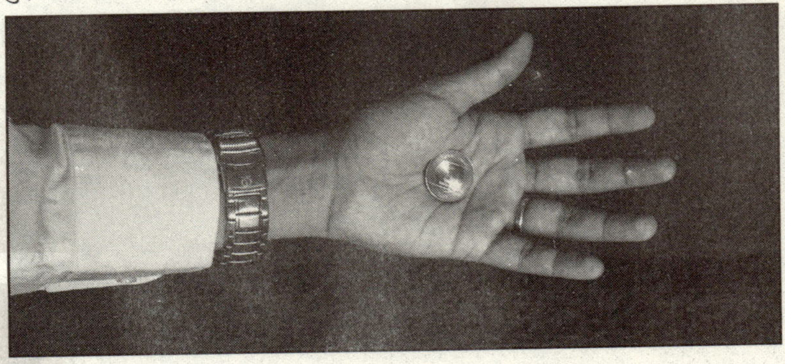

यह बहुत जरूरी है कि हथेली में सिक्के को अत्यधिक प्राकृतिक तरीके से रखने की कला पर पकड़ हासिल की जाए। इसलिए सिक्के की स्थिति को लेकर अभ्यास करने की जरूरत है, जब तक कि आप इसे बिना किसी मेहनत के न कर सकते हों। ज्यादातर खिलाड़ी ऐसे भी होते हैं, जो पूरे दिन सिक्के को अपनी हथेली में बिना किसी विशेष प्रयास के चिपकाए रह सकते हैं और साथ-ही-साथ दूसरे काम भी कर सकते हैं। ऐसा इसलिए कि वे कलात्मक हथेलीवाले अभ्यास के आदी हो चुके होते हैं।

इसके साथ खेलिए और आप इस जादू को पल भर की तैयारी से अद्‌भुत तरीके से प्रस्तुत कर सकेंगे।

प्रस्तुतीकरण बिंदु

कलात्मक हथेली में सिक्का सहेजने और दर्शक के कान के पीछे से निकालने से बेहतर दंग करनेवाली कला के जैसा दूसरा कोई खेल नहीं, जो उन्हें चौंका सके।

कैसे करें खेल का शानदार अंत

एक बार आपने सारी गतिविधियों पर पकड़ बना ली, फिर आपको अपने दोनों हाथ खाली दिखाने का भी अभ्यास करना होगा और खेल का शानदार समापन करने में भी कसर नहीं छोड़नी होगी, क्योंकि अंत भला तो सब भला।

जब आप दिखावे का स्थानांतरण कर रहे होंगे, सिक्के को अपने बाएँ हाथ की कलात्मक हथेली में रखकर दाएँ हाथ की मुट्ठी बंद रखें। अब आप बाएँ हाथ से दाएँ हाथ के शर्ट की बाँह को पीछे खींचें और इस दौरान लोगों से यह बात भी करते रहें कि वे समझ रहे होंगे कि सिक्का बाँह में जा रहा होगा।

सभी की निगाहें और ध्यान (आपका भी) बाँह पर होगा और दाईं मुट्ठी पर, बायाँ हाथ चुपके से सिक्के को आपकी शर्ट की पॉकेट में डाल देगा। इस तरह खेल के अंत में आप अपना दायाँ हाथ खाली दिखाएँगे, सिक्का पूरी तरह गायब हो चुका होगा।

यह खेल वास्तव में तभी संभव है, जब आपकी शर्ट में आगे की तरफ पॉकेट हो। इस पर जरूर विचार करें। इसके अलावा आप और क्या इस्तेमाल कर सकते हैं खेल दिखाने के लिए? क्या आप सिक्का गायब करने का अपना खुद का कोई गुप्त तरीका खोज सकते हैं, जबकि बाकी लोगों का पूरा ध्यान आपके दाएँ हाथ पर अटका हो?

ट्रिक का इतिहास

सिक्के का खेल, जैसे फ्रेंच ड्रॉप और हथेली के सामान्य तरीके का उल्लेख स्कॉट की 1584 की पुस्तक में मिलता है।

संक्षेप में

किसी भी दूसरे जादू की तरह ही अच्छे सिक्के के जादू के लिए जरूरी है कि जितना हो सके, यह प्राकृतिक नजर आना चाहिए; सारी जरूरी गतिविधियाँ क्रियाओं से ढकी होती हैं और जितना संभव हो, सामान्य प्रक्रिया की तरह दिखती हैं। इस खेल के अभ्यास में आईने का अहम योगदान होता है।

जब आप आईने के सामने अभ्यास कर रहे होते हैं तो यह जरूरी हो जाता है कि आप खुद को अलग-अलग कोणों से देखें। अपनी क्रियाओं पर गंभीरता से दाएँ बाएँ और सामने से भी ऊपर से नीचे तक गौर करें। जितना ज्यादा आप

आईने का प्रयोग करेंगे, अपनी गलतियों को उतनी आसानी से पकड़ सकेंगे और अपने कोण तथा अपने उठने-बैठने के ढंग पर भी गौर कर सकेंगे, इसी के साथ आप प्रस्तुतीकरण के दौरान अपनी क्षमता भी सुधारते चले जाएँगे।

जादू के जरूरी सहयोगियों की बात करें तो यह शब्दों की जादुई ताकत सीखने का एक बेहतर मौका है।

ट्रिक
सिक्के को गायब करने का सटीक तरीका

जादूगर एक सिक्के और रूमाल के साथ हाजिर होता है। वह कहता है कि सिक्का जादुई है, लेकिन थोड़ा शरमीला है, इसलिए यह कोई भी काम करेगा तो परदे के पीछे से करेगा, इसलिए यह रूमाल भी मैं लेकर आया हूँ।

बाएँ हाथ की उँगलियों में फँसा सिक्का दिखाते हुए जादूगर ने उसे रूमाल से अच्छी तरह हर ओर से लपेट दिया। सिक्का अब भी वहीं है।

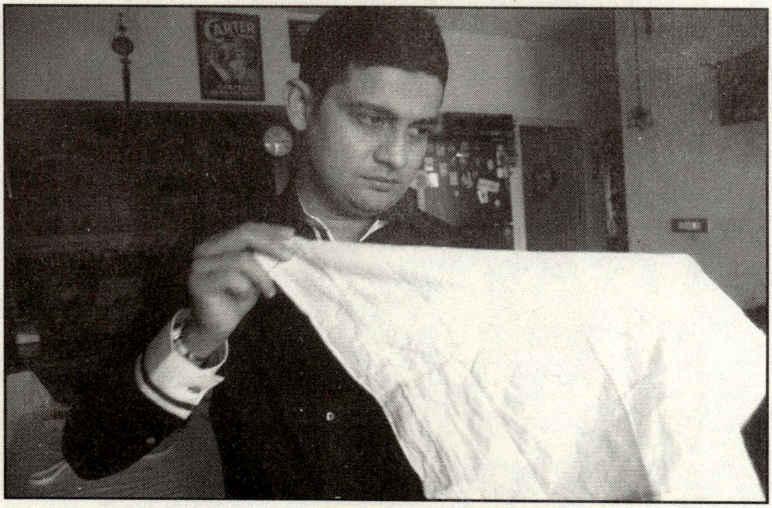

इससे पहले कि जादूगर रूमाल खींचे, उसने कहा कि यह रंग भी बदल सकता है और उसे एक बार और ढक दिया।

इस बार हालाँकि वहाँ कोई सिक्का नहीं दिख रहा था—न तो हाथ में, न रूमाल में। सिक्का बिना कोई निशान छोड़े गायब हो चुका था।

तरीका

इस जादू को करने के लिए आपको एक सिक्का चाहिए, एक रूमाल और एक जेब भी। हाँ, वाकई, आपके शर्ट की आगे की पॉकेट।

पहले चरण में सिक्के को रूमाल से ढकने के दौरान ऐसा कुछ न करें। यहीं आप बढ़त ले सकते हैं, दर्शकों को अपनी कहानी में उलझा सकते हैं।

दूसरे चरण में बाईं उँगलियों में फँसे सिक्के को नीचे दिखाई गई तसवीर के अनुसार दाएँ अँगूठे से रूमाल के अंदर ही पकड़ लें और उसे अपनी शर्ट की पॉकेट की तरफ खींचें।

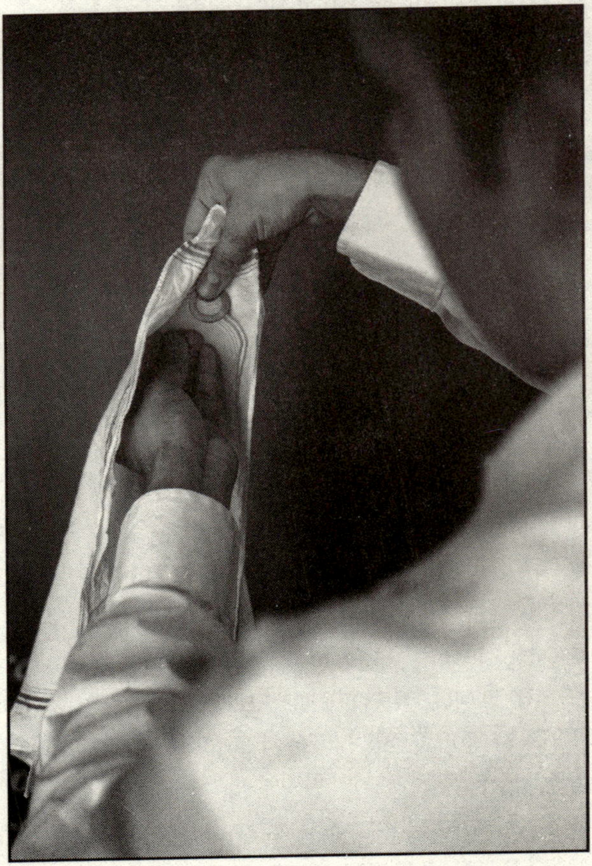

अपनी आँखें बाएँ हाथ की उँगलियों पर लगाए रखें (और सिक्के पर भी)। आप बड़े ध्यान से रंग बदलने की प्रक्रिया को होते हुए देख रहे हैं।

आपका दायाँ हाथ जैसे ही पॉकेट की तरफ जाए, सिक्के को पॉकेट में गिरने देने के लिए अँगूठे को ढीला छोड़ें।

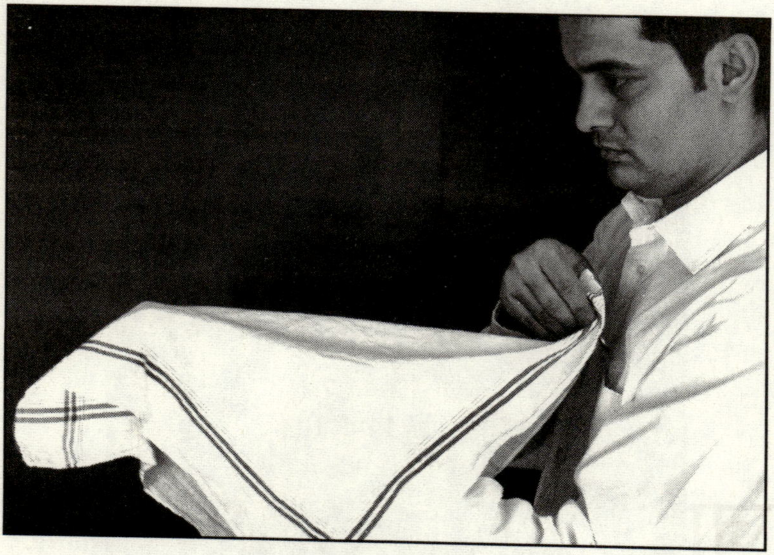

सतर्कता बिंदु

अपनी पॉकेट को खाली रखना सुनिश्चित करें, नहीं तो उसमें से सिक्के के किसी चीज से टकराने की आवाज आएगी और वह आपके लिए बहुत दुखद पल होगा।

अब एक तेज गतिविधि में दाएँ हाथ को अपनी पॉकेट से दूर करें और दाईं तरफ कुछ इस तरह ले जाएँ कि रूमाल बाईं उँगलियों से हटे और लोगों को दिखे कि सिक्का गायब हो चुका है और आपका दायाँ हाथ पॉकेट से बहुत दूर है।

ट्रिक का इतिहास

सिक्के को चतुराई से ब्रेस्ट पॉकेट में डालने के संबंध में प्रोफेसर हर्मन की 1903 की पुस्तक 'बुक ऑफ मैजिक' में उल्लेख मिलता है।

□

8

शब्दों की जादूगरी

अबरा का डाबरा
अला का जाम
होकस पोकस
गिली गिली गिली
खुल जा सिमसिम!

जादू के शब्दों की भी एक दुनिया है। हम इनसे रू-ब-रू हैं, तमाम कहानियों, परी-कथाओं और यहाँ तक कि जादू के शो मंच पर, थिएटर और फिल्मों में भी शब्दों का प्रयोग माहौल बनाने और जादू होते हुए दिखाने के लिए अनिवार्य माना जाता है।

यह शब्द हमें बताते हैं कि जादूगर अब कुछ बड़ा और विशेष करने जा रहा है। कुछ सामने लाने या कुछ गायब करने से पहले का यही कदम है, वह अपनी जादुई छड़ी घुमाएगा और कहेगा—अबरा का डाबरा और फूँक देगा! लो, जादू हो गया। यहाँ तक कि हैरी पॉटर को भी जादू भरा काम करने से पहले कुछ बातें सही-सही बोलनी पड़ती हैं।

हालाँकि मैं जिन जादू के शब्दों की बात इस पाठ में करूँगा, वे जरा अलग तरह के हैं। यह शब्द जादू के प्रभाव को बनाने में मदद करेंगे कहानी के रूप में, ताकि दिलचस्पी बनी रहे और मनोरंजन भी साथ के साथ होता रहे। दूसरे शब्दों में हम अब जादू करने के साथ-साथ उसके सबसे जरूरी तत्त्व शब्दों या कहें *बड़बड़ाहट का अच्छी तरह प्रयोग करने की कला सीखेंगे।*

बड़बड़ाहट शब्द जादूगरों के बीच में काफी प्रयोग किया जाता है, कुछ-न-कुछ बोलते रहने के लिए या उस पटकथा का प्रयोग करने के लिए, जो जादू

का खेल दिखाने के दौरान दर्शकों के सामने रखी जाती है। इसमें कहानी होती है, जिसमें शब्दों के माध्यम से एक कथानक बुना जाता है और दर्शकों के सामने एक दृश्य बनाया जाता है। यह एक जरूरी तत्त्व है, जो जादू का खेल दिखाने से पहले और बाद में जादूगर दर्शकों से संवाद के जरिए संबंध बना लेता है।

शब्दों की बाजीगरी का पहला नियम यह है कि यह उस तरह से नहीं बोली जानी चाहिए, जिस तरह से पटकथा लिखी जाती है या अभ्यास की जाती है, बल्कि यह प्राकृतिक लगनी चाहिए। ऐसा महसूस होना चाहिए कि जादूगर के यह स्वस्फूर्त वाक्य हैं।

इसे दोबारा पढ़ें।

शब्द बिल्कुल उस तरह नहीं निकलने चाहिए, जैसे अभ्यास के दौरान बोले जाते हैं। दूसरे शब्दों में यह योजनाबद्ध, लिखित और अच्छी तरह अभ्यासित होना चाहिए, लेकिन इसकी प्रस्तुति बेहतरीन होनी चाहिए और प्रभाव के साथ इस तरह घुली-मिली होनी चाहिए कि यह खुद ब खुद प्राकृतिक लगे, न कि बनावटी।

अच्छी प्रस्तुति भी अत्यंत महत्त्वपूर्ण है। आपको जरूरी गति बनाए रखनी है, शब्दों का साफ प्रयोग करना है और उसमें उचित मात्रा में भावनाओं का भी प्रयोग करना है। इन सबके बिना दर्शकों को आपकी प्रस्तुति महज रटी-रटाई बात से ज्यादा कुछ नहीं लगेगी।

बेहतरीन प्राकृतिक प्रस्तुति के लिए सबसे अच्छा उपाय यह होता है कि पेशेवरों को प्रस्तुति करते हुए देखा जाए, मसलन कॉमेडियन, कलाकारों, जादूगरों या थिएटर कलाकारों से कुछ अनुभव लेना चाहिए। इस पर पकड़ के लिए चाहिए सिर्फ और सिर्फ अभ्यास। यह बिल्कुल आपके जादू की तरह ही है। जैसे आप अपने जादू के खेल का अभ्यास करते हैं, उसी तरह आपको अपनी बातें रखने का भी अभ्यास करना होता है। योजना बनाएँ, पटकथा तैयार करें और अपनी प्रस्तुति का अभ्यास करें; याद रखें, आपकी प्रस्तुति आपका दूसरा व्यक्तित्व बन जाना चाहिए।

सबसे पहली ध्यान रखनेवाली बात होनी चाहिए कि प्रस्तुति के लिए विषय का चयन किस तरह किया जाए। क्या इसमें चुटकुले होने चाहिए, मजाकिया लहजे के लिए? या लोगों की एकाग्रता अपनी तरफ बनाए रखने के लिए आप कोई दिलचस्प कहानी बुनें? जो भी आप चुनें, वो पूरी तरह आपके व्यक्तित्व की प्रकृति पर निर्भर करेगा। क्या आप चुटकुले सुनाने में माहिर हैं या स्थिति के अनुसार कॉमेडी करने में उस्ताद हैं या कहानी सुनाने में बेहतर हैं?

आपको लोगों के दिमाग में दिलचस्पी पैदा करनी होती है और उनका मूड

भी अच्छा रखना होता है, ताकि वे ऊब महसूस न करने लगें। आपको शुरुआत से ही उन्हें अपने खेल में डुबोए रखना होता है, उनकी अपेक्षाओं को बढ़ाते जाना होता है और अंत में उन्हें चमत्कृत करते हुए उनका मनोरंजन करना होता है। इसमें आपका खेल और आपकी कहानी या चुटकुले की जबरदस्त पंक्तियाँ साथ-साथ चलनी चाहिए।

आधारमंच

मान लीजिए कि किसी हॉल में लगभग 500 बच्चे अपने माता-पिता के साथ आराम से कुरसियों पर बैठे हों और उस जादूगर का बेसब्री से इंतजार कर रहे हों, जिसकी काबिलीयत के बारे में उन्होंने बहुत कुछ सुन रखा हो। प्रेक्षागृह की बत्तियाँ मद्धम हों और मंच पर बत्तियाँ जलते ही संगीत शुरू हो जाए। मंच के परदे हट चुके हैं और जादूगर बिना किसी हरकत के मंच के केंद्र में खड़ा हो। उसे देखकर बच्चे उत्साह में भरकर चीखते हुए उसका स्वागत करते हैं और पूछते हैं, ''क्या वह कोई जादू करके वहाँ प्रकट हो गया?''

अब जादूगर बोलना शुरू करता है और पूरे हॉल में खामोशी छा जाती है।

देवियो, सज्जनो और मेरे प्यारे बच्चो! आज मैं आपके साथ एक बेहतरीन जादू की कहानी साझा करना चाहता हूँ। यह कहानी है, जंगल में रहनेवाले तीन बंदरों की।

जादूगर के हाथ में रस्सियों का गुच्छा होता है और वह बताना शुरू करता है, ''उनमें एक पापा बंदर था। वह एक लंबी रस्सी गुच्छे से अलग करता है। पापा बंदर की पूँछ बड़ी लंबी थी। इसी पूँछ के बल पर पापा बंदर एक डाल से दूसरी डाल पर, एक पेड़ से दूसरे पेड़ पर उछलते-कूदते रहते और पूरे दिन खेलते रहते थे। पापा बंदर बहुत खुश रहते थे।''

फिर उसने गुच्छे से दूसरी रस्सी निकाली और बोला, ''और उनमें एक मम्मा बंदर भी थी। मम्मा बंदर की औसत दर्जे की पूँछ थी। इस पूँछ के सहारे वह एक डाल से दूसरी डाल, एक पेड़ से दूसरे पेड़ पर उछलते-कूदते दिन भर खेलती रहती थी। मम्मा बंदर भी बहुत खुश थी।''

जादूगर ने रस्सी को हर उस तरह से घुमाया, जिस तरह वह मम्मा बंदर की हरकतों को दिखा और बता रहा था।

गुच्छे से तीसरी रस्सी, जो कि छोटी थी, निकालने के बाद एक खास अंदाज में जादूगर बोला, ''और वहाँ एक और बंदर था।''

तभी श्रोताओं के बीच बैठे बच्चे चिल्ला उठे, ''बच्चा बंदर!''

''हाँ।'' उसने सुनिश्चित किया। तब उसने एक विशेष आवाज बनाते हुए बोला, ''और वहाँ एक बच्चा बंदर भी था। बच्चा बंदर की पूँछ बहुत छोटी थी, लेकिन उसी छोटी पूँछ से वह एक डाल से दूसरी डाल, एक पेड़ से दूसरे पेड़ पर उछल-कूद नहीं कर पाता था।'' अब तक दर्शक जादूगर की बातों से पूरी तरह जुड़ गए थे। उनकी दिलचस्पी बढ़ती जा रही थी और वे आगे की कहानी जानने को बेताब थे। जादूगर बच्चों सी हरकत करते हुए दुःखी आवाज बनाकर बोला, ''बच्चा बंदर इससे बहुत दुःखी था।''

जादूगर ने रस्सियों को आधे पर से मोड़कर अपने हाथ में रखते हुए कहा, ''एक रात को बंदर सोने गए और पापा बंदर ने अपनी पूँछ को मोड़ लिया—ऐसे। फिर मम्मा बंदर ने भी अपनी पूँछ मोड़ ली—ऐसे। यहाँ तक कि बच्चा बंदर ने भी अपनी छोटी पूँछ मोड़ ली—ऐसे।'' फिर उसने श्रोताओं से पूछा, ''क्या आप जानते हैं कि बंदर सोते समय अपनी पूँछ मोड़ लेते हैं।''

''खैर, सोते समय बच्चे बंदर ने एक सपना देखा। अब जादूगर की आवाज अचानक बदल गई और उसमें उत्साह और जोश नजर आने लगा। सपने में बच्चे बंदर ने देखा कि उसकी पूँछ लंबी, और लंबी, और लंबी होती गई। इधर जादूगर बोल रहा था और उधर हर कोई छोटी रस्सी को देख रहा था, जो बच्चा बंदर की पूँछ थी, वह लंबी होती जा रही थी, और लंबी, और लंबी। यह तब तक लंबी होती रही, जब तक कि उसने पापा बंदर की पूँछ की बराबरी नहीं कर ली।''

जादूगर ने रस्सियों को अलग कर लिया और यह सुनिश्चित किया कि हर किसी ने यह देखा कि सभी रस्सियाँ एक ही आकार की हो चुकी हैं। फिर जादूगर ने कहा, ''यह पापा बंदर की पूँछ है, यह मम्मा बंदर की पूँछ है और जी हाँ, यह बच्चा बंदर की पूँछ है।'' उसने ज्यादा प्रभाव के लिए उन्हें नापकर दिखाया।

ZZZ
ZZZ
ZZZ
UMESH

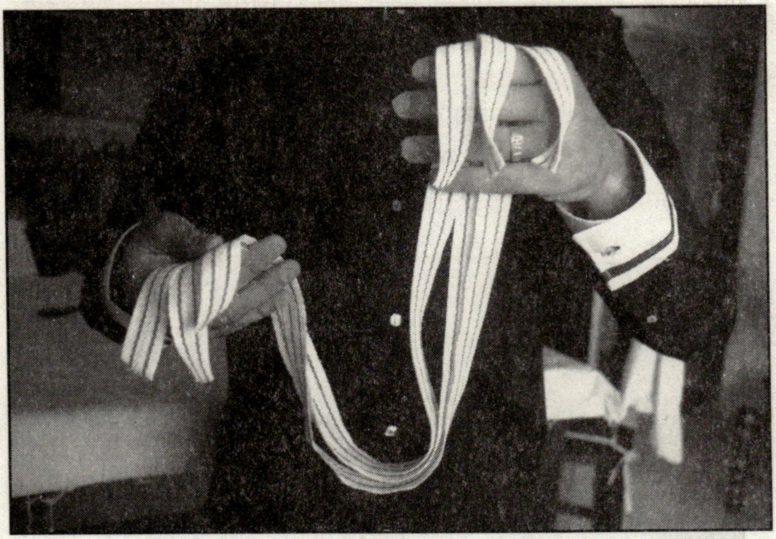

श्रोताओं में हँसी के ठहाके गूँज उठे, बच्चे खुशी से चीख उठे। जादूगर ने अपनी बात जारी रखी, ''और दूसरे ही दिन मैंने यही खेल बच्चों के एक अन्य समूह को दिखाया और उनमें से एक बच्चा जो मंच के बिल्कुल करीब बैठा हुआ था, खड़ा होकर बोल पड़ा और सुबह क्या हुआ? जी हाँ, यह एक सपना था। बच्चा बंदर ने सपना देखा था। इसलिए सुबह जब बंदर बच्चा उठा, उसके पास छोटी पूँछ ही थी, मम्मा बंदर के पास मध्यम लंबाई की पूँछ थी और पापा बंदर के पास लंबी पूँछ।'' एक ही झटके में सभी रस्सियाँ जादुई तरीके से अपने वास्तविक आकार में आ गई थीं।

श्रोताओं के सामने सम्मान से झुकते हुए जादूगर ने उनका शुक्रिया अदा किया और तालियों की गड़गड़ाहट के बीच बोला, ''यहाँ तीन पूँछों की लंबी कहानी खत्म। धन्यवाद!''

कैसे हुआ यह?

तीन बंदरों की कहानी और वह सपना उस हिस्से को उभारने के लिए था, जिसमें असमान समान रस्सियोंवाली प्रस्तुति को दर्शकों के सामने रखना था। इस ट्रिक को प्रोफेसर की चिंता के तौर पर भी जाना जाता है, क्योंकि देखने में यह जादू

भौतिकी के नियम को तोड़ता हुआ प्रतीत होता है, जिसमें अलग-अलग लंबाई की रस्सियाँ अपनी लंबाई लगातार बदल देती हैं।

जादुई रस्सियों के खेल की तैयारी

इस खेल को दिखाने के लिए आपको रस्सियों को अलग-अलग लंबाई में काटना होगा। तीन मीटर लंबी सूत की रस्सी के साथ शुरुआत करें।

ध्यान रखें

आपको अपने आस-पास की क्राफ्ट दुकान या कपड़ों की दुकान से विशेष प्रकार की नरम सूत की रस्सी या सुविधाजनक रिबन खरीदने होंगे। विकल्प के तौर पर आप जादू के सामानों वाले स्टोर से जादूगर की नरम रस्सी भी खरीद सकते हैं।

- इस रस्सी को तीन अलग-अलग लंबाई में काट लें।
- छोटी रस्सी को औसतन 9 इंच की लंबाई में काटें। यह सबसे छोटी रस्सी का टुकड़ा होगा।

- लंबी रस्सी को लगभग 4 फीट की लंबाई में काटें। सुविधाजनक लंबाई आपके हाथ की दोगुनी भर ठीक रहेगी। यह सबसे लंबी रस्सी बन जाएगी।
- मध्यम लंबाई की रस्सी अब खुद-ब-खुद आपके पास होगी, क्योंकि आपने सबसे लंबी और सबसे छोटी रस्सी अलग कर ली है।
- अब सबसे छोटी रस्सी को बीच से मोड़ लें। सबसे लंबी रस्सी को भी आधे से मोड़ दें। इन दोनों रस्सियों को साथ में खींचकर आपस में जोड़ दें।
- अब तीसरी रस्सी को इनकी लंबाई के बराबर काट लें, जो मध्यम लंबाई की रस्सी बन जाएगी।

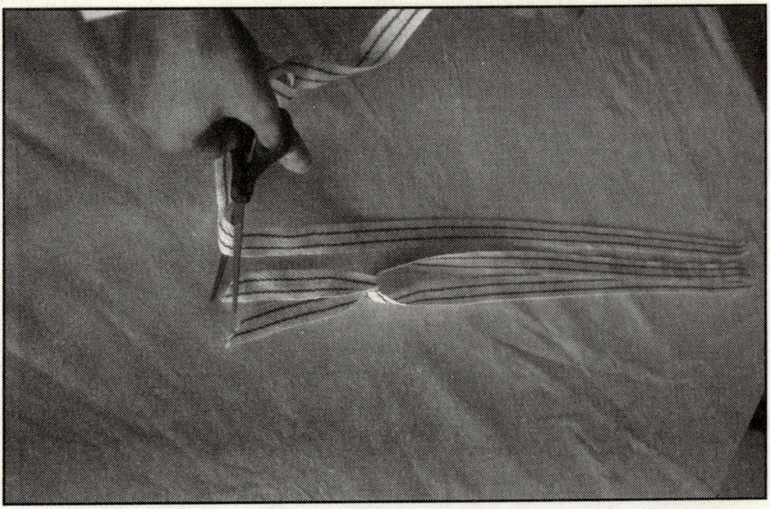

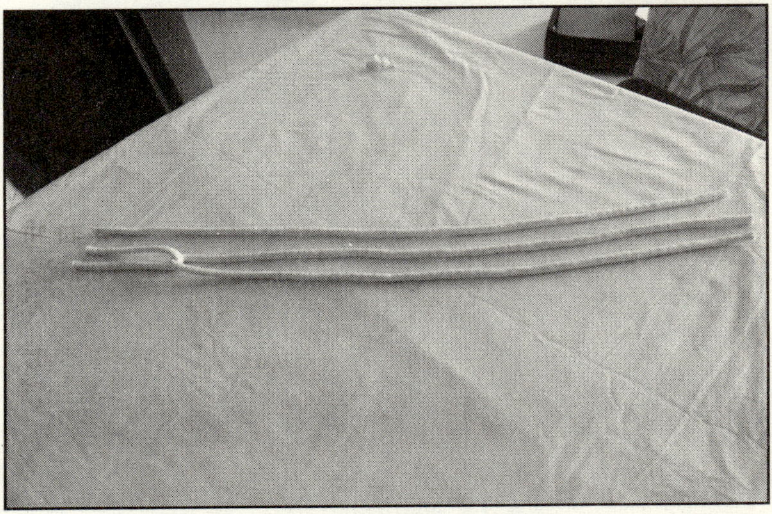

रस्सियों से जादूगरी

तसवीरों के जरिए आपको रस्सियों को रखने का तरीका पता चल जाएगा और आपको केवल इतना करना है कि अभ्यास करके इन रस्सियों को समान लंबाई में रखना सीख लें और इसके बाद उन्हें वास्तविक लंबाई में दोबारा रखना जान जाएँ।

तीनों रस्सियों को समान रखना

तीनों रस्सियों को अपने हाथ में इस तरह रखें कि सबसे पहले सबसे छोटी रस्सी हो, फिर मध्यम लंबाईवाली और अंत में सबसे लंबी रस्सी।

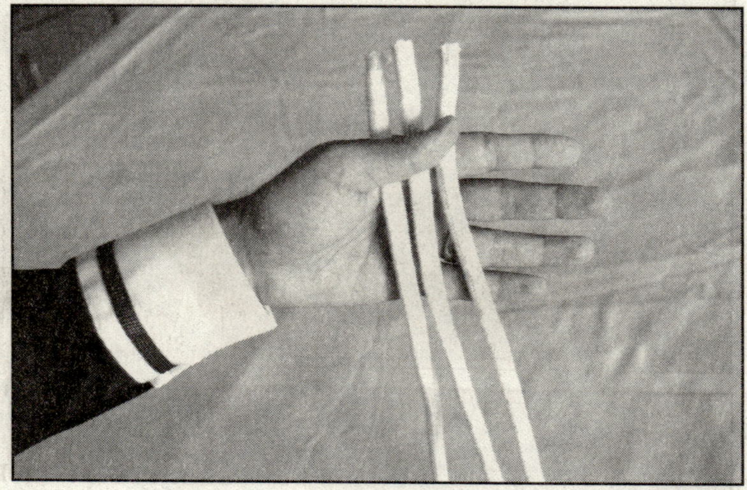

इन रस्सियों को एक के बाद एक इस तरह मोड़ें, जैसा कि तसवीर में दिखाया गया है, कि उनका सेट कुछ इस तरह बने S, M, L, S, M, L.

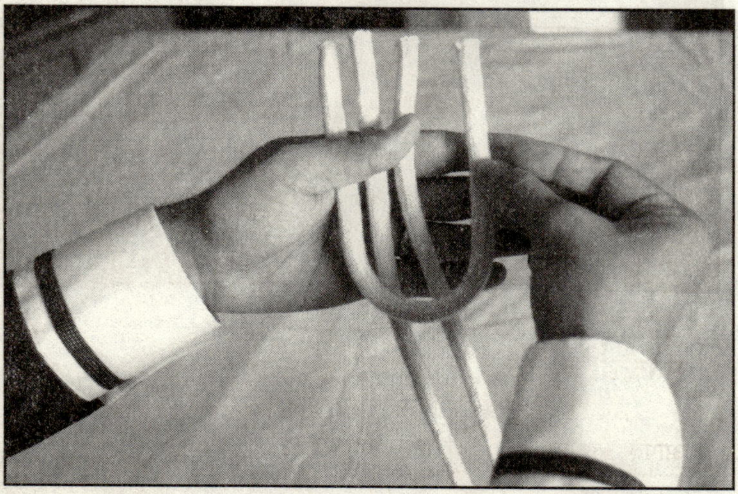

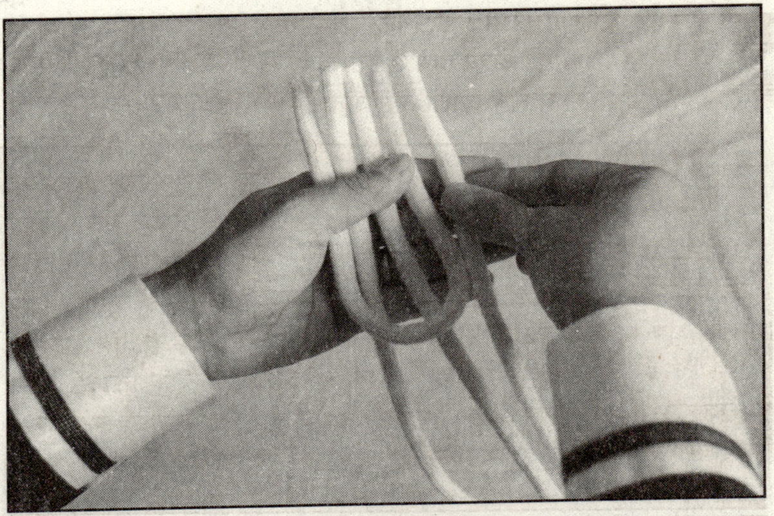

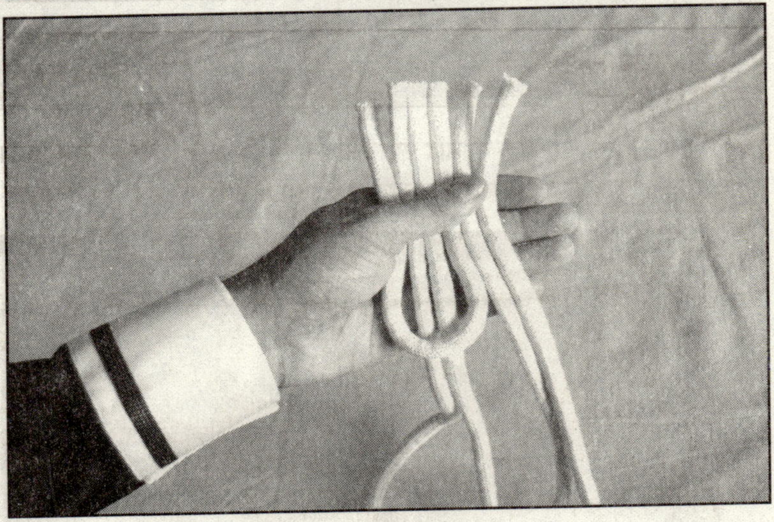

सतर्कता के बिंदु

सदैव ध्यान रखें कि जिस सबसे छोटी रस्सी का लूप आप बनाएँ, वह आपके बाएँ हाथ की हथेली के अंदर ही रहे, जो दर्शकों को दिखने न पाए।

अब (अपने दाएँ से बाएँ की ओर गिनते हुए) आप पहला सिरा (रु) लें, फिर दूसरा (रू), फिर चौथा (रु) सिरा पकड़ें और उन्हें तीसरे (स), पाँचवें (रु) और छठवें (स) से अलग कर लें।

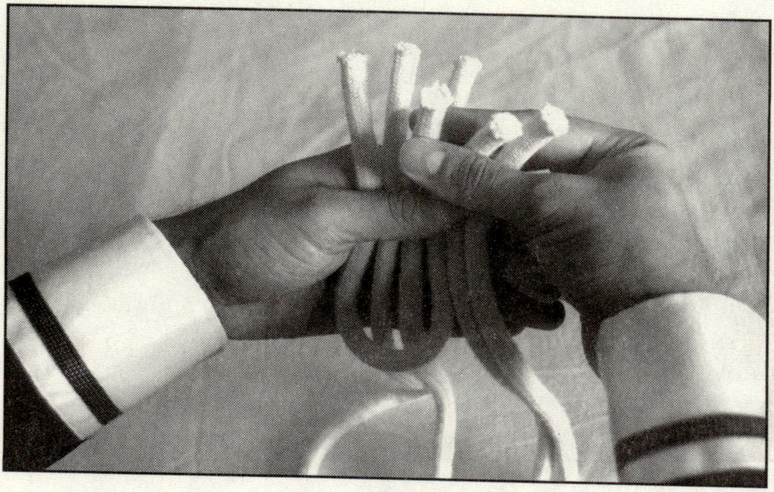

इससे अपने आप गुपचुप तरीके से लंबी रस्सी का छोटी रस्सी के साथ आपस में जुड़ा हुआ लूप बन जाएगा (दोनों सिरे दाएँ हाथ में होने चाहिए)।

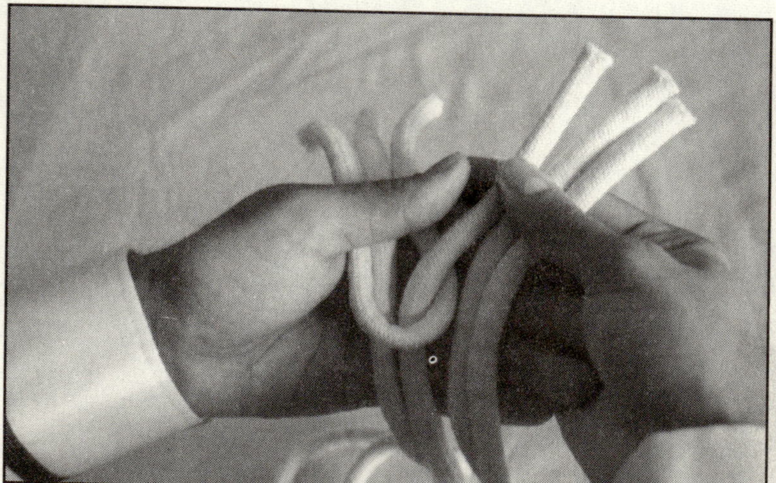

दोनों हाथों को अलग करते हुए रस्सियों के सिरों को कसकर पकड़े हुए दोनों हाथों को एक–दूसरे से दूर करें, जिससे तीनों रस्सियाँ बराबर आकार की नजर आएँ।

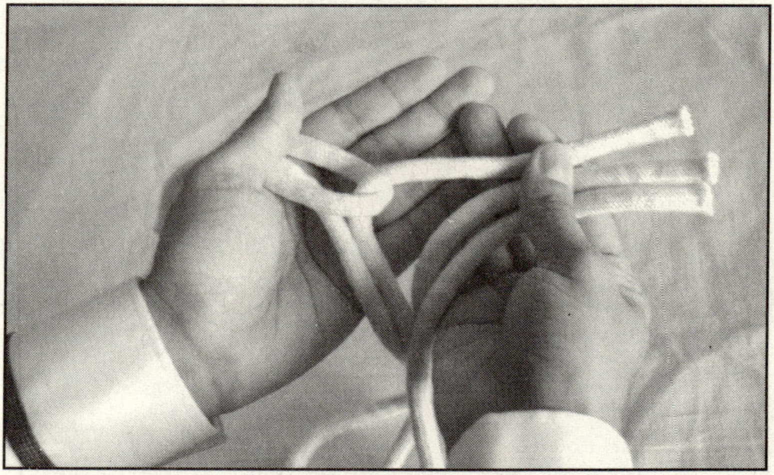

वास्तव में लंबी रस्सी और छोटी रस्सी एक–दूसरे से जोड़ी जाने की वजह से बराबर दिखती हैं, जबकि मध्यम आकारवाली रस्सी को मोड़ा नहीं जाने के कारण वह भी पहलेवाली रस्सी की लंबाई के बराबर दिखती है।

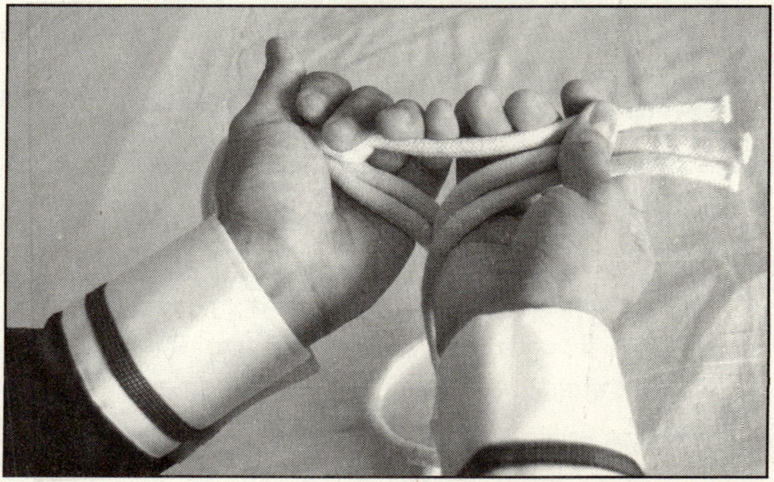

सतर्कता बिंदु

ऊपर बताए गए सारे तरीकों का अभ्यास जरूरी है और याद रखें कि इसे शीशे के सामने जरूर करें, ताकि आप अपने प्रदर्शन को खुद आँक सकें। जरूरी और उपयुक्त सावधानी व सतर्कता जरूर बरतें और ध्यान रखें कि रस्सियों का लूप बनाते वक्त वह दर्शकों को नजर न आए।

रस्सियों को फिर से असमान कैसे बनाएँ

रस्सियों को उनके वास्तविक आकार में लाने के लिए उनके सिरों को फिर से मोड़कर बाएँ हाथ में रख लें।

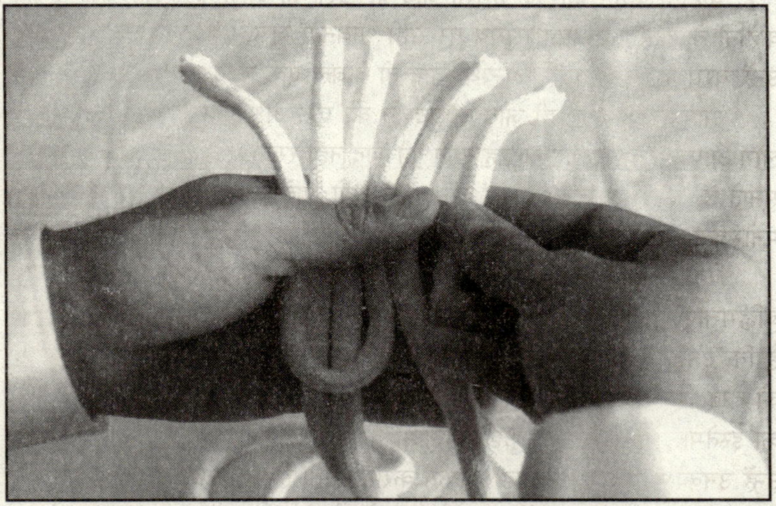

छोटी, मध्यम और लंबी रस्सियों के हर सिरे को कसकर पकड़ें और दूसरे सिरे को दूसरे हाथ में ले लें।

इस तरह रस्सियाँ खुल जाएँगी और अपनी पूरी लंबाई में दर्शकों के सामने आ जाएँगी तथा लगेगा कि इन्हें जादुई तरीके से उनके पुराने आकार में ला दिया गया है।

इसके बाद बचता ही क्या है आपके लिए, तारीफ के सिवा।

ट्रिक का इतिहास

1950 के मध्य में अमरीका में बॉब कार्वर की 'प्रोफेसर्स नाइटमेयर' की खूब बिक्री होती थी। ब्रिटेन में इसे 'इक्वली-अनइक्वली रोप्स' का नाम दिया गया और इसी तरह के और भी नाम दिए गए। कार्वर की ट्रिक हेन फेस्च की 1942 में आई पुस्तक 'रोपेपिक' से काफी हद तक प्रेरित थी और एडवर्ड विक्टर की 1937 में लिखी पुस्तक 'मैजिक ऑफ द हैंड्स के माई रोप ट्रिक' चैप्टर से ज्यादातर जुड़ी थी।

निष्कर्ष

कहानी कहने का पक्ष हमेशा जादू के खेल का अभिन्न हिस्सा बना रहेगा। कहानी के कारण ही सही समय पर सही भावनाएँ जुड़ती हैं और जादू का खेल उन्हें चरम पर ले जाता है, अन्यथा जादू तो केवल एक ट्रिक ही है।

आपकी बातचीत ही जादू के प्रदर्शन को एक अर्थ देती है। ज्यादातर समय लोग आपके द्वारा दिखाए जा रहे खेल को याद नहीं रखते, लेकिन आप जो कहानी सुनाते हैं, वे उससे जुड़ जाते हैं और उसमें खो जाते हैं, क्योंकि वह उन्हें ज्यादा मनोरंजक लगती है।

बेहतरीन प्रदर्शन करनेवाले जादूगर दर्शकों की याददाश्त के पहलू का बुद्धिमत्तापूर्ण इस्तेमाल करते हैं। वे शब्दों और हावभाव का इस तरह प्रयोग करते हैं कि उनके विचार और सलाह दर्शकों के दिमाग में बैठ जाती है, ताकि दर्शक जो देख रहे हों, उससे उन्हें ज्यादा मतलब न रहे। उनमें से ज्यादातर इस तरीके का इस्तेमाल याददाश्त के कुछ पहलुओं पर काम करने के लिए करते हैं, जहाँ उन्हें उनकी याददाश्त पर कुछ अंकित कराना होता है, ताकि वे जादू के खेल की इंजीनियरिंग पर ध्यान न दें और खेल कैसे हो रहा है, इस पर अपना ध्यान न टिका दें।

यही वजह है कि जादूगर हमेशा अपने शब्दों और हरकतों को विशिष्ट सोच और विचार के साथ तैयार करता है। वह दायरा या कहानी, जो आप दर्शकों के दिमाग में पिरोने का प्रयास कर रहे होते हैं, वह आसानी से भ्रम को बना सकता है और बिगाड़ भी सकता है। कहानी कहने में दक्षता हासिल करनेवाले पहलू पर विशेष काम करिए। शब्दों का इस तरह प्रयोग करिए कि कहानी कहनेवाला स्वत: कलाकार बनकर उभरे।

अपने तौर-तरीके के साथ काम करिए और उसके साथ खेलिए। इसमें महत्त्वपूर्ण यह है कि आप जल्दी ही यह जान जाएँगे कि क्या आपके लिए काम करेगा और कौन सा उपाय आपको जल्दी ही छोड़ देना चाहिए, ताकि आप अपनी ताकत को सफलतापूर्वक स्थापित कर सकें।

वास्तव में जादू की असली ताकत शब्दों में ही विराजती है।

हम इसी विचार को अगले चैप्टर में भी दोहराएँगे और इसे अच्छी तरह समझेंगे कि दर्शकों के दिमाग में जादू कैसे स्वरूप लेता है।

ट्रिक
रबर बैंड का ट्रांसपोजिशन

जादूगर हैरी हाउदिनी के बारे में बताता है, भ्रमित करने में सबसे माहिर, सर्वश्रेष्ठ और उनकी किसी भी हालात में बच निकलने की काबिलीयत : हथकड़ी, रस्सियों के बंधन और यहाँ तक कि जेल से भी। इसके बावजूद वे कहते थे कि सबसे खास बच निकलने का रहस्य वह था, जब हाउदिनी अपने भाई के साथ जादू का मुजाहिरा (प्रदर्शन) करते थे।

इस खेल को विस्तार से बताने के लिए जादूगर ने एक छोटा लाल रबर बैंड निकाला और उसे अपनी पहली और दूसरी उँगली पर चढ़ा दिया और उसे हाउदिनी का नाम दे दिया। इसके बाद उसने हरे और गुलाबी रंग का रबर बैंड निकाला और उसे रिंग फिंगर में पहन लिया और उसे हाउदिनी के भाई का नाम दे दिया।

अब एक अलग रबर बैंड से उसने अपनी चारों उँगलियों को एक साथ बाँध लिया। उसने इसे बाँधने और लॉक करने के पीछे विस्तार से बताया और यह सुनिश्चित किया कि हाउदिनी किसी भी तरह उस बक्से से बचकर जाने न पाए, जिसमें वह रखा गया था। सभी के लिए यह साफ था कि कोई रास्ता नहीं बचा, जिससे कोई भी रबर बैंड हाथ से निकल सकता हो।

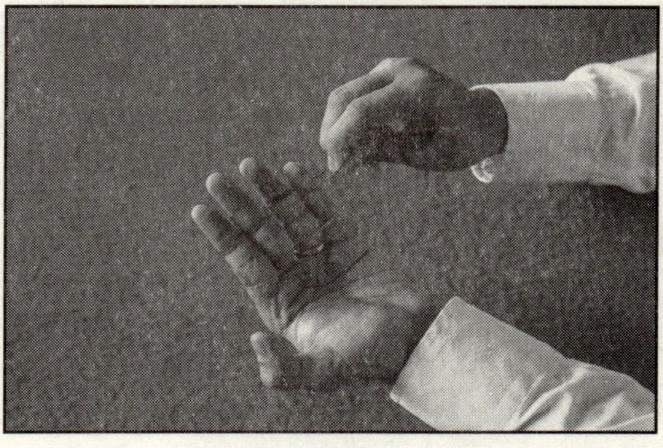

जादूगर ने अपनी उँगलियों को मोड़कर मुट्ठी बनाते हुए एक बार फिर कहा, ''और मैं फिर से इस हाउदिनी के बारे में बता रहा हूँ, जिसके बारे में हम अभी बात कर रहे थे।''

जादूगर ने कहा, ''इसमें जरा भी समय नहीं लगा और दोनों भाइयों ने एक-दूसरे की जगह ले ली।'' इतना कहते हुए उसने अपनी उँगलियाँ सीधी कीं, लाल और हरे रबर बैंड ने अपनी जगह बदल ली थी, जबकि चारों उँगलियाँ बँधी हुई थीं।

तरीका

आपके पास दो छोटे रबर बैंड अलग रंगों के होने चाहिए और तीसरा रबर बैंड, जो कि बिल्कुल अलग रंग का हो, थोड़ा बड़े साइज का होना चाहिए।

सबसे पहले छोटे रबर बैंड को अपनी शुरू की दो उँगलियों पर चढ़ा दें और उसे उँगलियों के आधार तक खींच दें। दूसरे छोटे रबर बैंड को तीसरी और चौथी उँगली पर चढ़ाएँ तथा उसे भी उसी तरह नीचे तक खींच दें।

अब तीसरे रबर बैंड को लें और चारों उँगलियों पर घुमावदार ढंग से चढ़ा दें, ताकि देखने में वह पूरी तरह लॉक लगे। अपने दाएँ हाथ को दिखाते हुए बताएँ कि किस तरह यह रबर बैंड पूरी तरह सुरक्षित हैं और बाएँ हाथ की मदद से निकाले नहीं जा सकते।

जैसे ही आप बाएँ हाथ की उँगलियों को मोड़ें, दाएँ हाथ की उँगली से छोटा रबर बैंड को खींचकर ऐसा लूप बनाएँ कि वे सभी चारों उँगलियों को कवर कर ले।

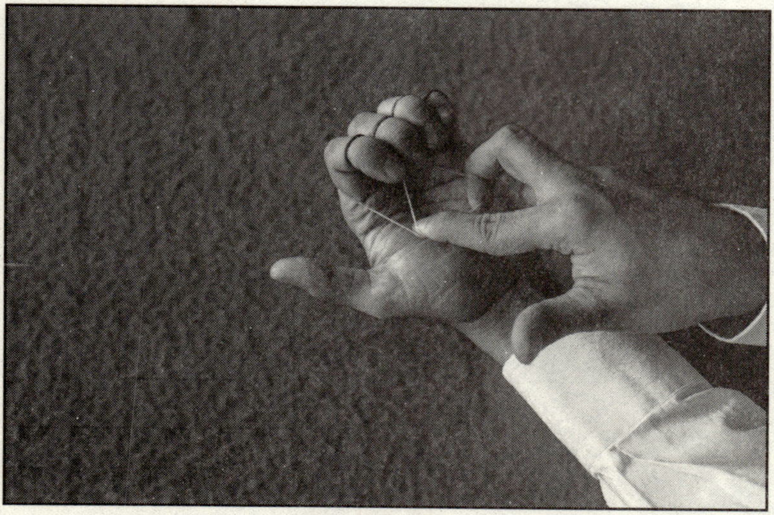

जब आप मुट्ठी खोलने के लिए अपनी उँगलियों को सख्त करेंगे, तब आप पाएँगे कि दो रबर बैंड ने खुद-ब-खुद अपनी जगह बदल ली है।

ट्रिक का इतिहास

इस खेल को 'जंपिंग रबर बैंड्स' कहा जाता है और इसे 1920 के आस-पास स्टैनली कोलिंस ने ईजाद किया था।

□

9

दिमाग का जादू

दिमागी जादू या मेंटलिज्म जादूगरी की एक क्लिष्ट और आकर्षित करनेवाली शाखा है। जादूगर अपने प्रदर्शन को उस ऊँचाई तक ले जाता है, जहाँ वह दर्शकों के दिमाग को पढ़कर न केवल उसे व उसके विचारों को नियंत्रित कर लेता है, बल्कि उनके क्रियाकलाप को पूर्व में ही समझकर यह अनुमान लगा लेता है कि अगले पल वे किस तरह व्यवहार करेंगे। कुछ मामलों में तो वह दूसरे के दिमाग से खुद को जोड़कर बिना कुछ कहे किसी से भी कोई काम करा सकता है या दूसरे की मनोवैज्ञानिक ऊर्जा को काबू कर लेने का मुजायरा भी करता है।

इस हिस्से में हम दिमाग से जादू करने की कला सिखाएँगे दिमागी जादू के खेल के रूप में, क्योंकि दर्शकों के दिमाग में जादू चल रहा होता है।

अब तक हम काफी चीजें समझ भी चुके हैं कि दर्शकों के दिमाग में ही ज्यादातर जादू चल रहा होता है। हालाँकि जादू तो जादूगर के हाथ में भी होता है, लेकिन दर्शक जो देखते हैं और याद रखने के लिए जो कुछ चुनते हैं, वह इस बात पर निर्भर करता है कि वे उस पल जो देखते हैं, उसके बारे में कैसे सोचते हैं।

यही वह असली वास्तविकता है, जिसने मशहूर जादूगर टोनी शील्स को यह कहने पर मजबूर किया था, 'सारे जादू दिमागी हैं।'

इस सिलसिले में एक दिलचस्प वाकया पेश करना चाहता हूँ।

जादू के शुरुआती दिनों में मैं एक पारिवारिक मित्र श्री राव की टेलरिंग दुकान पर जादू का खेल दिखा रहा था। जब मैं अपने खेल के अंत में पहुँचा और जादू के खेल के तहत सिक्का गायब कर और उसे एक अलग जगह से निकालने का खेल दिखाकर उसे काफी हद तक हैरतअंगेज कर चुका था, तब श्री राव ने कहा, "यह सब तो ठीक था नकुल, लेकिन मैंने पीसी सरकार को असली जादू करते देखा है।"

मैं श्री राव के उस अनुभव को सुनकर रोमांचित हो उठा, जब वह दो दशक

पूर्व मुंबई में देश के सबसे बड़े जादूगर पीसी सरकार सीनियर का जादू देखने पहुँचे हुए थे।

रांव ने कहा, "हम सब प्रेक्षागृह में बैठे हुए थे और शो शुरू होने का इंतजार कर रहे थे। जादू शाम को 6 बजे शुरू होनेवाला था और हम सब 5:30 बजे तक वहाँ पहुँच चुके थे। जब वे पहुँचे, तब तक 7 बज चुके थे और दर्शकों का सब्र खत्म होता जा रहा था।

"दर्शकों में ज्यादातर गुस्से में चिल्ला रहे थे, जिस पर सरकार ने मंच पर पहुँचकर पूछा, 'आप लोग इतने नाराज क्यों हैं?' दर्शकों में से ज्यादातर ने चीखते हुए कहा, 'आप विलंब से यहाँ आए। एक घंटे से ज्यादा की देरी आपको शोभा नहीं देती।' सरकार ने मुसकराते हुए कहा, 'देर से? क्या वाकई। अपनी घड़ी देखिए जरा।' हम सबने अपनी घड़ी देखी। और वह 6 बजे का ही समय दिखा रही थी। हम सबकी घड़ियाँ एक ही समय बता रही थीं। हम सबके आश्चर्य की सीमा न थी। सरकार ने वक्त को भी पीछे कर दिया। ऐसा कैसे किया उन्होंने?"

मैंने राव को उस बारे में अपनी तरफ से सर्वश्रेष्ठ तरीके से समझाने का प्रयास किया। मैं इस बात से निश्चिंत था कि उन्होंने वास्तव में इस घटना को प्रत्यक्ष नहीं अनुभव किया था। मेरा अनुमान था कि उनके किसी साथी ने उन्हें यह कहानी सुनाई होगी। वह महान् शहरी शख्स थे और कई कारनामों के जरिए मैं उनके बारे में सुन चुका था।

नहीं! राव साहब ने मुझे टोका। कहा, "मैं वहाँ खुद मौजूद था और मैंने देखा कि हर किसी की घड़ी पीछे हो गई थी। यह वास्तव में घटित हुआ, नकुल!"

इस विशेष घटनाक्रम का यहाँ मैं इसलिए जिक्र कर रहा हूँ, क्योंकि श्री राव के मामले में जादुई घटना पहले कभी घटित हुई ही नहीं थी। कुछ सालों बाद यह कहानी शहरी किंवदंती साबित हुई और उच्च दर्जे के जादूगरों, जिसमें काला नाग, दिन कोली और हाँ सरकार भी शामिल थे, ने इसकी विशेषता बताई।

पी.सी. सरकार सीनियर के बेटे पी.सी. सरकार जूनियर, जिनसे लगातार पूछा जाता था कि ऐसा जादू कैसे हुआ, वे तो इस स्तर तक पहुँच गए कि उन्होंने लिखित में यह बयान जारी कर ऐसे किसी जादू के होने का ही खंडन किया। सरकारजी ने अपने शुभचिंतकों को समय बदलने से संबंधित शहरी किंवदंती को सृजित करने में मदद की, लेकिन साथ ही स्पष्ट रूप से यह साफ किया कि ऐसा कभी हुआ नहीं। ऐसा इसलिए नहीं हुआ, क्योंकि इसके लिए वास्तविक जादुई शक्तियों की जरूरत होती, जो कि वास्तव में असंभव है।

इसके बावजूद श्री राव की तरह हजारों हैं, जो कसम तक उठा लेते हैं कि ऐसा जादू हुआ और दावा करते हैं कि वे उन दर्शकों में शामिल थे, जिन्होंने वह अभूतपूर्व लमहा देखा।

सारे जादू दिमागी हैं। वास्तव में, दर्शक किसी भी शो को अपने हिसाब से देखते हैं और उसे मन में बैठा लेते हैं।

महत्त्वपूर्ण यह होता है कि हम इस बात पर जोर दें कि दर्शकों के मन में वे प्रस्तुतियाँ कैसे अलग तरीके से स्मृति (विस्मृति) में अंकित हो जाएँ।

1. हम चाहते हैं कि वे गैर-जरूरी बातों को साफ-साफ याद रखें। वे बातें, जिनका जादू से कोई लेना-देना नहीं होता।
2. हम चाहते हैं कि दर्शक किसी पटकथा, वादा या कहानी को व्यापक रूप में दिमाग में बिठा लें। हम चाहते हैं कि वे उन भावनाओं से जुड़ जाएँ, जो उन्हें बताई गई हैं।
3. हम यह भी चाहते हैं कि वे महत्त्वपूर्ण तथ्यों को या तो भूल जाएँ या उन्हें गड्डमड्ड याद रख पाएँ, खासकर उन ट्रिक्स को लेकर, जो वास्तव में हम प्रदर्शित करते हैं।

इन पहलुओं पर जोर देते हुए और इन पर विचार करते हुए ही आप बेहतर जादूगर और मनोरंजनकर्ता बन सकते हैं।

दिग्भ्रमित करने की कला वास्तव में वह है, जो दर्शकों के ध्यान को कम महत्त्व की बातों में उलझा दे और इसी बीच आप महत्त्वपूर्ण (और गोपनीय) चालों को उनकी नजरों और विचार से दूर कर पाने में सफल हो सकें।

इसे जानते हुए हम उन्हें कुछ इस तरह से तैयार कर देते हैं कि वे हमारे जादू को उस अंदाज में याद कर लेते हैं, जो वास्तविकता से कई गुना ज्यादा मजबूत होता है। यही वह तरीका है, जिससे हम दर्शकों के दिमाग में हैरतअंगेज क्रियाओं को परोसते जाते हैं।

पटकथा

जादूगर एक टेबल पर साथ बैठे दोस्तों के समूह के पास पहुँचता है और कहता है, क्या आप इस संभावना में विश्वास रखते हैं कि कोई किसी दूसरे का दिमाग पढ़ सकता है? किसी के भविष्य के बारे में अनुमान व्यक्त करना कैसा रहेगा?

इस सवाल के बहुत से दिलचस्प जवाब मिले और इसका नतीजा यह हुआ

कि वह समूह दो भागों में बँट गया, जिसमें से एक यह मानता था कि ऐसा संभव है, जबकि दूसरा इसके विपरीत था। वहाँ कुछ ऐसे लोग भी थे, जो निष्पक्ष थे और यह सोचते थे कि वे उचित परिस्थिति में अपने पत्ते खोलेंगे और तय करेंगे कि वे किस तरफ रुख करें।

जादूगर ने अपनी बात जारी रखते हुए कहा, ''यह सवाल मेरे जेहन में कुछ दिन पूर्व ही आया और तभी से मैं एक प्रयोग करना चाहता था, ताकि मैं खुद इस पहलू को साबित करूँ। आप लोग इस प्रयोग के लिए बिल्कुल उपयुक्त हैं।''

ऐसा कहते हुए जादूगर ने ताश के पत्तों की गड्डी निकाली और उसे टेबल पर रख दिया। फिर उसने एक व्यक्ति से उस गड्डी से ताश के कुछ पत्ते निकालने को कहा। उक्त व्यक्ति ने वैसा ही किया।

जादूगर बोला, ''कृपया इसे अच्छी तरह फेंट लें और उसे दूसरे शख्स के पास बढ़ा दें।''

जादूगर फिर बोला, ''धन्यवाद। आप भी इसे अच्छी तरह फेंट लें। जब आप संतुष्ट हो जाएँ तो उसे टेबल पर रख दें। मुझे एक और साथी की जरूरत है, जो मेरी मदद कर सके।'' एक व्यक्ति की ओर इशारा करके जादूगर ने कहा, ''क्या आप इस प्रयोग में मेरी मदद करेंगे?''

पत्तों को एक बार फिर फेंटते हुए जादूगर ने पहले व्यक्ति की ओर इशारा कर कहा, ''आपने इन पत्तों को अच्छी तरह मिलाया है, इसलिए आप इस प्रयोग के लिए बेहतर हैं।''

गड्डी को टेबल पर रखते हुए जादूगर ने कहा, ''मैं इन पत्तों को नहीं छूना चाहता, इसलिए सर, कृपया आप मेरी मदद करें। कृपया कुछ पत्तों को उठा लें, जहाँ से आप चाहें। बेहतर होगा, आप एक हिस्से को ही उठा लें।''

उस व्यक्ति ने वैसा ही किया, जैसा बताया गया था और उसने गड्डी को दो हिस्सों में बाँट दिया।

जादूगर बोला, ''क्या आप संतुष्ट हैं? बहुत अच्छा! अब उसे अलग-अलग रख दें।'' उस व्यक्ति ने फिर वैसा ही किया।

इस क्रम में जादूगर ने अपनी बात जारी रखते हुए कहा, ''अब आपने जितने मरजी कार्ड ले लिये हैं और वास्तव में जितने आप ले सकते थे। सही?''

उसने आगे कहा, ''अब हम गड्डी के उस हिस्से को दूसरे पर अलग तरीके से रख दें, जिससे कि वे आपस में एक-दूसरे को काटते हुए लगें। इससे एक निशान सा भी बन जाएगा।'' वैसा ही करते हुए उसने कहा, ''आप जान रहे हैं कि यह सब आपकी इच्छा के अनुसार ही हुआ है, है न?''

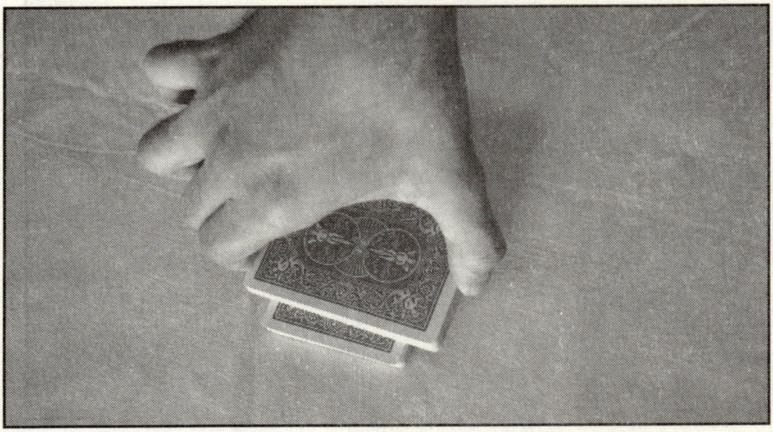

कार्ड फेंटने और अलग कर रखनेवाले साथी ने कहा, ''हाँ!'' तब जादूगर ने अपनी बात जारी रखते हुए फिर कहा, ''अब आप गड्डी के ऊपरवाला हिस्सा उठा लें और उसे फिर से गड्डी में वापस रख दें।''

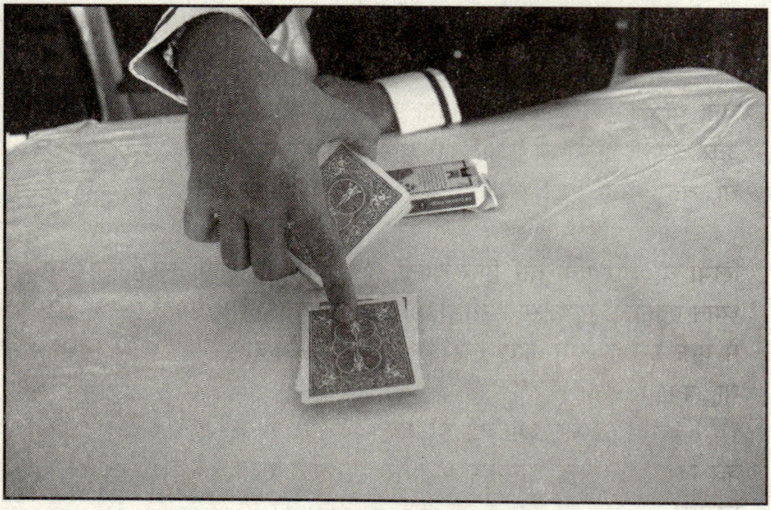

जब दर्शक ने वैसा ही किया, तब जादूगर ने फिर कहा, ''अब आप अपने कार्ड को देखें सर, और उसे याद कर लें। जब आप इसे अच्छी तरह अपने मन में बैठा लें तो उसे गड्डी में दोबारा सुरक्षित रख दें।''

जादूगर ने कहा, ''अब आप गड्डी को एक बार फिर से फेंट लें। अब हम देखते हैं कि हमने अभी क्या किया। आपने पत्ते उठाए और उन्हें फेंटा। फिर आपने उन्हें दोबारा फेंटा, वह वास्तव में बहुत अच्छी तरह किया गया। फिर आपने एक पत्ता उठाया और उसे अच्छी तरह याद कर लिया। फिर आपने उसे गड्डी में कहीं सुरक्षित रख दिया और फिर से फेंटकर मिला लिया।''

सभी दर्शकों ने जादूगर की बात से सहमति जताई। जादूगर ने फिर कहा, ''सर, एक बार फिर आप पत्तों को उठाएँ और उसे गड्डी में डालकर बंद कर दें। जैसा कि मैंने पहले कहा था, मैंने इस दौरान किसी पत्ते को हाथ नहीं लगाया।''

किसी संभावना के मद्देनजर जादूगर ने अपने हाथों को रगड़ा और बोला, ''मैं दिमाग को पढ़ने के संबंध में प्रयोग करने का प्रयास कर रहा था। सर,

क्या आप उस कार्ड पर अपना ध्यान एकाग्रचित्त करेंगे, जिसे याद करने के लिए आपसे कहा गया था? सर, याद करिए कि वो किस रंग का था? सूट के रंग का। चूँकि मैंने कार्ड को छुआ भी नहीं था, यह तरीका तभी कारगर होगा, जब मैं वास्तव में आपके दिमाग को पढ़ पाऊँगा। और मैं चाहूँगा कि आप मेरे प्रयोग को सफल बनाने के लिए उस कार्ड को अपने दिमाग में एकाग्रचित्त करें।''

जादूगर ने फिर कहा, ''मैं देख पा रहा हूँ कि आपने लाल रंग का कार्ड चुना था, वास्तव में एक चमकता हुआ लाल रंग। जी हाँ, वास्तव में चमकदार और वह पत्ता डायमंड का था! क्या मैं सही हूँ? क्या आपने जो कार्ड चुना था, वह डायमंड ही था?''

जादूगर उत्साह से उछल पड़ा, क्योंकि उसने साथी के दिमाग को पढ़ लिया था और एक बार फिर बोला, ''अब कृपया आप उसके नंबर पर अपना ध्यान एकाग्रचित्त करिए? थोड़ा और एकाग्रचित्त करिए, मानो कि आपके दिमाग में एक तसवीर बन जाए...नहीं! वह एक स्पॉट कार्ड था। वह एक नंबर कार्ड था, क्या मैं सही हूँ?''

दर्शक वाकई प्रभावित हो गए। जादूगर ने कहा, ''हाँ!'' उसने घोषित कर दिया, वह पत्ता डायमंड था और एक नंबरवाला कार्ड था। अगर मैं आपके विचारों को पढ़ पा रहा हूँ तो, वह डायमंड का नौ नंबर का कार्ड था। दर्शक यह सुनकर अवाक् रह गए और खुशी से उछल पड़े और उनमें से तो कुछ ने पूछना भी शुरू कर दिया, ''आपने ऐसा कैसे किया?''

कैसे हुआ ये सब?

उपरोक्त परिस्थिति में दर्शकों के दिमाग में छोटी-छोटी ढेर सारी बातें चल रही होती हैं। वास्तव में अगर आप चाहें तो कार्ड को भगवान् का दर्जा भी दिला सकते हैं, और वह वास्तव में आश्चर्य की तरह होगा। ऐसा इसलिए, क्योंकि आपके लिए कार्ड से छेड़छाड़ करने या कोई भी हालात नियंत्रित करना आपके वश में नहीं रहेगा। आप किसी भी समय कार्ड को छू नहीं सकते।

या कर सकते हैं क्या?

कार्ड को मिलाते समय और दर्शकों द्वारा कार्ड लिये जाने तक, यह एक स्वतंत्र और निष्पक्ष क्रिया होती है। वास्तव में किसी कार्ड को चुनना या किसी कार्ड पर जोर देना इस हालत में संभव नहीं होता।

या ऐसा हो सकता है क्या?

फिर से सोचिए, उन क्रियाकलापों को, जो खेल के दौरान गुजरी हैं। आप दूसरे के दिमाग की तसवीर पढ़िए और आपको यह आश्चर्यजनक लगेगा कि कैसे और कहाँ कोई घटना घटित होती है।

थोड़ी बहुत आसानी से इस आश्चर्य के पीछे के गुप्त रहस्य को इस तरह बताया जा सकता है—

1. एक झलक
2. एक झटका
3. शब्दों और दिमाग का जादू

हाँ! इस रहस्य को उजागर करने में सबसे नीचे के कार्ड की एक झलक काफी होती है, इसे ही गड्डी के टॉप पर रखिए और क्रिस क्रॉस फोर्स का प्रयोग कर उस कार्ड को वॉलंटियर के पास रहने दें।

ऐसा सुनने में बड़ा सीधा लग रहा होगा। अब तक बताए गए जादू के खेल में सबसे निचले दर्जे का। हालाँकि इस प्लान को जादू में बदलने के लिए बहुत ही शातिराना ढाँचा बनाने की जरूरत होती है : सही शब्दों और हरकतों का सही समय एवं सही तरीके से इस्तेमाल करके आप ऐसा कर सकते हैं।

एक झलक

जब दूसरे दर्शक ने कार्ड को मिक्स किया और उसे टेबल पर रखा, आपको उन पत्तों को उठाकर फिर से फेंटना है और वॉलंटियर को दे देना है। यही वह समय होता है, जब सबसे ज्यादा काम पूरा कर लिया जाता है। जब आप अपने दाएँ हाथ से पत्तों को उठाते हैं और बाएँ हाथ में रखते हैं, पत्तों को दाईं तरफ हलका सा मोड़ दें।

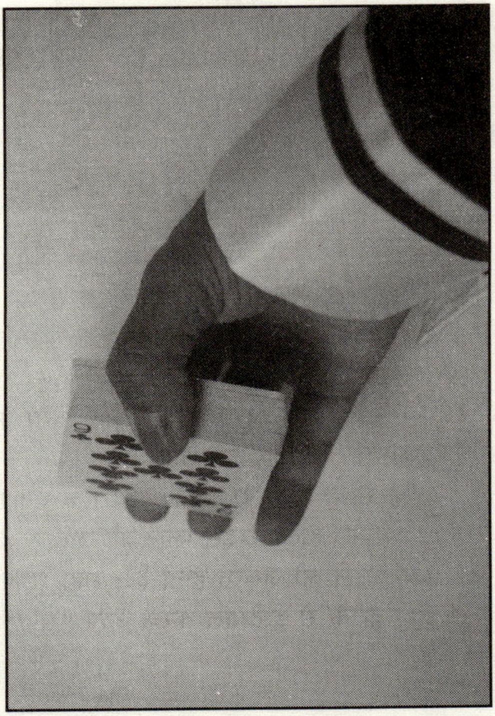

दर्शकों को यह बताते हुए कि कार्ड फेंटने की प्रक्रिया पूरी हो गई है, पत्तों को हलका सा मोड़कर सबसे नीचे के पत्ते की एक झलक ले लें।

इस कार्ड को याद कर लें और अपनी बातें जारी रखते हुए पत्तों को फेंटते रहें। इसी समय आप सबसे नीचे और सबसे ऊपर के पत्ते पर नियंत्रण रख सकते हैं।

ध्यान रखने योग्य बातें

पत्तों को फेंटने की प्रक्रिया ऐसी होनी चाहिए कि स्वाभाविक लगे, कुछ इस तरह कि मानो आप बात करते समय पत्तों को अनजाने में फेंटते चले जाते हैं और इस दौरान महत्त्वपूर्ण काम की तैयारी कर लें। अभ्यास करके आप इसे दर्शकों की नजर में महत्त्वहीन दरशा सकते हैं और यकीन मानिए, दर्शक इस पर जरा भी ध्यान नहीं देंगे।

जब आप गड्डी को वॉलंटियर के सामने पेश करते हैं, यह कहना न भूलें, मैं कुछ भी छूना नहीं चाहता और उसे अपने दिमाग में समाहित कर लें।

कार्ड की हिंदू मिक्सिंग

आप चाहें तो सबसे नीचे के कार्ड से लेकर गड्डी के ऊपर के कार्ड को हिंदू मिक्सिंग के जरिए नियंत्रित कर सकते हैं। इससे आप जिस कार्ड की झलक ले पाते हैं, उसे आप आसानी से ऊपर-नीचे कर सकते हैं। मैं इसके बारे में बताता हूँ।

बाएँ हाथ में कार्ड लेकर गड्डी के नीचे के लगभग आधे हिस्से को निकालकर उसे गड्डी के ऊपरी हिस्से पर रख लें।

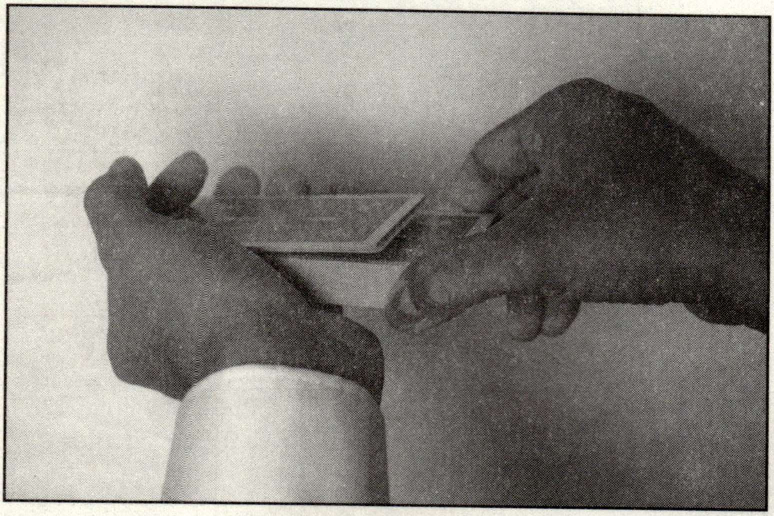

अब आप इस गड्डी के ऊपर के कुछ पत्तों को अपनी उँगलियों की मदद से दबा लें और फिर दाएँ हाथ से बाकी के पत्तों को निकालकर फेंट दें।

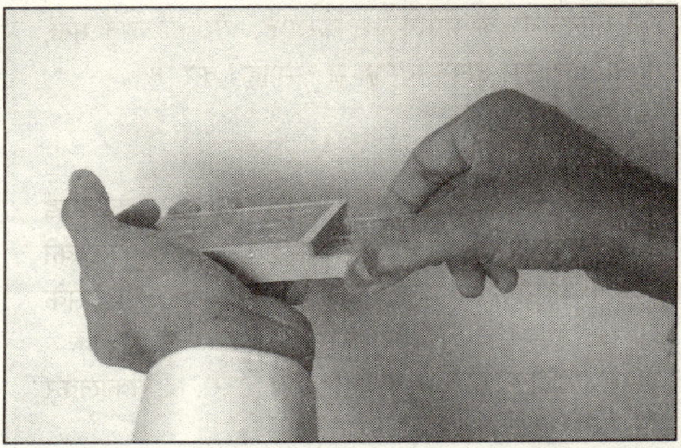

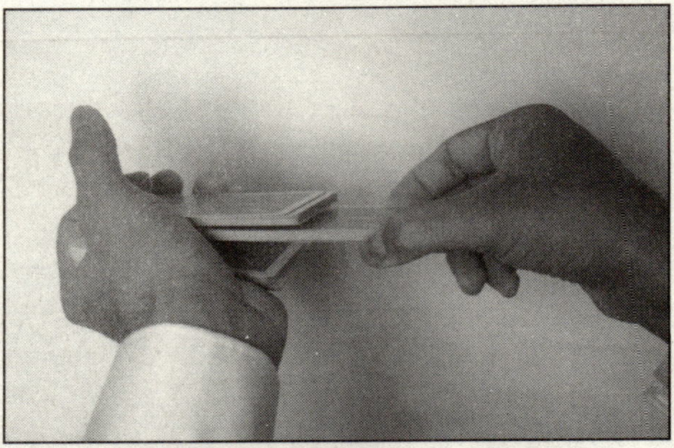

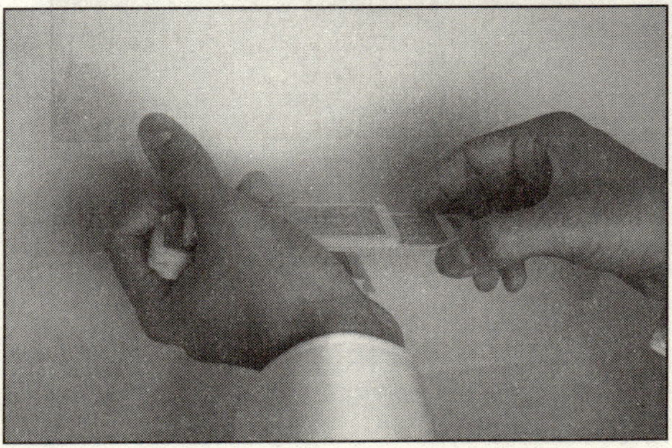

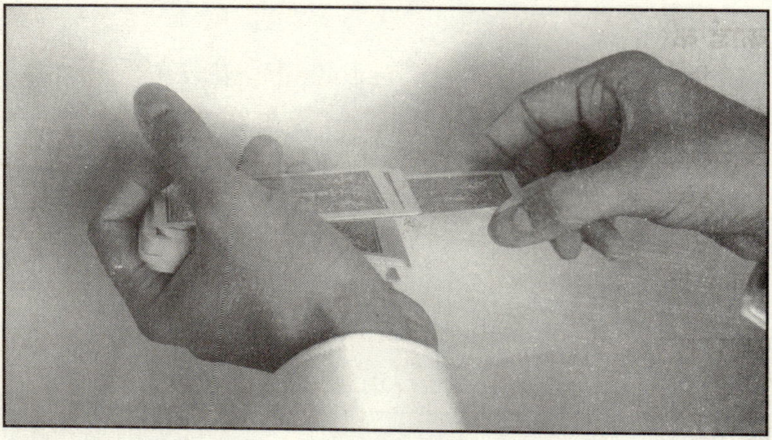

इस तरह से गड्डी को फेंटने की प्रक्रिया जारी रखें लगातार, और ऐसा तब तक करें, जब तक कि आपके दाएँ हाथ में केवल एक पत्ता ही रह जाए, जो बाएँ हाथ की गड्डी में सबसे ऊपर रखा जाएगा।

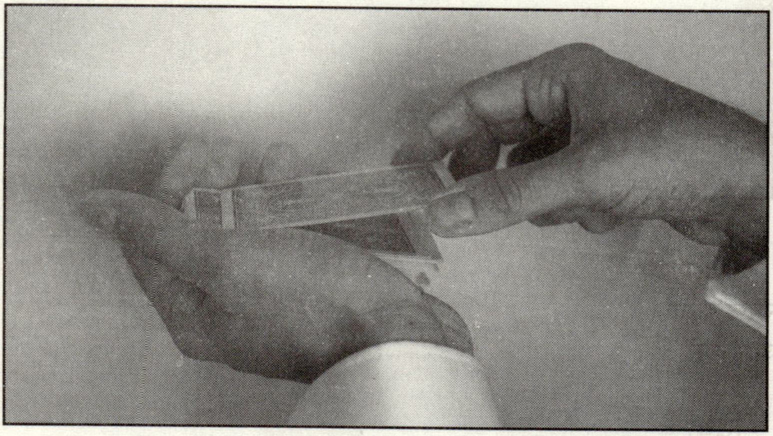

हिंदू मिक्सिंग का सबसे अच्छा हिस्सा है कि यह स्वाभाविक मिक्सिंग है, जो पत्तों को मिलाने में प्रयोग की जाती है। यहाँ हम अपनी विशेष जरूरत के मद्देनजर इसका इस्तेमाल करते हैं।

कार्ड की ताकत

क्रिस क्रॉस फोर्स तरीका आसान और वास्तव में बेहतरीन कार्ड फोर्सिंग तरीका है। अगर आप इसका अध्ययन करें और जिस तरीके से इसे बताया जाता है, उसका अनुसरण करते हैं तो आप फोर्स को बेहतरीन तरीके से अमल में ला सकते हैं।

इसे 'क्रॉस द कट फोर्स' भी कहते हैं, इसमें एक आसान से काम से गड्डी के सबसे ऊपर का कार्ड अपनी जगह बना रहता है, जबकि दर्शक यह सोच रहा होता है कि वे जब भी चुनेंगे, गड्डी के बीच से चुनेंगे।

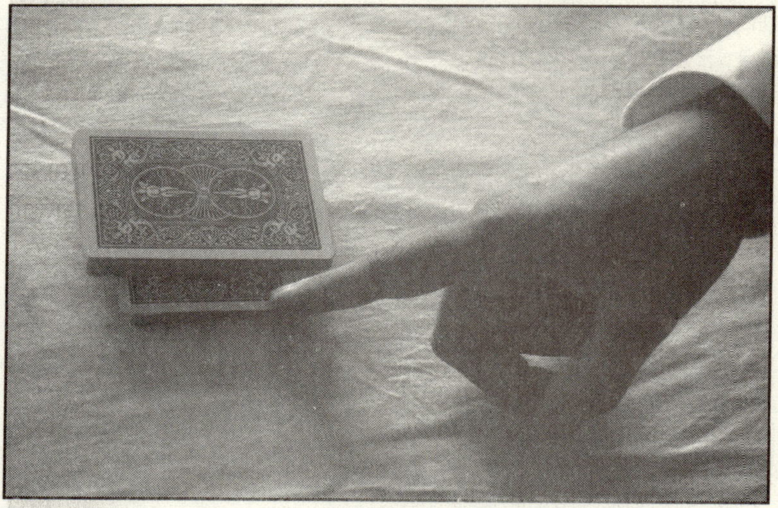

इस खेल के लिए तसवीरों के जरिए जो भी बताया गया है, वह इसे पूरी तरह स्पष्ट करता है। केवल ध्यान रखने योग्य बात यह है कि क्रिस क्रॉस फोर्स को कब और कैसे अमल में लाना है।

ट्रिक का इतिहास

क्रॉस कट फोर्स को ईजाद करने का श्रेय मैक्स होल्डन को जाता है। यह तरीका उन्होंने 1925 में खोजा था।

संक्षेप में

जैसा कि स्क्रिप्ट में बताया गया है, फॉर्मूले पर अच्छी तरह काम करें तो एक और जादू आपके हाथों में होगा। इस पर अभ्यास कर अपनी पकड़ मजबूत बनाएँ, जिसके बाद आपको यह साफ हो जाएगा कि जादू दर्शकों के दिमाग में तेजी से पनपता है।

यह तकनीकों की स्टार्टर किट आपको दूसरे जादू के खेलों में भी मदद करेगी और आप जल्दी ही मास्टर जादूगर बन जाएँगे। इसके बाद आप जादू के खेल के दौरान सम्मेशन तकनीक, यानी खेल के अहम हिस्से की प्रस्तुति के दौरान दर्शकों को चकमा देने या ध्यान भटकाने में भी माहिर हो जाएँगे। दर्शक आपकी बातों को गौर से सुनेगा और अंत में उसी के अनुसार संक्षिप्त रूप में अपने मन में धारणा बना लेगा। गुजरी हुई बातों को जब दर्शक फिर से जोड़ना शुरू करेगा तो भी आपकी तकनीक उसे जादू के असली खेल को उससे दूर रखेगी। अगले पाठ में हम अंकों के जादू के बारे में सीखेंगे, ताकि दिमाग के तमाम दूसरे रहस्यों पर भी काम किया जा सके।

ट्रिक
कागज को फाड़ना और पुराने आकार में वापस लाना

जादूगर टेबल से पेपर नैपकिन उठाता है और उसे बीच से फाड़ देता है। दोनों टुकड़ों को साथ लाते हुए वह उन्हें फिर से फाड़ता है, इस तरह वह उन्हें चार, आठ, 16 टुकड़ों में बाँट देता है।

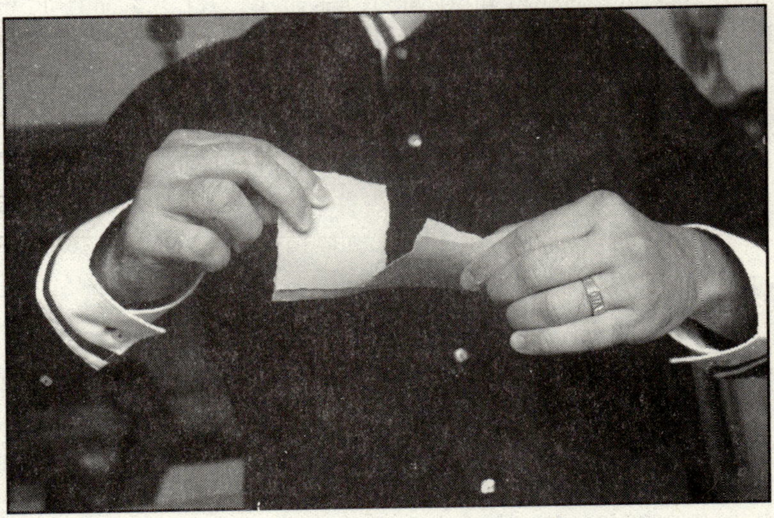

इस तरह कई बार अलग-अलग तरीकों से फाड़कर जादूगर उसे एक छोटे से पैकेट में डालकर टेबल पर रख देता है, ताकि हर कोई उसे देख सके।

फिर वह जादूगर 50 रुपए का एक नोट अपने पर्स से निकालकर उस पैकेट के पास रख देता है। फिर वह बोलता है, जो भी सही-सही बता देगा, यह नोट इनाम में जीतेगा।

हर किसी ने अंदाजा लगाने का प्रयास किया और एक दर्शक ने अंततः पैकेट हाथ में लेकर कागज के टुकड़ों को गिनना शुरू कर दिया।

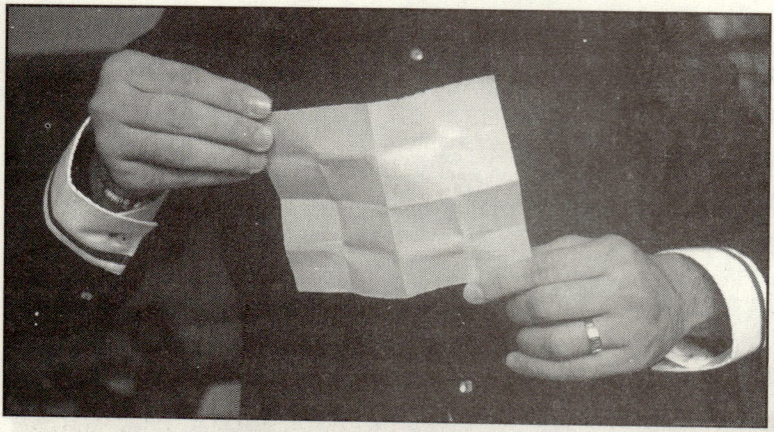

जादूगर का पैसा सुरक्षित रहा, क्योंकि पेपर नैपकिन वापस अपनी पुरानी स्थिति में लौट आया था।

तरीका

इस खेल के लिए एक अतिरिक्त नैपकिन का होना सबसे जरूरी है। शुरू करने से पहले ध्यान रखें कि इससे पहले कि कोई आपको तैयारी करते देखे, आपको पेपर नैपकिन को मोड़कर कुछ इस तरह बनाना है कि वह टुकड़ों को रखनेवाला पैकेट बन जाए।

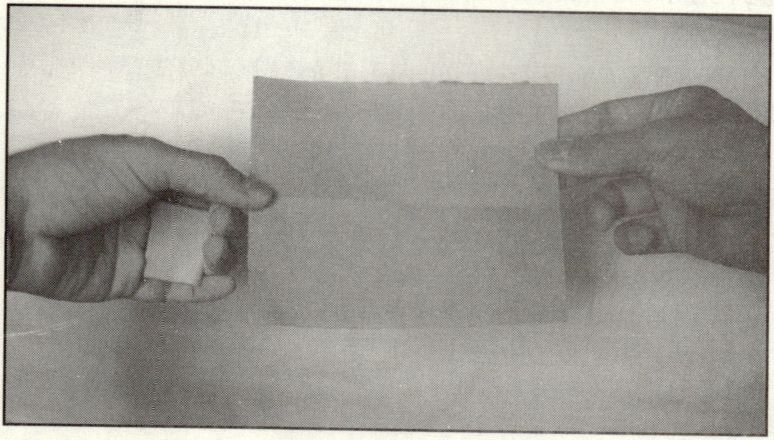

इसे आप अपने बाएँ हाथ की उँगली और हथेली के बीच में छिपाए रखें। जब आप तैयार हो जाएँ तो हर किसी का ध्यान नैपकिन को फाड़ने की तरफ ले जाएँ और कागज को आधा फाड़ दें।

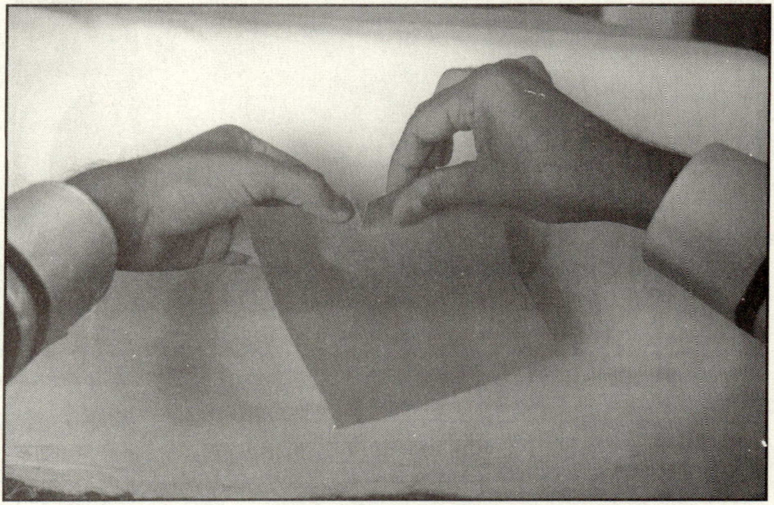

आधे हिस्से को टेबल पर रखकर पहलेवाले हिस्से के फिर आधे पर से फाड़ें। इस प्रक्रिया को अंत तक दोहराएँ और हर बार कागज के दूसरे हिस्से को टेबल पर रखते जाएँ।

सदैव ध्यान रखें

इस खेल पर काम करते हुए आप यह सुनिश्चित करें कि टुकड़ों को बहुत छोटा नहीं करना है, क्योंकि फिर उन्हें सँभालना कठिन हो जाएगा।

जब आप संतुष्ट हो जाएँ तो उन्हें एक छोटे पैकेट में डाल दें।

इन्हें तब तक मोड़ते रहें, जब तक कि पैकेटवाला हिस्सा आपकी बाईं हथेली में फँसे टुकड़े के आकार तक न पहुँच जाए।

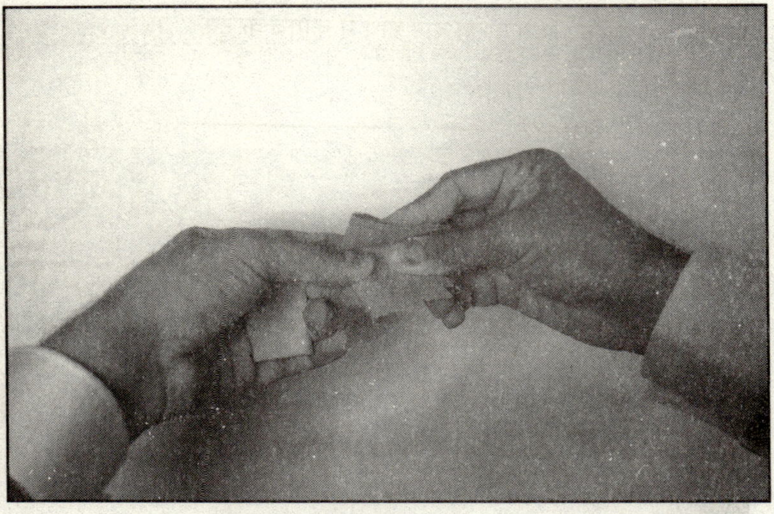

कागज को मोड़नेवाली क्रिया के दौरान आप पैकेट को अपनी बाईं हथेली और पहले से बाईं हथेली में रखे कागज को दाएँ हाथ में ले आएँ। एक और आसान तरीका यह है कि टुकड़ेवाले पैकेट को सुरक्षित पेपर नैपकिन के नीचे रख लें।

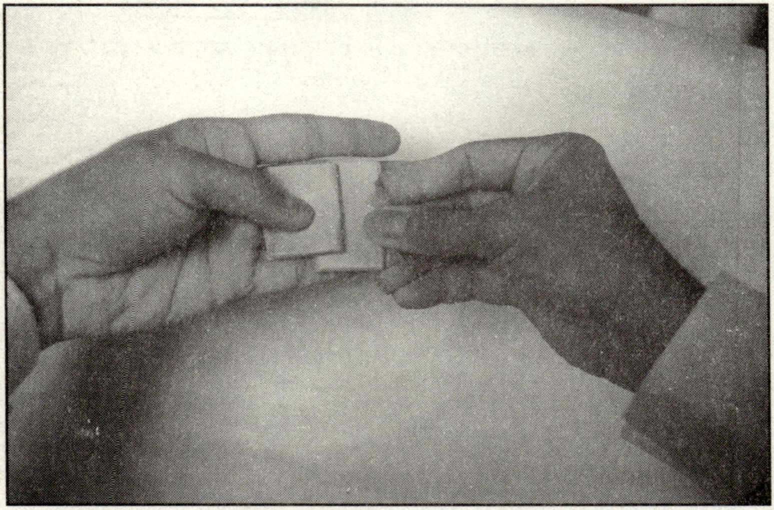

फिर अपने बाएँ हाथ के अँगूठे से पैकेट को दबा लें और मोड़ी हुई नैपकिन को दाएँ हाथ में लाएँ। इस दौरान बाएँ हाथ में कागज के टुकड़ोंवाला पैकेट सुरक्षित बना रहेगा।

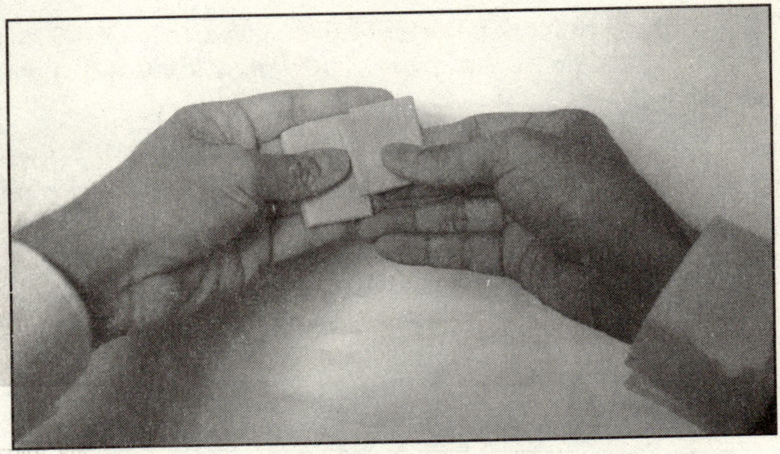

एक त्वरित प्रतिक्रिया के तहत मोड़े हुए कागज को दाएँ हाथ की मदद से टेबल के बीच में रख दें और बाएँ हाथ को पीछे ही रखें।

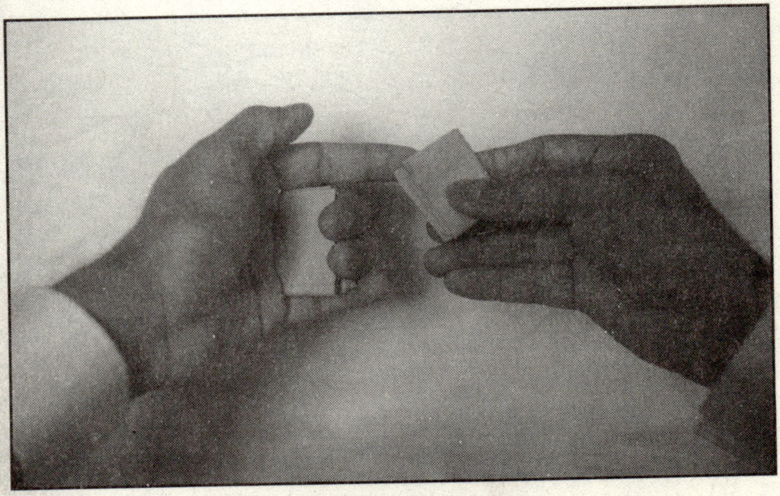

अब आप अपना पर्स निकालें, उसमें से किसी भी मूल्य का एक नोट निकालें और उसे भी टेबल पर रख दें। पर्स को बाएँ हाथ में रख लें; पर यह प्राकृतिक दिखना चाहिए।

इस समय हर किसी का ध्यान टेबल पर पड़े कागज के टुकड़े पर होगा, ऐसे में आप पर्स और साथ ही कागज के टुकड़ों से भरे पैकेट को अपनी जेब में डाल सकते हैं। आपके पास यह जरूरी समय होता है, जिसमें आपको तेजी से काम कर गुजरना होता है।

इसमें लोगों को कुछ देर उलझाए रखें और तब तक कुछ जरूरी काम कर लें कि कोई शख्स दर्शकों के बीच से आए और पैकेट में रखे कागज के टुकड़ों की गिनती कर ले।

ध्यान रखने योग्य बात

अगर आप इस वजह से चिंतित हैं कि लोग कागज के टुकड़े को बेतरतीब ढंग से फाड़ देंगे, तो उनसे यह कहें कि पैकेट को सँभालकर खोलें और कागज को गिनें, क्योंकि आप नहीं चाहते कि दुर्घटनावश कागज फट जाए।

अब आप पीछे बैठ जाएँ और आनंद उठाएँ। साथ ही लोगों से तालियाँ बजवाना न भूलें।

ट्रिक का इतिहास

जादूगर कागज फाड़ने और उसे दोबारा जोड़ देने का कारनामा लंबे समय से कर रहे हैं। इस खेल को प्रमुखता दिलाने का श्रेय चीन के जादूगर चिंग लिंग फू को जाता है, जिन्होंने उन्नीसवीं सदी में पश्चिम जगत् के सफर के दौरान इसका जमकर प्रचार-प्रसार किया। पेपर नैपकिन के जरिए जादू करने का सिलसिला 1919 से शुरू हुआ जान पड़ता है।

□

10

मैथमैजिक : अंकों के साथ जादू

अंकों के साथ हमेशा कुछ-न-कुछ खास जुड़ा होता है। चाहे वह जन्मदिन हो या कलेंडर का कोई विशेष दिन, कोई लकी नंबर हो या कोई मंगलमय समय, अंकों की हमारे दिमाग में एक अलग आवाज होती है। लोगों के जीवन में भी अंक ज्योतिष या ज्योतिष के जरिए भी नंबर अहम किरदार की भूमिका निभाते हैं।

कुछ अंक अपने साथ अच्छा या बुरा कारण भी रखते हैं, जैसे 5, 9, 11 आदि, जैसा जिसे अनुभव मिला होता है या किसी अंक ज्योतिषी द्वारा उसे बताया जाता है। गणित की प्रकृति में बहुत से अंक हैं, जो वैज्ञानिक रुचि के रहे हैं और इस तरह यह अंक जादूगरों की प्रशिक्षणशाला से भी ज्यादा दिनों तक दूर नहीं रह सके। जल्दी ही जादूगरों ने अंकों के साथ खेलना और लोगों को चकित करने जैसे कारनामे शुरू कर दिए।

गणित की ज्यादातर तकनीकें, चाहे वे त्वरित गणित हो या वैदिक गणित, जादूगरों के लिए एक अलग चुनौती बनकर आईं और जादूगरों ने इसे हाथोहाथ लेते हुए ऐसे-ऐसे खेल बनाए कि लोगों के आश्चर्य का ठिकाना न रहा।

जादू के खेल में अंकों के इस्तेमाल का सबसे महत्त्वपूर्ण पहलू यह है कि इनका भेष बदलकर प्रयोग किया जाए। ऐसा इसलिए क्योंकि ज्यादातर समय यह संभावना बनी रहती है कि दर्शक इसे गणित की किसी शाखा या गुण से तुलना करने लगते हैं और उन्हें लगता है कि यह तो गणितीय फॉर्मूले पर आधारित होगा।

अतः यह तो अंतर्निहित है कि किसी-न-किसी तकनीक या प्रस्तुतीकरण पहलू में गणित का कोई-न-कोई फॉर्मूला छिपा होता है, इसलिए दर्शकों को भ्रमित करने के लिए जादू दिखाते समय उन सिद्धांतों को छिपाना पड़ता है। इसलिए कहा

जाता है कि गणितीय गुण इतने अधिक हैं और इतने विविध व लाभकारी भी हैं कि दर्शकों के दिमाग में हैरतअंगेज उपलब्धि दर्ज कराने की उनमें निश्चित कला होती है। आइए, कुछ इसी तरह के गणितीय सिद्धांतों को देखते हैं।

आधार

जादूगर एक दावत में बतौर मेहमान आमंत्रित है, यहाँ वह अकसर बुलाया जाता है और अपने जिज्ञासु प्रशंसकों के निवेदन पर कोई खास प्रस्तुति देता ही है। वह एक बार फिर सहमत हो जाता है और दर्शकों को अपना ध्यान कार्यक्रम आयोजक के स्टडी पर टिकाने की अपील करता है, जहाँ ढेर सारी पुस्तकें रखी हुई थीं।

दर्शकों के बीच से एक वॉलंटियर को आयोजक के साथ जाकर स्टडी में रखी सैकड़ों पुस्तकों के बीच से किसी भी एक पुस्तक को ले आने को कहा गया। वॉलंटियर अपनी पसंद की पुस्तक लेकर लौटा। जादूगर ने तेजी से पुस्तक के पन्ने पलट लिये और यह सुनिश्चित कर लिया कि उक्त पुस्तक आज के इस मौके के लिए उपयुक्त है और उसे सुरक्षित रखने के लिए वॉलंटियर को वापस लौटा दिया।

जादूगर को अब दूसरे वॉलंटियर्स की जरूरत पड़ी। एक वॉलंटियर से जादूगर ने तीन अंकों का कोई नंबर बोलने को कहा, जबकि दूसरे से उस अंक को लिखने को कहा। पहलेवाले वॉलंटियर ने बोला—538। जादूगर ने दूसरे वॉलंटियर को उक्त अंक नोटपैड में लिख लेने को कहा।

जादूगर ने कहा, "अब हमें एक और अंक की जरूरत है। क्यों न हम उसी अंक को उलट के दूसरे अंक के तौर पर इस्तेमाल करें। हाँ, यह काम कर जाएगा। कृपया उक्त अंक भी अपने नोटपैड में दर्ज कर लें।" लिखनेवाले वॉलंटियर ने 538 और उसका उलटा 835 लिख लिया।

जादूगर ने कहा ,"आइए, हम इसके अलावा भी कुछ करें। क्या आप बड़े में से छोटे अंक को घटाकर उसका परिणाम बताएँगे? वॉलंटियर साथी कृपया यह अंक भी अपने नोटपैड में अलग से दर्ज कर लें।" वॉलंटियर ने परिणाम 297 नोटपैड में दर्ज कर लिया।

जादूगर बोला, "तो अब हमारे पास तीन अंक हैं। आपने कौन सा अंक चुना है, वॉलंटियर? नोट लिखनेवाले ने कहा, 297।

जादूगर बोला, "अब हम इन्हें आपस में जोड़ेंगे। वॉलंटियर आप अपने अंक 297 को उलट लें और दोनों अंकों को जोड़ लें। इस तरह हमारे पास बिल्कुल नया अंक होगा।"

नोट लिखनेवाले वॉलंटियर ने वैसा ही किया और 297 और 792 को आपस में जोड़ दिया। जोड़ने पर परिणाम आया 1089।

जादूगर ने जोर देकर पूछा, "क्या आप सुनिश्चित हैं कि आपने सही जोड़ा है? आपने बताया कि यह जोड़ 1089 ही है। वॉलंटियर ने हाँ में जवाब दिया। जादूगर ने कहा, "इससे फर्क भी नहीं पड़ेगा। हमें तो केवल अंक ही चाहिए, वह चाहे कोई भी हो। मुझे लगता है कि हमें अंक मिल चुके हैं।"

जादूगर ने फिर पूछा, "तो अब आपका फाइनल अंक क्या है?"

नोट लेनेवाले ने कहा, "1089।" जादूगर अब उस शख्स की तरफ मुखातिब हुआ, जिसने पुस्तक ले रखी थी और बोला, "चलिए, हम इसमें से शुरू के तीन अंक ले लेते हैं, यानी 108 और उसे भी लिख लेते हैं। अब कृपया चुनी हुई पुस्तक के पेज 108 पर जाएँ।"

जादूगर ने वॉलंटियर से कहा, "आप पेज नंबर 108 पर हैं? बहुत अच्छा। आपके पेज की अंतिम संख्या क्या है?"

कुछ लोगों ने सहयोग में जवाब दिया, "नौ।" जादूगर बोला, "नौ। ठीक है, नौ। कृपया पुस्तक के उस पन्ने की नौवीं लाइन पर जाएँ और पहले के कुछ शब्दों पर गौर करें। वे चाहे जो भी शब्द हों, उन पर ध्यान एकाग्र करें और दिमाग में बैठा लें।"

उसने वॉलंटियर से कहा, "और आप, श्रीमान, आप खास नंबर के साथ सामने आए थे 1...0...8...9। हाँ?"

अब पहले वॉलंटियर की ओर मुखातिब होते हुए जादूगर ने अपनी बात जारी रखी, "यह एक सही बात है कि जब आप पुस्तक चुन रहे थे तो मेरा उसमें कोई हस्तक्षेप नहीं था, न मैं आस-पास ही था। और अब भी मैं पुस्तक को हाथ नहीं लगाना चाहता या उसके आस-पास भी आना नहीं चाहता। इसलिए आप जहाँ हैं, वहीं बने रहें और उन शब्दों पर एकाग्र रहें, जिन पर आपने अभी फोकस किया है।"

जादूगर ने कहा, "अगर यह काम करता है तो मैं भी चकित रह जाऊँगा, क्योंकि यह वास्तविक रूप में दिमाग को पढ़ने की कला है।" कुछ देर सोचने के बाद वह बोला, "क्या आप खुद को थोड़ा और एकाग्र करेंगे, श्रीमान?"

थोड़ा रुकने के बाद जादूगर ने कुछ देखने का अभिनय करते हुए कहा, "मैं एक छोटा शब्द देख पा रहा हूँ, दो अक्षरों का, I और N, IN इसके बाद तीन अक्षरों का शब्द है, जिसमें E भी है। हाँ! और एक H भी है। यह शब्द है

T-H-E, the और एक वाहन भी दिख रहा है, जो चार पहिया वाहन लग रहा है। यह कार हो सकती है ?''

आश्चर्यचकित वॉलंटियर ने दाँतों तले उँगली दबा ली और अविश्वास में अपना सिर हिलाने लगा। उसने फिर ऊँची आवाज में वह पढ़ना शुरू किया, जिस पर उसने अपना ध्यान एकाग्र किया था।

जादूगर को जोरदार तालियों के साथ सराहना मिली और उसने अपने खेल का समापन कुछ इस तरह किया, इस मजेदार खेल के बाद अब हम सभी को कुछ खा-पीकर आनंद उठाना चाहिए।

कैसे हुआ यह जादू

इस खेल के पीछे गणित का एक पुराना सिद्धांत काम करता है, जो 1089 को जोड़ता है और सफलता की कुंजी यही है।

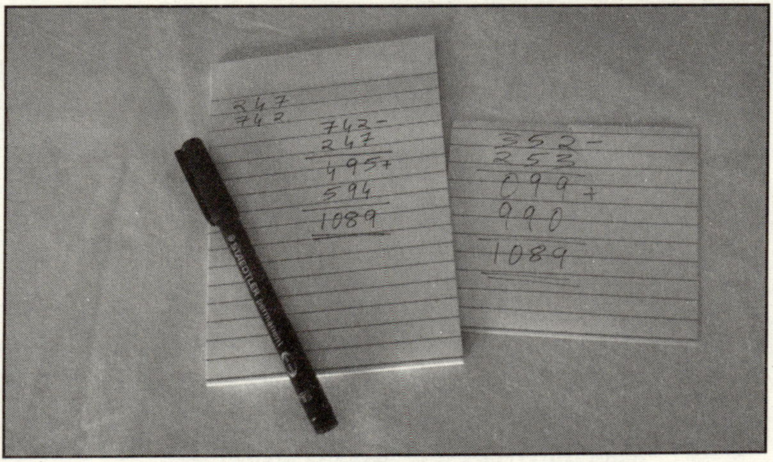

आपको पूरी ताकत लगाकर इस तरीके को छिपाकर रखना होता है और इसे गैर-योजनाबद्ध तरीके से दिखाना होता है। यहीं आपकी काबिलीयत का इम्तिहान होता है। इसके बाद तो सबकुछ अपने आप होता चला जाता है। इस खेल की मूलभूत प्रक्रिया नीचे विस्तार से समझाई गई है।

किसी दर्शक से एक तीन अंकों का नंबर चुनने को कहें। इस अंक में इसका उलटा अंक जोड़ लें और घटा दें।

यहाँ बरतें सतर्कता

अंक चुनने में भी सावधानी बरतनी होती है। मान लीजिए, किसी ने 333 या 555 या 737 अंक चुना तो उन्हें दूसरा कोई अंक चुनने को बोलें और कहें कि अंक का दोहराव नहीं होना चाहिए, ताकि खेल को और मजेदार बनाया जा सके। आप यह भी कह सकते हैं कि यह उलटा करने पर भी एक समान रहेगा। इसलिए मुझे कुछ अलग तरह का अंक चाहिए।

कभी-कभी अंकों को घटाने पर वे दो अंकों तक सीमित रह जाते हैं। ऐसे में नोट करनेवाले से बोलें कि ऐसे अंकों से पहले 0 जोड़ लें, मसलन 99 आए तो उसे 099 करा लें। इससे अंक तो समान रहेगा, लेकिन उसे उलटने पर यानी 990 से जोड़ने पर यह 1089 ही आएगा।

आधार में बताए गए तरीके के अनुसार आगे बढ़ें और यह काम करेगा—

- तीन अंकों की संख्या लिख लें (469)
- फिर उसकी उलटी संख्या लिख लें (964)
- छोटी संख्या को बड़ी से घटाएँ (964 469=495)
- यह सुनिश्चित करें कि परिणाम तीन अंकों की संख्या के रूप में ही हो।

  अब उक्त परिणामवाली संख्या को भी उलटकर दर्ज करा लें। यानी 495 हो जाएगा 594

  अब दोनों को आपस में जोड़ लें, यानी 495+594=1089

  अब इस तरीके का प्रयोग देखें

- आपके पास हमेशा एक ही अंक रहेगा 1089
- पहले तीन अंक ही अचानक चुने हुए पेज संख्या होंगे
- अंतिम संख्या पर ही वॉलंटियर को एकाग्रचित्त होना है यानी कि 9

पुस्तक से शब्दों को जानना

आपने तो पुस्तक को हाथ भी नहीं लगाया तो आपको यह कैसे पता चला कि पुस्तक की नौवीं लाइन के शुरुआती तीन शब्द क्या हैं ?

इसमें कुछ विशेष नहीं ? जी हाँ, बस आपको त्वरित सीखनेवाला बनना होगा। हाँ, आपने पुस्तक छुई, लेकिन इतनी जरा सी देर के लिए कि किसी को यह भनक भी नहीं लगेगी कि आपने उसमें से कुछ देखा भी है और आपकी जोड़-घटाव की प्रक्रिया में दर्शक यह बात भी आई-गई कर देंगे।

खेल के पहलेवाले हिस्से को विस्तार से देखिए।

वॉलंटियर अपनी इच्छा की कोई पुस्तक ले आएगा। वह जैसे ही आपके पास पहुँचेगा, आपको अपना हाथ बढ़ाकर पुस्तक ले लेनी है और उसके पन्ने तेजी से पलटने हैं।

वास्तव में आप सीधे पेज संख्या 108 पर जाते हैं, उसपर उँगली रखकर आप बाकी के पन्ने पलटते हैं और इसी बीच उस पेज की नौवीं लाइन के शुरुआती तीन शब्द याद रख लेते हैं।

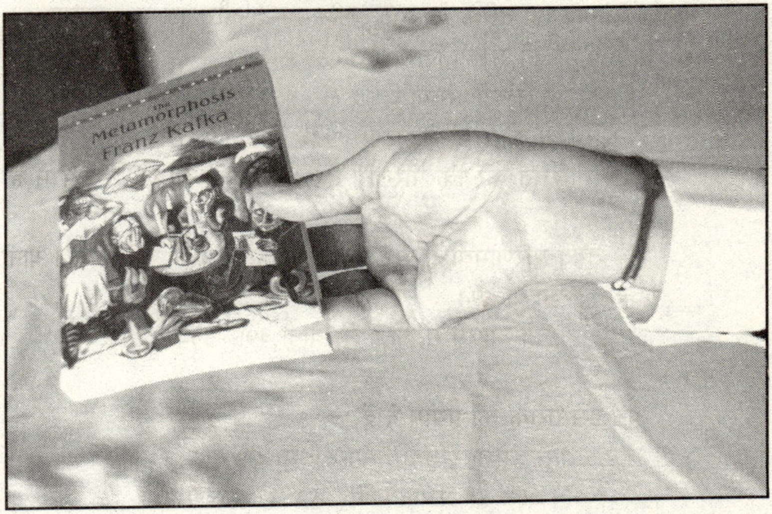

फिर आप पुस्तक वॉलंटियर को वापस कर देते हैं, उसे कवर दिखाकर यह पूछते हुए, 'तो आपने इतनी सारी पुस्तकों के बीच से इसे चुना है?'

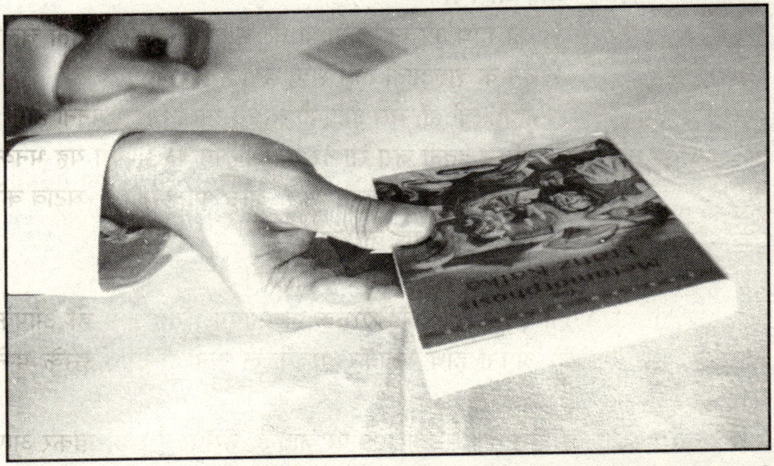

जब तक वह उसके जवाब के बारे में सोचता है, तब तक आप पुस्तक पूरी तरह देख चुके होते हैं। हाँ, वास्तव में! पेज संख्या 108 पर नौवीं लाइन के शुरुआती शब्द पढ़ने के लिए आपके पास काफी समय होता है।

सतर्कता बिंदु

नौवीं लाइन पर जाते हुए कुछ उपाय आपका काम आसान बना सकते हैं, जैसे एक बार में तीन लाइन चुनें और तीन बार में ही नौवीं लाइन पर पहुँच जाएँ।

एक बार नौवीं लाइन के तीन-चार शब्द पढ़ने के बाद आप पुस्तक उसी तरह पलटें, जैसे कि आप यों ही उत्सुकतावश पुस्तक को पूरा पलट रहे हों।

पुस्तक बंद कर उसे वॉलंटियर को लौटाते समय उससे कुछ बातचीत भी करते रहें, ताकि उसे अपने चयन पर गर्व महसूस हो और उसे आपके इरादे के बारे में भनक भी न लगने पाए।

संक्षेप में

दूर से किसी के दिमाग को पढ़ लेने का प्रभाव तो जबरदस्त होता ही है, जादू का प्रस्तुतीकरण भी आपको अलग मुकाम पर लाकर खड़ा कर देता है।

यहाँ बताई गई बातों और तरकीबों का अभ्यास करें और उन्हें अपनी दूसरी प्रकृति के रूप में ढाल लें। इसमें ज्यादातर तो गणितीय हिसाब-पुस्तक ही हैं और वे तरीके हैं, जो हालाँकि गैर-महत्त्वपूर्ण हैं, लेकिन जिनका वहाँ होना जरूरी होता है।

जब आप यह प्रस्तुतीकरण दे रहे हों तो हिसाब-पुस्तक पर जरूर नजर रखें, ताकि दर्शकों को यह बेमतलब न लगे।

इसका सबसे अच्छा हिस्सा यह होता है कि आपके पास जाँचने का तरीका भी होता है, ताकि आप यह सुनिश्चित कर सकें कि सबकुछ योजना के अनुसार ही हो रहा है।

घटाने पर आनेवाला परिणाम हमेशा के तरीके से होना चाहिए, पीछे बताए गए उदाहरणों पर गौर करने पर आप ऐसा ही पाएँगे और इसका अभ्यास भी आपको जरूर करना होगा।

सतर्कता बिंदु

अंकों को घटाने के बाद जो परिणाम मिलेंगे, उनमें यह अंक हो सकते हैं : 99, 198, 297, 396, 495, 594, 693, 792 और 891 उस स्थिति में, जबकि परिणाम 99 हो, वॉलंटियर से कहें कि उसके आगे 0 लगाकर उसे 099 बना ले।

सबसे महत्त्वपूर्ण यह है कि आप प्रस्तुतीकरण के दौरान हिसाब-पुस्तक को जितना कम-से-कम रखें, उतना ही बेहतर होगा।

साथ ही यह भी तथ्य मजबूत करते जाएँ कि आप पुस्तक को हाथ नहीं लगाएँगे। यह स्थापित करें और उसे बढ़ावा भी दें कि यह कितना दुरूह खेल है और केवल तब वॉलंटियर के दिमाग में वे शब्द घुमाते रहें। शब्द सुनते ही लोगों के होश फाख्ता हो जाएँगे।

अब जबकि एक बेहतर जादुई कारनामे को लोगों के सामने रखने के सारे पहलू आप समझ चुके हैं, ऐसे में यह समय इस समझ को प्रदर्शन की एक जबरदस्त मैथोलॉजी के साथ जोड़ने का है, ताकि इसे और भी बेहतरीन पहलू तक ले जाया जा सके, जहाँ यह प्रस्तुति दर्शकों को न केवल अच्छी लगे, बल्कि प्रभावी और यादगार अनुभव भी उनके साथ जोड़ सके।

ट्रिक का इतिहास

1089 फोर्स काफी प्राचीन है। इस तरीके का संभवतः प्रयोग पहली बार मैगजीन में 1938 में एक बुक टेस्ट में किया था।

ट्रिक
संख्या रहस्य को जोड़ना

यह खेल मनोविज्ञान का बेहतरीन नमूना है और बड़ी बात यह कि इसमें बहुत ही आसान सा गणित प्रयोग में लाया जाता है। आप चाहें तो इसके जरिए अपना कोई दूसरा गेम भी खेल सकते हैं, मनोविज्ञान के पहलू पर बोल सकते हैं, या खुद का दिलचस्प प्रयोग करके दिखा सकते हैं।

नीचे दी गई पटकथा के जरिए आप आगे बढ़ें, दर्शकों से कहें कि वे दिमागी गणित के लिए तैयार हो जाएँ और उनसे हर कदम पर ऊँची जोशीली आवाज में जवाब देने को कहें।

हम शुरू करते हैं, संख्या 1000 से
इसमें 40 जोड़ लें
अब हमारे पास कितना है?
अब इसमें 1000 और जोड़ लें
अब हमारे पास कितना है?
अब इसमें 30 जोड़ लें
अब हमारे पास कितना है?
अब इसमें 1000 जोड़ लें
अब हमारे पास कितना है?
अब इसमें 20 जोड़ लें
अब हमारे पास कितना है
अब इसमें 1000 जोड़ लें
अब हमारे पास कितना है
अब इसमें 10 जोड़ लें
अब हमारे पास कितना है?
हाँ! 5000? क्या आपने कहा कि सिर्फ 5000?

वास्तव में, दर्शकों के बीच से भी लोग उत्साह से चीखकर बोलने लगे, 5000!

वास्तव में (और सही) उत्तर है, 4100
कैसे? गणित आप खुद से करें।

तरीका

इस मनोवैज्ञानिक गणित के खेल में एक अहम बात जो छिपी है, वो यह कि हमें दर्शकों से जोर-ज़ोर से जोड़ का उत्तर बोलने को कहना है।

इसका जो प्रभाव है, वही इसका तरीका भी है।

अंतिम संख्या (10) जोड़ने से पहले, जोड़ का कुल योग था 4090। 4090 में 10 जोड़ने पर 4100 आता है, न कि 5000!

फिर भी हमारा दिमाग अगले 1000 पर दौड़ जाता है और 10 जोड़ने की बजाय 1000 जोड़ लेता है। मुझे पता है कि अब आपको मजा आएगा।

ट्रिक का इतिहास

यह इतना पुराना खेल है कि इसके असली रिकॉर्ड का लेखा-जोखा इतिहास में दर्ज नहीं है।

□

11

एक जादुई प्रदर्शन

इस पुस्तक में हर पाठ और हिस्सा आपको जादू के तमाम अंदरूनी पहलुओं से वाकिफ करेगा और आपको सीखने के लिए हर प्रकार की तकनीकी मदद करेगा, ताकि आप जादू का बेहतरीन प्रदर्शन कर सकें। जैसे-जैसे आप आगे बढ़ते जाएँगे, आपके लिए यह महत्त्वपूर्ण हो जाएगा कि आप इन तकनीकों को प्रयोग में लाना याद रखें और वह भी प्रभावशाली अंदाज में अपनी प्रस्तुति देने के लिए और उन्हें प्राकृतिक रूप से जादुई बनाने के लिए आपको अभ्यास से खुद को मजबूत बनाते जाना होगा।

अच्छी प्रस्तुति के लिए केवल और केवल एकमात्र उपाय है : अभ्यास। यह केवल ट्रिक पर एकाधिकार कायम करने तक सीमित नहीं रहना चाहिए बल्कि यह उन दाँवों और तरीकों से भी जुड़ा रहना चाहिए, जो इसमें प्रयुक्त होते हैं। साथ ही प्रस्तुतीकरण, आपकी वाक्पटुता और प्रदर्शन भी इसमें शामिल हैं। यानी अभ्यास चौतरफा होना चाहिए।

हर पाठ यहाँ इस तरह से डिजाइन किया गया है कि वह जादू की प्रस्तुति के बारे में अच्छे से सिखा सके; न कि केवल उस रहस्य से परदा उठाए, जिसके कारण जादू का खेल संभव हो सका है, और साथ ही दर्शकों की नजर में इसे जादू के रूप में ही स्थापित कर दे।

हम साथ-साथ इस सफर को पूरा करनेवाले हैं और हमने अच्छे जादू के प्रदर्शन को लेकर अपनी आधारभूत समझ भी काफी बढ़ा ली है। मेरे साथ इस दौरान बने रहने के लिए शुक्रिया।

आप यह गाँठ बाँध लीजिए कि जादू की कला के तमाम पहलुओं से वाकिफ करने, आपको सिखाने और आपको उनकी बेहतरीन प्रस्तुति में और ऊँचाई पर ले जाने के क्रम में यह पुस्तक केवल पहली सीढ़ी है। अपनी जादुई प्रस्तुति की

काबिलीयत को बढ़ाने, कला और कार्यप्रणाली को सीखने के लिए आपको अनवरत अध्यनरत रहना होगा और बारीकियों पर एकाग्रचित्त होना होगा।

अब वह समय आ गया है, जबकि आपको जादुई प्रदर्शन के सिलसिले में तमाम पहलुओं को छूना है और आपने जो भी सीखा है, उसे वास्तविक दुनिया में प्रस्तुत करना है। कुछ महत्त्वपूर्ण बातें यहाँ बताई जा रही हैं, जो आपके लिए और कारगर साबित हो सकती हैं और आपको इस दिशा में अवसरों और उपलब्धियों की ऊँचाई पर ले जा सकती हैं तथा आपके अध्ययन-कौशल को भी बढ़ा सकती हैं।

अपना व्यक्तित्व चुनें

जादू के खेल के प्राथमिक पहलुओं में से एक है, उसका प्रस्तुतीकरण। बतौर जादूगर, आप हमेशा अच्छे कपड़ों में रहें, आकर्षक लगें और गौरवशाली दिखें। साफ है, जिस परिप्रेक्ष्य और जादू के प्रकार का आप प्रदर्शन करेंगे, उसके लिए आपको जादूगर की पोशाक की जरूरत पड़ेगी, लेकिन वैसे भी यह सबसे जरूरी है कि आप आकर्षक और पसंद किया जानेवाले व्यक्तित्व में सामने आएँ।

अपनी पोशाक खुद चुनें और वह उस मौके के हिसाब से होनी चाहिए, जहाँ आप प्रदर्शन करने जा रहे हों। यानी कार्यक्रम से आपके कपड़े मेल खाते हों।

एक फॉर्मल सूट में हमेशा सज-धजकर रहने से दर्शकों की निगाह में आपका पेशेवर रुख और आपकी स्वीकार्यता बढ़ जाती है। कहीं-कहीं ऐसा भी हो सकता है कि सूट में दिखना थोड़ा अटपटा या गलत दिखे। सामान्य हालात में तो ऐसे कपड़ों में रहना ज्यादा उचित लगता या कहें कि सटीक लगता है। अनौपचारिक हालात में यह आपको बतौर प्रस्तोता या कलाकार के रूप में अलग रखेगा।

अपना मनोरंजन चुनें

अच्छे कपड़ों में प्रस्तोता होना जितना महत्त्वपूर्ण है, उतना ही वह मनोरंजन भी, जो आप लोगों के लिए प्रस्तुत करने जा रहे हैं।

कॉमेडी क्लब और बार जैसे ठिकानों पर आपका हलका या शरारती अंदाज स्वीकार्य होता है। यहाँ तक कि ऐसे मौकों पर आपको उत्तेजक प्रकार की कॉमेडी रुटीन को उन पेशेवरों के लिए छोड़ देना चाहिए, जो ऐसा करने में अभ्यस्त हैं और इसे अपनी प्रस्तुति का अंग बना रखा है। ऐसा करने से दर्शकों का ध्यान जादू के खेल पर कम और आप द्वारा की जा रही मजाकिया प्रस्तुति पर ज्यादा टिक जाएगा।

जो प्रस्तोता अपने शुरुआती समय में हैं, यानी अल्प अनुभवी हैं, उनके लिए

मैं मृदु और साफ-सुथरे मनोरंजन की ही सलाह देता हूँ। इससे आपको अपना दायरा बढ़ाने में मदद मिलेगी और इसमें आप बच्चों, बड़ों को भी शामिल कर लेंगे, जिससे हर तरह के कार्यक्रम, पारिवारिक समारोहों के मौकों आदि पर खासे पसंद किए जाएँगे। लोगों में आपको लेकर उत्सुकता बनी रहेगी और पार्टी का आनंद भी दोगुना हो जाएगा।

शुरुआती समय में ऐसा करना महत्त्वपूर्ण होता है, क्योंकि इससे आपको मौके मिलने शुरू हो जाते हैं और आपको अपनी जीवंत प्रस्तुति के जरिए अमूल्य अनुभव भी मिलने लगता है, जो किसी भी उपलब्धि से बढ़कर है।

इससे भी ऊपर याद रखें कि आप एक जादूगर हैं, एक ऐसे शख्स, जो जादू के जरिए मनोरंजन करता है।

मंचकला के तत्त्व

मंचकला एक बहुत ही जरूरी तत्त्व है, जिसे ज्यादातर लोग नजरअंदाज कर देते हैं। जितना भी हो सके, आप जीवंत कार्यक्रम या प्रस्तुतियाँ देखने जरूर जाएँ, वह भी हर तरह के मनोरंजन से जुड़ी हुई। चाहे वह किसी गायक का कार्यक्रम हो, संगीतकार का या किसी कॉमेडियन का ही क्यों न हो या जादूगर, मिमिक्री आर्टिस्ट, जगलर या किसी कलाकार की मंच पर प्रस्तुति, इन सब जगहों से आप कुछ-न-कुछ सीख सकते हैं। याद रखें, ऐसी जगहों पर आप केवल अपना मनोरंजन करने नहीं जा रहे हैं, बल्कि उसके पीछे आपका एक उद्देश्य भी है।

मंच, उस पर रखा स्टैंड, लोगों की चहलकदमी और बातचीत पर विशेष ध्यान दें। हर चीज का संज्ञान लें, जो वे कलाकार करते हैं और जिन चीजों से बचते हैं। आप जो सीखते हैं, उन्हें कहीं-न-कहीं दर्ज करते रहें, उन चीजों के बारे में लिखें, जो आपको ठीक लगीं और जिन्हें आपने पसंद नहीं किया, वे बातें जो दर्शकों को बेहद पसंद आईं या नहीं आईं। यह आपको अपनी प्रस्तुतियों के लिए ढाँचा तैयार करने में काफी मदद करेंगी। थिएटर या मंचकला की वर्कशॉप करें, ताकि आपको विशेषज्ञों से तमाम खास पहलू सीखने को मिले और उनका मार्गदर्शन आपके अंदर आत्मविश्वास को बढ़ाए। यह भी ध्यान रखें कि मंचकला से संबंधित पुस्तकें भी आपकी काफी मदद कर सकती हैं और उन्हें अनवरत पढ़ते रहें।

इसके अलावा जितने भी संभव हो सकें, उतने जादू के कार्यक्रम जरूर देखें, खासकर जाने-माने जादूगरों के कार्यक्रम। इन कार्यक्रमों को आप मनोरंजन की नजर से देखिए, न कि केवल यह जाँचने के लिए के वे जादू की कौन सी ट्रिक आजमा

रहे हैं और उसे कैसे प्रस्तुत कर रहे हैं। ऐसा करने से आपका ध्यान भटकेगा और आपके सीखने की प्रक्रिया में बाधा आएगी।

एक बेहतरीन कार्यक्रम देखकर आप जितना ज्ञान प्राप्त कर सकते हैं और सीख सकते हैं, उतना कहीं और संभव ही नहीं है। इसी तरह, अपनी गलतियों से लगातार सीखते रहें, यहाँ तक कि दूसरों की गलतियों से भी, लेकिन सबसे ज्यादा जरूरी है कि आप अपनी गलतियों से सीखें।

सबसे अहम बात, शोमैन (तमाशाई) बनने पर ज्यादा ध्यान दें। अदा, संतुलन और हर वो पहलू, जो आप अपने साथ लेकर चलते हैं और मंच या उससे इतर जो जादू का खेल आप प्रस्तुत करते हैं। यही वह खास बात होगी, जो आपको भीड़ से अलग करेगी और आपको जबरदस्त जादूगर और मनोरंजनकर्ता के रूप में स्थापित करेगी।

हर किसी को दंग करें, खुद को कभी नहीं

अंतरराष्ट्रीय स्काउट और गाइड आंदोलन के संस्थापक सर बडेन पॉवेल अपने कार्यकर्ताओं से एक आसान सा उद्देश्य मन में रखने को बोलते थे, 'तैयार रहो।'

यही मंत्र आपको भी याद रखना चाहिए, क्योंकि आपको जादूगर बनना है। जब आप दुनिया को अपने जादू के सम्मोहन और कला-कौशल से दंग करने जा रहे हों तो हर उस हालात के लिए तैयार रहें, जो कि कभी भी घटित हो सकता है और जो कि बुरा-से-बुरा हो सकता है। यह मात्र वहम भी हो सकता है, लेकिन यह सच भी है, जब कुछ गलत होना होता है तो वह होकर रहता है और तभी होता है, जब आपने कल्पना भी नहीं की होती है। समझ और स्वीकार करने की क्षमता ही आपकी सुरक्षा का पहला कदम है। किसी भी हालात से निपटने के लिए तैयारी जरूरी है। हमेशा यह मानकर चलें कि कुछ-न-कुछ गलत होगा और हमेशा संशोधनात्मक और दाँवपेच से उचित कदम उठाने के लिए तैयार रहना चाहिए।

प्रस्तोताओं के साथ सबसे बड़ी दिक्कत यह होती है कि वे केवल किसी खास तरीके और खास लम्हों का इंतजार करते रहते हैं। वे हर दाँव का अभ्यास करते हैं और यह अपेक्षा करते हैं कि हर दाँव काम करेगा। अंततः होता यह है कि वे पूरी तरह बिना तैयारी के रह जाते हैं और कुछ ऐसा रह जाता है, जो योजना या स्क्रिप्ट से इतर हो जाता है।

इसलिए उन पहलुओं पर विचार करें, जहाँ गलतियाँ होने की संभावनाएँ बढ़ जाती हैं। इस पर गंभीरता और विस्तार से विचार करें। क्रियाकलाप के हर

कदम पर गौर करें, और अगर कुछ गलत होने की आशंका रहे तो उस दशा में सुधारात्मक या अस्पष्ट व गोलमोल हरकतों से दर्शकों का ध्यान भटकाकर स्थिति को बिगड़ने से बचा लेना चाहिए।

विफलता से घबराने की जरूरत नहीं है। मेरा विश्वास है कि विफलता जैसी कोई चीज नहीं है दुनिया में। यह आपकी रचनाशीलता को केवल नए अवसरों की ओर ले जानेवाले एक कदम की तरह ही है।

और फिर यह भी कि जब आप इतने सतर्क हैं कि गलतियाँ होने की दशा में आप तत्काल कदम उठा सकते हैं तो गलतियाँ होंगी भला कैसे?

यह भी याद रखें : बतौर जादूगर आपके पास खुद-ब-खुद एक लाभकारी स्थिति होती है। केवल आप जानते हैं कि आप क्या प्रस्तुत करने जा रहे हैं, जो बात दूसरे लोग नहीं जान सकते।

केवल इतना याद रखें कि दर्शकों को हैरत में जरूर डालना है, दंग कर देना है, इसलिए आगे बढ़िए और कर गुजरिए।

अगर कुछ बहुत गलत हो जाता है, जिसकी भरपाई नहीं की जा सकती है तो भी आप उसे छोड़कर दूसरे खेल में लग जाइए। यकीन मानिए, उस स्थिति में दर्शक यही सोचेगा कि ऐसा इसलिए हुआ, क्योंकि जो हुआ, वह भी जादू के खेल का एक हिस्सा रहा होगा। यहाँ तक कि बदतर परिस्थिति में भी दर्शकों के पास कुछ अलग सोचने का विचार ही नहीं होता और वे उसे जादू के खेल का ही एक हिस्सा मानकर चलते हैं।

उदाहरण के लिए, अगर दर्शकों को यह पहले बता दिया कि आप रस्सी काटने और जोड़ने उम्मीद कर रहे हैं, तो दर्शक यही सोचेंगे कि आप रस्सी को काटना चाह रहे हैं। और अगर आप किसी कदम पर चूक करते हैं और रस्सियों को आपस में जोड़ नहीं पाते, तो भी दर्शक यही मानकर चलेगा कि आपने केवल रस्सी काटने की बात कही थी। और अगर आप किसी भी कारण से रस्सी को जोड़ न सकें तो भी आगे बढ़ें और उन रस्सियों का किसी दूसरे जादुई खेल में प्रयोग करें।

हमारा पाठ आश्चर्य बनाए जादू विकट हालात को आधार बनाकर लिखा गया है और यह हमें अच्छी मनोवैज्ञानिक परिस्थिति के लिए तैयार करता है। हम दर्शकों को कभी नहीं बताते कि वे हमसे क्या अपेक्षा करें। आपने जो सोचा है, उसके अनुसार अपना काम जारी रखें और अगर कुछ गड़बड़ होती भी है तो आराम से दूसरे खेल पर चले जाएँ।

संक्षेप में

अभ्यास करें, योजना बनाएँ और प्रस्तुत करें। अपनी अब तक की सीखी हुई कला और कौशल पर पकड़ बनाएँ और उसमें कुछ-न-कुछ इजाफा करते रहें, प्रयास करें कि आप और ऊँचे स्तर पर पहुँचें और उसके बाद उसके अगले स्तर पर।

यह एक आश्चर्यजनक यात्रा है, जो अभी केवल शुरू हुई है। जादू की दुनिया में आप कितना आगे जाएँगे, यह केवल एक ही कारक पर निर्भर करता है : आप पर।

इसलिए आगे बढ़िए और जादू करिए। ऐसा बेहतरीन जादू दिखाइए, जो लोगों ने कभी देखा ही न हो!

ट्रिक
टेबल के जरिए सिक्का

जादूगर कुछ ठोस वस्तुओं की बेहतरीन क्षमता के बारे में बता रहा होता है, जो किसी अन्य ठोस वस्तु को छेदकर बाहर आ सकते हैं। इस खास पहलू को दिखाने के लिए उसने कहा कि वह एक जादुई सिक्के को इस पूरे टेबल पर घुमाकर दिखाएगा।

उसने एक सिक्के को टेबल के बीच में रख दिया, फिर उसने सिक्के को अपने हाथ से ढक लिया और बोला, 1, 2, 3 उसके आश्चर्य का ठिकाना न रहा कि सिक्का अब भी टेबल पर ही पड़ा है।

कारण को लेकर वह थोड़ा अनिश्चित होते हुए उसने कहा कि संभवत: सिक्का शरमीला है और उसे थोड़ा और ढकने की जरूरत है। ऐसा कहते हुए उसने सिक्के के ऊपर नमक की छोटी शीशी रख दी और उसे तीन बार थपकी दी। जब उसने नमक की शीशी हटाई तो पाया कि सिक्का अब तक वहीं बना हुआ है।

अब थोड़ा चिंतित दिखते हुए जादूगर ने नमक की शीशी को सिक्के के ऊपर रख दिया और उसे पेपर टिश्यू से ढक दिया। फिर उसने थपकी दी तीन बार और सिक्का अब भी वहीं है!

अंतिम प्रयास के तहत जादूगर ने सिक्के को एक बार फिर ढक दिया और बड़बड़ाते हुए बोला, ''शायद मैं कठोरता से इसपर थपकी नहीं दे पा रहा हूँ।'' ऐसा कहते हुए उसने मुट्ठी बाँधी और ताकत दिखाई··· बैंग! पेपर नैपकिन फट गई और टेबल पर पिचक गई!

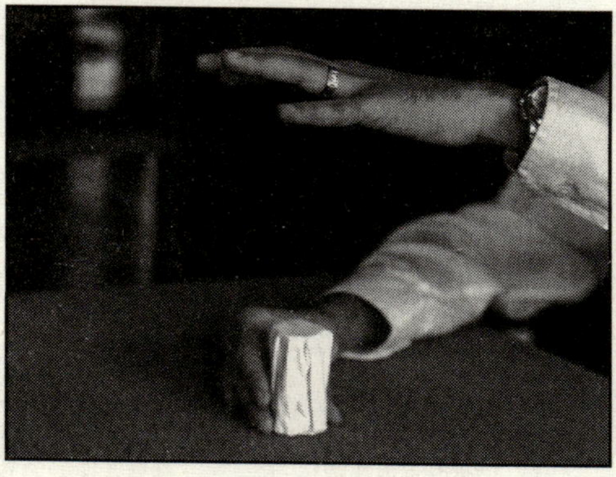

यह जाँचने के लिए कि सिक्का गायब हुआ या नहीं, नमक की शीशी को हटाकर टेबल के एक कोने पर ले जाएँ।

शीशी को ढीला छोड़ें, ताकि वह पेपर नैपकिन से छूटकर आपकी गोद में गिरे।

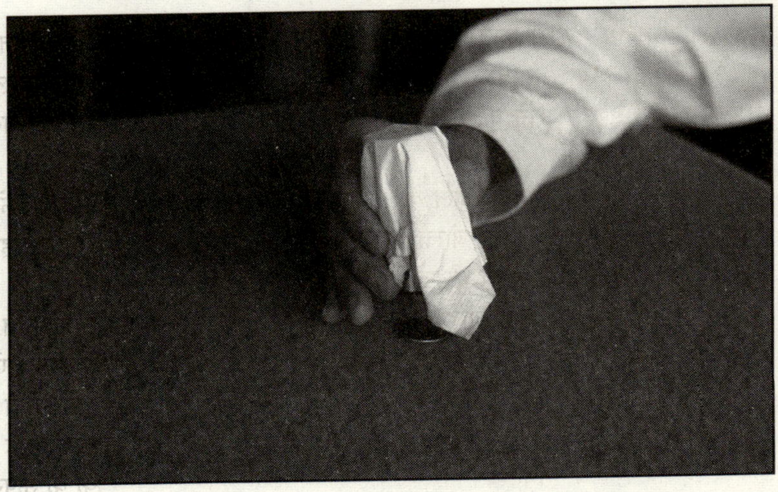

नमक की शीशी को वापस लाएँ, वास्तव में केवल पेपर कवर को सिक्के के ऊपर जैसा पहले किया था और एक क्षण के बाद ही अपना हाथ कठोरता से उसके ऊपर ले आएँ।

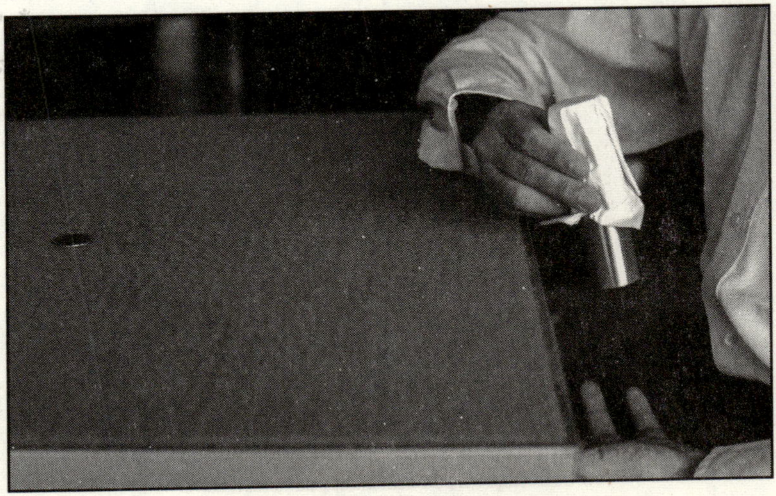

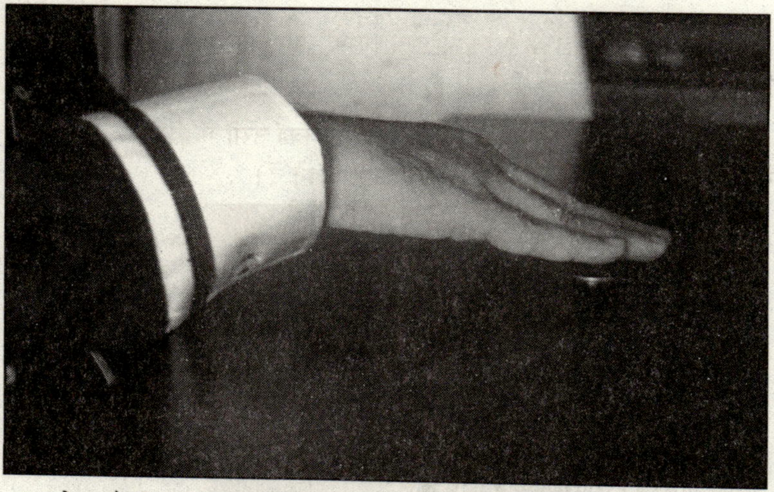

पेपर नैपकिन फट जाएगी, और ऐसा प्रतीत होगा कि शीशी बिल्कुल सटीक तरीके से टेबल पर ले जाई गई है।

टेबल के नीचे आपकी गोद में गिरी नमक की शीशी को उठाएँ। उसे टेबल पर रखें और खेल को जारी रखें।

और जब तक कि लोग कुछ सोचें, सिक्के को दाएँ हाथ से खिसकाएँ और उसे टेबल से हटाते हुए उठा लें।

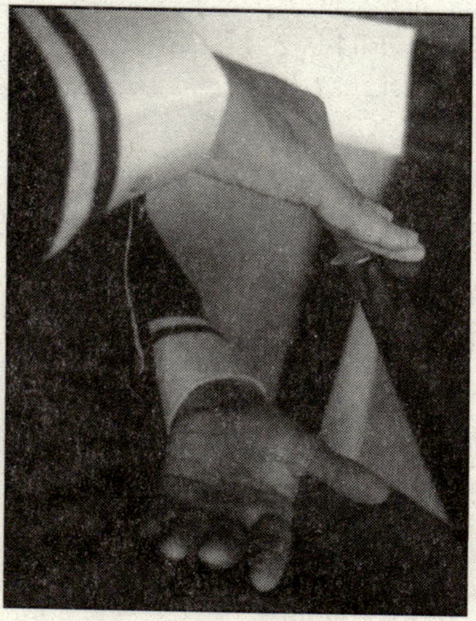

सिक्के को टेबल के कोने से नीचे गिराएँ और वह नीचे पड़े बाएँ हाथ पर गिरना चाहिए।

अपने दाएँ हाथ को ऐसे दिखाएँ, मानो सिक्का उसी में हो, फिर उसे टेबल के केंद्र में लाएँ और सिक्के को उसी के साथ जाने दें।

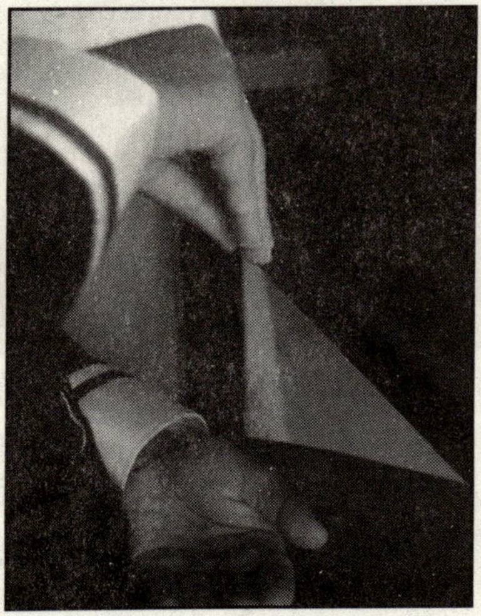

अब बाएँ हाथ को टेबल के नीचे से निकाल लें, यह दिखाएँ कि सिक्का टेबल को छेदकर नीचे गिर गया।

ट्रिक इतिहास

इस खेल की विस्तृत जानकारी मार्टिन गार्डनर के इनसाइक्लोपीडिया ऑफ इम्प्रॉम्प्टू मैजिक में मिलता है, जो हुगार्ड की मैजिक मंथली में 1955 में धारावाहिक चलाया गया था। हालाँकि यह नया नहीं है जैसा कि दावा किया जाता है और इसका उल्लेख 1960 में आई जीनी मैगजीन में भी मिलता है, इसे उसमें 'ओल्डी' नाम दिया गया था। यह भी बताना जरूरी है कि सिक्के को गोद में गिराने की शुरुआत रेनाल्ड स्कॉट के समय की मानी जाती है, लेकिन उसे उतना प्रचार नहीं मिला, जितना कि टोनी स्लिदिनी, सिरका 1950, इसलिए कि नमक की शीशीवाला खेल उसी दौरान का लगे।

□

तत्पश्चात्
अगला कदम

इस वक्त आप जहाँ हैं, वहाँ से अगला कदम बिल्कुल स्पष्ट है : प्रस्तुति और मनोरंजन जितना ज्यादा-से-ज्यादा संभव हो सके, वास्तविक दुनिया में जाएँ और अपनी काबिलीयत को उच्चतम स्तर पर प्रस्तुत करें, हमेशा सीखने और बेहतर करने को तत्पर रहें।

चाहे वह परिवार और दोस्तों के लिए हो, बच्चों और बड़ों के लिए, अनजानों और परिचितों के लिए ही क्यों न हो, हमेशा उस अवसर की तलाश में रहें, जब आपको कुछ दिखाने का मौका मिले तो उसे तुरंत लपक लें और कुछ प्रस्तुत करें।

आप वास्तविक लोगों के लिए जितना ज्यादा प्रस्तुत करेंगे, आप भी उतने ही बेहतर होते जाएँगे, खासकर अगर आप लोगों से आँखों में आँखें डालकर अपने करतब दिखाएँगे तो वह एक-एक कर आपके लिए यादगार बनता जाएगा।

ज्यादा-से-ज्यादा पुस्तकें उठाएँ : वे पुस्तकें जो जादू के तरीके सिखाती हों और जो आपको जादू का खेल दिखाने की थ्योरी बताती हों।

आप चाहे जहाँ भी अपनी कला दिखा रहे हों, चाहे परिसर में या कहीं और, हमेशा और जादू सीखने की ललक पैदा करें।

फैंसी और नॉवेल्टी स्टोर्स पर जाएँ, गौर से देखें कि क्या आपके मतलब की कोई नई चीज आई है, जिससे आपको कुछ नया करने में मदद मिल सकती हो। आपको आश्चर्य होगा कि धीरे-धीरे आपके पास ऐसी बहुत सी वस्तुएँ होंगी, जिनसे आप कुछ-न-कुछ नया कर पाएँगे।

मैजिक शॉप्स में जाएँ। शायद ऐसी कुछ दुकानें आपके घर के आस-पास ही हों अथवा कुछ दूरी पर। आजकल तो आप ऑनलाइन भी सर्च कर सकते हैं अपने मतलब के सामानों के लिए, कुछ चर्चित हैं तो कुछ अंतरराष्ट्रीय स्तर की ऑनलाइन वेबसाइट्स हैं। ये सब बड़ा जादूगर बनने की आपकी महत्त्वाकांक्षा को पूरा कर

सकती हैं। रेफरेंस सेक्शन से आप ऐसी जादू की दुकानों की सूची प्राप्त कर सकते हैं।

आप चाहें तो जादू सीखने के लिए तरीके बतानेवाली डी.वी.डी. भी खरीद सकते हैं। इन्हें देखते हुए आप कुछ तकनीकी जादू के खेल आसानी से सीख पाएँगे। इनमें नामी जादूगर अपनी प्रस्तुति का मुजायरा करते दिख जाएँगे।

जैसे-जैसे आप जादुई खेलों के लिए अपना दायरा बढ़ाते जाएँगे, आपकी कुछ-न-कुछ नया करने और सीखने की जरूरत बढ़ती जाएगी। ऐसे में याद रखें कि ज्यादा-से-ज्यादा क्लासिक पुस्तकें उठाएँ। दुनिया के उच्च स्तर के जादूगर भी यह मानते हैं कि पुस्तकों में ही असली जादू भरा है।

जादू पर काम करनेवाली समितियों पर भी गौर करें, जो आपके आस-पास ही होंगी। शायद 'द इंटरनेशनल ब्रदरहुड ऑफ मैजिशियंस' या इसी तरह की कोई मिलती-जुलती संस्था, जिसमें स्थानीय स्तर के लोग जुड़े हों और लगातार मिलते रहते हों। इससे बेहतर क्या होगा कि आप अपने हुनर की लगन को दूसरों के सामने रखें, उनसे कुछ सीखें और दुनिया का मनोरंजन करें?

एक बार फिर यह जान लें कि इस पुस्तक में दिए गए संदर्भ खंड से कुछ जादू समितियों का पता लगाया जा सकता है।

और उसके आगे आज के समय में कुछ भी और सबकुछ गूगल सर्च से हासिल किया जा सकता है। इसलिए अपनी आँखें खुली रखें और अपने मन लायक चीजें ढूँढ़ते रहें।

अंत में, जादूगरों के सम्मेलनों से जुड़ी खबरों पर भी नजर बनाए रखें। उनमें से कुछ में शामिल भी हों। यहाँ न केवल आप जादू की दुनिया से जुड़े बहुत से लोगों से मित्रता कर सकेंगे, बल्कि आपको दूसरे प्रस्तोताओं को मंच पर देखने, उनका हुनर और अंदाज-ए-बयाँ सीखने का मौका मिलता है, नए-नए जादू के सामानों को देखने, जानने और समझने का मौका मिलता है। जादू की दुनिया में हो रहे विकास से जुड़े रहने के लिए आपको ऐसे अवसरों की तलाश में रहना चाहिए।

अगर आपको आगे कभी किसी तरह के सहयोग, मार्गदर्शन या इनपुट की जरूरत हो तो आप मुझसे बेहिचक संपर्क कर सकते हैं। मैं बिल्कुल आपको सुनने और हर पहलू पर आपकी बातों को जानने, समझने के लिए तैयार रहूँगा, खासकर इस पुस्तक पर आपके विचार जानने के लिए मैं उत्सुक हूँ। इसलिए मुझे जरूर लिखें।

और याद रखें : जादू करें!

विचारों में आपके साथ

निबंध, साक्षात्कार और संसाधन

1

जादू की धरती भारत

यह बिल्कुल सही है। यहाँ मैंने सबसे पसंदीदा शीर्षक से शुरू करने का फैसला किया है और यह है उसका कारण।

भारत के लोकगीतों, किंवदंतियों और कहानियों में माया और इंद्रजाल काफी गहरे में रचे-बसे हैं। विदेशी यात्री जब पहली बार यहाँ आए, तभी से दुनिया भर में भारत को जादू और रहस्यों की धरती के रूप में जाना गया। तमाम पुस्तकों, आत्मकथाओं, लघु टिप्पणियों में यहाँ की विभिन्न रहस्यमयी और मायावी घटनाओं के होने की बातें दर्ज की गई हैं।

भारतीय जादू, मेरा मानना है, यायावर और परंपरागत भारतीय जादू हमेशा से परेशानियों में घिरा इतिहास रहा है। भारत के उपनिवेश बनने के दौरान बहुत से पश्चिमी जादूगर और जाँचकर्ता रहस्यों की खोज में यहाँ आए, उन्होंने टिप्पणियाँ एवं पुस्तकें लिखीं, जो भारत के यायावर जादूगरों के खुलासे के तरीके से इतर कुछ भी नहीं था। आप विदेशियों की किसी भी लिखित बात को पढ़िए तो आपको हमारे परंपरागत जादूगरों के बारे में अद्‌भुत बातें जानने को मिलेंगी।

किसी कारण से भारतीय जादू कभी भी कौशल या कला की नजर से नहीं देखा गया, बल्कि इसे हमेशा काले जादू का छद्‌म अभ्यास और छल-कपट या चालबाजी ही ज्यादा माना गया। दूसरे शब्दों में इसके अभ्यास को हमेशा कमतर करके आँका गया है, यहाँ तक कि किंवदंती ट्रिक (जो कि तार्किक तरीके से कभी नहीं ऐसा था), जिसे इंडियन रोप ट्रिक के रूप में भी जाना जाता है।

इसमें आश्चर्य नहीं कि यायावर जादू प्रदर्शन आज भी लोग ज्यादातर छोड़ ही देते हैं और उसे भय और संशय की नजर से देखते हैं। आज यायावर जादूगर छोटे शहरों और गाँवों में केवल सड़कों और नुक्कड़ पर ही अपना प्रदर्शन कर पाते हैं और वे भी सामाजिक बहिष्कार के कारण अपनी ही धरती पर हाशिए पर आ गए हैं।

उनकी कला यद्यपि बहुत से मामलों में जादू का पवित्र रूप होती है, जो

सादापन और रोजाना प्राकृतिक गुणों के प्रयोग से लबरेज रहती है। यह वास्तव में लगभग बेसहारा जादू रहा है। विचित्रताओं से घिरे भारतीय जादू जगत् में ज्यादातर मरने-मारने, साँपों, बिच्छुओं, माध्यमों, अध्ययन के अलावा हवा में तैरने, पूरी तरह गायब होने और प्रत्यक्षीकरण से भरपूर रहा है।

किसी प्रतिभाशाली जादूगर को काम करते हुए अपनी आँखों के सामने देखना, वह भी खासकर किसी जादूगर के लिए, उसकी हर प्रस्तुति दर्शकों को भ्रमित करने का सलीका सिखाने के सिलसिले में हो रहे किसी सेमिनार से कम नहीं होता, इसमें तार्किकता और कहानी सुनाने का सटीक सम्मिश्रण होता है।

मैं खुद को सौभाग्यशाली मानता हूँ कि मुझे श्री सम्जुनाथ वाड़ी जैसे दिग्गज की कला देखने का मौका मिला। 83 साल की उम्र में भी नौजवान जादूगर श्री वाड़ी ने जादूगरों व लोगों को एक समान सम्मोहित कर लिया और साँपों एवं बिच्छुओं को अपने इशारे पर चलाकर दिखाया। मेरे लिए यह अविस्मरणीय रहा और मैंने एक बार फिर महसूस किया कि श्री वाड़ी के स्तर तक पहुँचना कठिन है तथा मुझे अभी बहुत मेहनत करने की जरूरत है।

आगे श्री वाड़ी ने यह दिखाने के लिए कि उन्होंने कुछ भी छिपा नहीं रखा है, अपने शरीर से सारे कपड़े उतारे और पलक झपकते ही एक ईंट को साँप में परिवर्तित कर दिया।

मैं अति सौभाग्यशाली रहा, जो इस करतब को तीन बार देख सका और मुझे जरा भी आभास नहीं हुआ कि यह सब उन्होंने कैसे किया और इसमें किया क्या गया?

मैं यह जान गया हूँ कि ऐसे-ऐसे करतब ही भारत के वास्तविक जादू रहे हैं, जिसके लिए जादू और रहस्यों की धरती को लंबे समय तक जाना जाता रहा है।

अगर आपको मेरे कथन पर संदेह हो, तो मैं आपको ऐसे ही एक प्रतिभाशाली जादूगर के जीवंत प्रस्तुतीकरण को देखने के लिए आमंत्रित करता हूँ और मेरा दावा है कि आप उनके जादू से मनोरंजन नहीं कर पाएँगे।

❖

दरअसल यह लेख 2008 में मैजिक अकादमी, तिरुअनंतपुरम की ओर से 14 मई तक आयोजित अंतरराष्ट्रीय जादूगर सम्मेलन, जिसे विसम्यम नाम दिया गया था, की स्मारिका में लिखा गया था।

□

2

पीटर लैमॉण्ट से नकुल शेनॉय की बातचीत

डॉ. पीटर लैमॉण्ट एडिनबरा विश्वविद्यालय में इतिहासकार और मनोविज्ञानी के रूप में जाने जाते हैं। वह एडिनबरा मैजिक सर्किल के पूर्व अध्यक्ष के अलावा पूर्व जादूगर भी रह चुके हैं। उनकी दूसरी पुस्तक 'द राइज ऑफ द इंडियन रोप ट्रिक' ऐतिहासिक भ्रम जाल के रहस्यों का खुलासा करती है। इस पुस्तक में कुछ बहुत गहराई तक जुड़े मिथ्या विश्वास को झकझोरने के साथ लैमॉण्ट कहते हैं कि किंवदंती की शुरुआत शिकागो डेली ट्रिब्यून में 1890 में छपे एक बेनाम लेख से हुई।

अगस्त 2004 में मुझे लैमॉण्ट से जादू के हर पहलू पर साक्षात्कार करने का अवसर मिला। वह यहाँ अपने एक मित्र के पास आए हुए थे। यह बातें उनकी उसी दौरान छपी पुस्तक 'द राइज ऑफ द इंडियन रोप ट्रिक' के विमोचन के परिप्रेक्ष्य में हुई। बातचीत के क्रम में ही उन्होंने बताया कि वह एक अति प्रसिद्ध मनोविज्ञानी की आत्मकथा 'द फस्ट साइकिक' लिख रहे हैं।

एक दशक पुराने साक्षात्कार को मैं दोबारा सामने ला रहा हूँ, क्योंकि जादू के इतिहास, इसके प्रस्तुतीकरण और इसके सांस्कृतिक आयामों के तमाम पहलुओं को लेकर यहाँ काफी चर्चा में रहा है। मैंने यह तय किया कि इस साक्षात्कार में मैं कहीं भी कुछ भी संपादित नहीं करूँगा और वह साक्षात्कार जैसा भी रहा है, बिल्कुल वैसा का वैसा ही आपके सामने रखूँगा, ताकि उस दौरान सोच और विचारों का जो आदान-प्रदान हुआ, उसकी गंभीरता न खत्म हो।

यहाँ दिए गए कुछ सौ शब्दों में जादू के ज्ञान का अपार भंडार है और इसके बारे में ऐसी महत्त्वपूर्ण बातें हैं, जो आपको इसके अंदर की गंभीर जानकारी के

साथ-साथ खास सोच भी विकसित करने में मदद करेंगी। आपकी जादू के तमाम पहलुओं को बेहतर समझने की यात्रा में वे आपका मार्गदर्शन करेंगी।

अब आप डॉक्टर पीटर लैमॉण्ट के साथ अपने जादू के पाठों का आनंद लीजिए।

❖

हर संस्कृति जादू के किसी-न-किसी रूप में विश्वास करती है

प्रश्न : आपके ज्यादातर शोध जादू और मनोविज्ञान को केंद्र में रखकर किए गए हैं। क्या यह दिलचस्पी इसलिए, क्योंकि आप स्वयं जादूगर हैं ?

उत्तर : हाँ, मैंने बतौर जादूगर अपना पेशा शुरू किया था, फिर मैं इतिहासकार बना और उसके बाद मैंने सह-मनोविज्ञान में काम करना शुरू किया। मैंने जादू के मनोविज्ञान और मनोवैज्ञानिक धोखा यानी फर्जी मनोवैज्ञानिक घटनाओं को लेकर शोध किया है। अब मेरा काम मुख्यतः जादू के इतिहास मनोविज्ञान और असाधारण घटनाओं के इर्द-गिर्द है।

प्रश्न : आपके देश में बतौर जादूगर लोग आपके प्रति किस तरह की धारणा रखते हैं ?

उत्तर : जब मैं लोगों को अपना परिचय बतौर जादूगर देता हूँ, तो सामान्यतः पहली प्रतिक्रिया यही होती है, मुझे कोई ट्रिक करके दिखाइए। मुझे लगता है कि यह एक अच्छे स्तर की प्रतिक्रिया होती है, यहाँ तक कि भारत में भी आपके साथ ऐसा ही होता है और लोगों को आपके बारे में केवल पता लगने की देर होती है। बाद में जब मैं बताता हूँ कि मैं पैरा साइकोलॉजी में भी काम कर रहा हूँ, तो उनकी प्रतिक्रिया अलग तरह की होती है। तब उनकी बातचीत की शुरुआत कुछ इस तरह होती है, तो कुछ उस बारे में बताइए, जो आपने अब तक सबसे विचित्र अनुभव किया हो या क्या कोई अद्‌भुत घटना आपके साथ हुई। इसलिए सामान्यतया मैं खुद को पैरा साइकोलॉजिस्ट बताने से परहेज करता हूँ।

प्रश्न : क्या आप अपने वर्तमान परियोजना के संदर्भ में कुछ प्रकाश डाल सकते हैं ? क्या वह भी जादू से ही संबंधित है ?

उत्तर : हाँ, मेरा वर्तमान कार्य जादू के प्रस्तुतीकरण व वास्तविक जादू की

अवधारणा और मनोवैज्ञानिक पहलू पर आधारित है। उदाहरण के लिए, आप एक ट्रिक को जादू के खेल में कैसे परिवर्तित करेंगे, जो कि पूरी तरह दिमाग का खेल लगे? आप लोगों को यह बताकर कि यह वास्तव में मानसिक खेल है, उन्हें कैसे संतुष्ट करेंगे? आप लोगों को प्रभावित करनेवाले उन पहलुओं की पहचान कैसे करेंगे, जिससे लोगों का आमना-सामना तो होगा, लेकिन वे इसे किसी को समझा या विस्तार से बता नहीं पाएँगे।

मूल बात यह है कि जादुई ट्रिक्स और मानसिक प्रकृति में कोई खास अंतर नहीं होता। यह दोनों ही भौतिक घटनाएँ होती हैं, जिसके लिए दर्शकों के पास बताने को कुछ नहीं होता। लेकिन कुछ लोग उस प्रस्तुतीकरण को कुछ इस तरह देखेंगे कि वे उसे जादू की ट्रिक के रूप में नहीं समझा पाएँगे, जबकि कुछ लोग इसे असामान्य घटना के रूप में देखेंगे। मेरी दिलचस्पी इस बात में है कि कैसे एक जगह बैठे हुए लोग एक ही घटना को लेकर अलग-अलग तरीके से क्यों और कैसे समझते हैं?

प्रस्तुतकर्ता के रूप में आप लोगों की समझ पर फर्क डाल सकते हैं। लेकिन ऐतिहासिक और सांस्कृतिक तौर पर इसके कहीं ज्यादा बड़े मायने हैं। भारत में ब्रिटेन की तुलना में भिन्नता क्यों है? ऐसा क्यों है कि पश्चिम के लोग पूरब में अव्याख्य रहस्य को देखकर एक अलग तरीके से उसकी व्याख्या करेगा और वही चीजें जब वह अपने देश में देखेगा तो उसकी प्रतिक्रिया अलग तरह की होगी। पश्चिम के लोगों ने यह धारणा बनाई कि पूरब ज्यादा गूढ़ है और बहुत से पश्चिमी लोगों को भारत में अविस्तारित रहस्य ज्यादा मिले, जो किसी-न-किसी रूप में ज्यादा प्रभावी, ज्यादा रहस्यमयी, ज्यादा गूढ़ थे।

प्रश्न : आपकी शुरुआती परियोजनाएँ किस प्रकार की थीं? क्या वे भी जादू से संबंधित ही रहीं?

उत्तर : नहीं, पहले मैं आर्थिक और सामाजिक इतिहास पर काम करता था, सामाजिक इतिहास मेरी प्राथमिकता में रहा और राष्ट्रीय पहचान की धारणा में मेरी दिलचस्पी ज्यादा थी। एक आकर्षक क्षेत्र : एक राष्ट्र के संदर्भ में लोग कैसे खुद की धारणा का निर्माण करते हैं? वास्तव में भारत में यह एक बड़ा मुद्दा है, लेकिन केवल भारत में ही नहीं, ऐसा हर जगह है।

स्कॉटलैंड में जहाँ से मैं आया हूँ, लोगों में स्कॉटिश होने की धारणा वहाँ का इतिहास पढ़कर आई है और मैं यह समझता हूँ कि ज्यादातर लोगों में राष्ट्रीयता की भावना इतिहास के माध्यम से ही पैदा होती है। यह ऐसी बात है, जो सब पर लागू होती है और सबके लिए महत्त्वपूर्ण भी है। लेकिन एक समान नियम इस पर

भी लागू होता है कि जैसे आप बतौर स्कॉटिश या भारतीय खुद पर विश्वास करते हैं, उसी तरह दूसरे मामलों में आप कैसा सोचते हैं। उदाहरण के लिए, अगर आप स्कॉटिश हैं तो आप इंग्लिश नहीं हैं।

लेकिन जब मैंने महसूस किया कि मैं जादू के बारे में शैक्षिक गतिविधियों से कहीं ज्यादा जानता हूँ तो यह मेरा प्रमुख विषय बन गया। जादूगर बनकर जो ज्ञान आप हासिल करते हैं, उनके पास यह ज्ञान नहीं है। और यह बहुत ही दिलचस्प क्षेत्र है, क्योंकि इसमें तथ्यों की बातें हैं, गूढ़ विश्वास, अंधविश्वास, भिन्नता, विज्ञान इत्यादि समाहित है। भारत के संदर्भ में कहना चाहूँगा कि जहाँ से इस धारणा का उदय हुआ है, वहाँ के बारे में पश्चिम के लोग क्या सोचते हैं, उस पर काम करना अच्छा अनुभव है।

प्रश्न : विचारधारा की धारणा के बारे में अध्ययन से आपने जादू के इतिहास की तरफ रुख कैसे किया?

उत्तर : इसकी एक वजह तो यह रही कि सामाजिक इतिहास के एक हिस्से के रूप में इसमें मेरी दिलचस्पी बढ़ी। उदाहरण के लिए, मनोवैज्ञानिक इतिहास, कैसे लोग सोचते हैं; इस दुनिया को लोग किस तरह देखते हैं। भौतिक दुनिया से इतर उनके ये विचार जानना अच्छा लगता था कि दुनिया को लेकर उनकी सोच कि क्या संभव है और क्या हो सकता है।

और जादू के माध्यम से यह पता किया जा सकता है कि अपनी दुनिया और दुनिया के दूसरे हिस्से को लेकर लोगों की धारणा क्या है। एक तरह से देखा जाए तो लोगों का इतिहास पता कर उनके वर्तमान मानसिक नजरिए का पता लगाया जा सकता है। उदाहरण के लिए, एक विचार यह भी है कि जैसे-जैसे हम आधुनिक होते जाएँगे, हम वैज्ञानिक तरीके से सोचने लगेंगे और जादू और आश्चर्यों के लिए कोई जगह नहीं रह जाएगी। मैं सोचता हूँ कि अगर आप इतिहास को पलटकर देखें तो आप पाएँगे कि हर काल में, हर संस्कृति में, किसी-न-किसी रूप में जादू पर लोगों का भरोसा रहा है, किसी-न-किसी प्रकार की आश्चर्यजनक घटनाओं ने अपनी जगह कायम रखी है। लेकिन उन्हें देखने का नजरिया अलग रहा है, उनके लिए अलग मतलब रहे हैं।

जादू का मतलब है प्रभाव, न कि यह कैसे हुआ।

प्रश्न : आपने कहा कि भारतीय जादू के बारे में पश्चिमी धारणा अमरीकी विद्वान् एडवर्ड सेड के आदिकाल की अवधारणा में निहित है। क्या आप इसे विस्तार से बता सकते हैं?

उत्तर : भारतीय जादू में मेरी दिलचस्पी का एक कारण यह है कि मैं खुद इसका प्रस्तोता हूँ। यहाँ के जादू को महज देखकर आप समझ जाएँगे कि यह पश्चिमी जादू से कितना भिन्न है। लेकिन अकादमिक बहस के परिप्रेक्ष्य में यह उसी तरह व्यवहार करता है, जैसा कि विद्वान् सेड ने कहा कि पश्चिम अपने दिमाग में पूरब की कुछ इस तरह की तसवीर बनाता है कि दोनों के बीच भिन्न होने की न केवल लकीर खिंची रहे, बल्कि वे पश्चिम से निम्न कोटि के भी रहें।

हालाँकि जब भी भारत के जादू के बारे में बात होती है, तब लगता है कि वाकई अलग रहा, लेकिन वह किसी मायने में कमतर नहीं था।कुछ मामलों में तो यह पश्चिम के जादू से कहीं ऊँचे दर्जे का था। कुछ भारत को धार्मिक, गूढ़ ज्ञान को लेकर ऊँचे दर्जे का मानते हैं, जबकि पश्चिम के पास ऐसा कुछ है ही नहीं। इसे लेकर पश्चिम ही दो फाड़ रहा, जिसमें पश्चिमी नजरिए की पश्चिम की भौतिकता को तरजीह और पूरब के धार्मिक पिछड़ेपन को लेकर द्वंद्व चलता रहता है।

यह धारणा अब भी बनी हुई है कि पूरब, खासकर भारत में, कुछ ऐसा ज्ञान है, जो हम खो चुके हैं, जिससे उन लोगों के लिए एक उम्मीद बँधती है, जिनका पश्चिम से मोहभंग हो गया है। और इसके साथ ही आध्यात्मिक तलाश और पूरब का कुछ मामलों में उदय, जैसे गुरु, आश्चर्यों और हाँ, भारतीय रस्सी ट्रिक, जो सर्वाधिक प्रसिद्ध उदाहरण है कि पश्चिम के लोग भारत के बारे में कैसा सोचते हैं, जो चीजें पश्चिम में कभी संभव ही नहीं हो सकती हैं।

प्रश्न : आपकी पहली पुस्तक 'मैजिक इन थ्योरी' कैसे अस्तित्व में आई?

उत्तर : वह एक काम था। एक साथी रिचर्ड वाइजमैन ने मुझे बुलाया और कहा, मेरे पास जादू के मनोविज्ञान विषय पर एक ग्रंथसूची तैयार करने को लेकर अनुदान के रूप में एक अवसर आया है। क्या आप इस पर काम करने के इच्छुक हैं? मैंने कहा, हाँ, क्योंकि मैंने सोचा कि यह एक शानदार काम है। फिर हमने जल्दी से यह तय किया कि यह एक पुस्तक के रूप में होगी। केवल ग्रंथ सूची तैयार करने से ही यह लोगों को आकर्षित नहीं करेगी और न उनके मतलब ही होगी, जो जादू के बारे में ज्यादा नहीं जानते। अत: पुस्तक ने उस विचार से जन्म लिया, जब हमने यह तय किया कि हम मनोविज्ञानियों और सह मनोविज्ञानियों के बारे में लिखेंगे और इस बारे में भी बताएँगे कि आप कैसे लोगों को चकमा दे सकते हैं और कैसे यह सूचनाएँ आपको मनोविज्ञानी होने का आभास कराएँगी।

हमने जादूगरों की गोपनीयता भंग नहीं की, लेकिन वे जिस मनोविज्ञान का इस्तेमाल करते हैं, उसके बारे में हमने बहुत सारी जानकारियाँ शामिल कीं। यह

कुछ इस तरह का नहीं है, जिसे छिपाकर रखा जाए, बल्कि यह कुछ इस तरह है कि आप कर गुजरें और किसी को भनक तक न लगे। और प्रथम दृष्ट्या यह मनोविज्ञान है, बजाय कि कोई रहस्य। जादू हमेशा दिशा भ्रम पर आधारित होता है और यह एक मनोवैज्ञानिक मामला है।

प्रश्न : आपके शुरुआती शोध ज्यादातर भारतीय रस्सी ट्रिक की किंवदंतियों को केंद्र में रखकर किए गए हैं। यह कैसी ट्रिक है, जिसके बारे में हम लगातार सुनते आ रहे हैं?

उत्तर : इंडियन रोप ट्रिक की प्रस्तुति को लेकर तमाम तरह की कहानियाँ जुड़ी हुई हैं, लेकिन उनमें से एक स्तरीय कहानी जो मुझे समझ में आई, वह यह कि जादूगर एक रस्सी को हवा में सीधा लटका देता है, बिना किसी सहारे के और एक बच्चा उस रस्सी पर चढ़ जाता है तथा गायब हो जाता है। यह गायब होनेवाला तत्त्व ही इंडियन रोप ट्रिक का अभिन्न हिस्सा है, जो इसे ऐतिहासिक बनाता है।

हाल में कुछ परंपरागत भारतीय जादूगरों ने एक और कमाल किया, उन्होंने रस्सी को हवा में ऊपर उठाने और घुमाने में कामयाबी हासिल कर ली, फिर उन्होंने उसे हवा में सीधा खड़ा कर दिया; रस्सी हवा में इतनी मजबूती से लटकी हुई थी कि एक बच्चा उसपर चढ़ भी गया। लेकिन एक असंभव पहलू और इस खेल का सबसे महत्त्वपूर्ण हिस्सा तो वह है, जिसमें बच्चा रस्सी के ऊपरी हिस्से पर पहुँचकर गायब हो जाता है। बिना गायब हुए तो यह कहलाएगा ही नहीं महान् इंडियन रोप ट्रिक। ध्यान दें, जब मैंने इशामुद्दीन को उडुपी में ऐसा करते देखा, उसमें बच्चा गायब नहीं हुआ, तब समझ में आया कि यह तो उस महान् भारतीय जादू का बिल्कुल करीबी मामला था, जिसे मैंने देखा और महसूस किया।

प्रश्न : इंडियन् रोप ट्रिक को लेकर बहुत से शोधार्थियों ने तो यहाँ तक कहा है कि यह अतिरंजना है। रिचर्ड वाइजमैन और आप ने स्वयं इस तरह की बातें अपने लेखों में लिखी हैं?

उत्तर : हाँ, जब इंडियन रोप ट्रिक के गवाहों के अनुभव सामने आने लगे, तब लोगों ने उन पर आरोप लगाने शुरू किए कि यह अनर्गल बोल रहे हैं या वह झूठे या पागल अथवा नशे में धुत्त होकर बोल रहे हैं। इसलिए इसे लेकर तमाम तरह की बातें हैं, लेकिन इन्हें एक दूसरे पर भारी साबित करने के लिए कोई संतोषजनक सबूत नहीं है। हमने और रिचर्ड ने यह किया कि पहली बार जो लोग खेल देखकर अपना अनुभव बता रहे थे, उसे ही लिखित में दर्ज किया।

दरअसल चल क्या रहा था, उसे जानने के क्रम में हमने हर तरह के गवाह

के अनुभवों को शामिल किया, जिसमें उन्होंने क्या देखा और कब उसे बयान किया, सबकुछ समाहित था। इस आधार पर हमने एक ग्राफ बनाया, जिसमें यह उभरकर सामने आया कि उनके उस शो को देखने और उसे बयान करने में जितना ज्यादा वक्त लगा, उतना ही बेहतर उन्होंने उसे समझा और उतने ही प्रभावी तरीके से उन्होंने उसे बयान किया। यह बहुत मजबूत सबूत था, जो यह बताता है कि समय बीतने के साथ वह वास्तव में अतिरंजित या अतिशयोक्तिपूर्ण घटना है। अतिशयोक्ति का विचार नया नहीं था, लेकिन मजबूत सबूत ने इस मामले को बिल्कुल नया कर दिया।

प्रश्न : आपको नई पुस्तक में इंडियन रोप ट्रिक को शामिल करने का विचार कहाँ से आया?

उत्तर : मैंने और रिचर्ड ने, जो शोध इंडियन रोप ट्रिक पर किया, उसमें यह जानने की कोशिश की कि उस दौरान लोगों के दिमाग में क्या चल रहा होता है। इतिहासकार के तौर पर हालाँकि मेरे दिमाग में एक और प्रश्न था, जो कि समान रूप से दिलचस्प था। और वह यह था कि इंडियन रोप ट्रिक की किंवदंती ने पहली बार किस तरह आकार लिया होगा? समय बीतने के साथ अगर यह अतिशयोक्तिपूर्ण हो गई और किसी ने इंडियन रोप ट्रिक को नहीं देखा तो यह किंवदंती कैसे बन गई?

प्रश्न : तो इसलिए पुस्तक में ज्यादातर बातें किंवदंती के आविर्भाव को लेकर लिखी गई हैं और रोप ट्रिक कैसे प्रस्तुत की जाती है, उसपर ज्यादा ध्यान नहीं दिया गया है?

उत्तर : पुस्तक में दोनों पहलुओं पर ध्यान दिया गया है; साथ में यह भी दिया गया है कि बाद में पूरा इतिहास कैसे खोजा गया। लेकिन प्राथमिक प्रश्न था कि किंवदंती की शुरुआत कैसे हुई?

मैंने जो पता लगाया, वह वर्तमान बातों से कतई मेल नहीं खाती, जो प्राचीन भारतीय पौराणिक कथा पर आधारित थी। इसमें कहा गया था कि यह जादू मार्को पोलो ने 1875 में देखा था और तब जादू दिखानेवाले को बहुत बड़ी मात्रा में इनाम भी दिया जाता था। यह बातें इसी तरह तब से चली आ रही थीं। जबकि वास्तविकता यह है कि किंवदंती ने भारत में जन्म लिया ही नहीं था, न तो यह प्राचीन कहानी है, मार्को पोलो ने कभी इस ट्रिक को नहीं देखा और न ही 1875 में कोई बहुत बड़ी मात्रा में इनाम ही पाता था।

वास्तव में किंवदंती ने एक अखबार में लेख के रूप में छपकर प्रसिद्धि पाई, और यह भी कि यह भारत में नहीं, बल्कि शिकागो के एक अखबार 'द शिकागो

ट्रिब्यून' में छपा था। वहाँ से इस किंवदंती ने अपना सफर शुरू किया। मैंने एक और बात पता की कि जिस शख्स ने यह लेख लिखा था, वह बाद में चलकर अमरीकी खुफिया सेवा का प्रमुख बना।

इस पुस्तक में यह भी है कि किंवदंती कैसे शुरू हुई, अतिरंजना के जरिए कैसे जारी रही, मीडिया की गलत रिपोर्टिंग, फर्जी तसवीरें, प्रचार के भूखे जादूगरों और अजीबोगरीब लोग जिन्हें पास बहुत ही घटिया विचार भी इसमें शामिल थे, जो इस पर केंद्रित थे कि क्या संभव हो सकता है। मेरी पुस्तक इस बारे में भी बात करती है कि कैसे नया इतिहास बनाया गया, जिसमें यह बताया गया कि इस खेल में शामिल किंवदंती जितनी पुरानी बताई जाती है, वास्तव में उससे कहीं ज्यादा पुरानी है।

❖

जादू आपको हकीकत के करीब लाता है।

प्रश्न : अब जबकि यह साबित हो चुका है कि इंडियन रोप ट्रिक कभी हुई ही नहीं, यह भी सामने आया कि रचनात्मक कलम द्वारा हाथ से किया गया काम था, तब आप क्या सोचते हैं कि भारतीय जादू कहाँ ठहरता है?

उत्तर : जैसा कि आप जानते हैं, सड़कों और गलियों में दिखाया जानेवाला परंपरागत जादू बहुत थोड़ा ही बचा है। मैंने टोकरीवाली ट्रिक, आम की ट्रिक और जादूगरों को तमाम खेलों को प्रस्तुत करते देखा है, जो पश्चिम की सड़कों पर दिखाए जानेवाले जादू और कार्यक्रमों से काफी मेल खाता है। भारत में मंच पर दिखाया जानेवाला जादू भी पश्चिम के मंच पर दिखाए जानेवाले जादू के समान है। भारत के जादूगर भी जो कपड़े पहनते हैं, उसके साथ लंबी टोपी लगाते हैं और शाम की पोशाक पहनते हैं, पश्चिमी कपड़े पहनते हैं, क्योंकि जादूगर की वही छवि है। वास्तव में 19वीं शताब्दी में यूरोप में जादूगर की वही छवि बन गई थी। मेरे लिए यद्यपि भारतीय जादू ज्यादातर सड़क पर दिखाया जानेवाला खेल ही था और आप इनकी प्रस्तुतियों को देखेंगे और उसके बाद मेरी पुस्तक पढ़ेंगे तो इन खेलों को बिल्कुल वैसा ही पाएँगे, जैसे भारतीय जादू कुछ सदियों पहले था।

अब यह कुछ हद तक पश्चिम जगत् के मामले में भी सच है। आप अमूमन हर जगह कप और बॉल्स का खेल पाएँगे। लेकिन भारतीय कप और बॉल्स यूरोप

के कप और बॉल्सवाले खेल से जरा इतर हैं। कप अलग हैं, भार और लुका-छिपी की घटनाएँ अलग हैं और यहाँ तक कि कुछ दिशा भ्रम के मामले भी अलग हैं। यह समय के तारतम्य पर निर्भर है, बजाय कि देखनेवाले का ध्यान दूसरी तरफ करने के। ऐसा नहीं कि आप इसे कहीं और नहीं पाएँगे, लेकिन यह भिन्न तरीके से इस्तेमाल किया जाता है और अंतर को देखना काफी मजेदार लगता है।

प्रश्न : कई पुस्तकें हैं, जो परंपरागत भारतीय जादू से निकले कुछ चर्चित करतबों के बारे में बात करती हैं। आपके इस पर क्या विचार हैं?

उत्तर : जादुई खोज का इतिहास वाकई बहुत कठिन है, क्योंकि लोग बहुत सारे दावे करते हैं। ध्यान दें, टी.वी. के आविष्कारक, टेलीफोन या किसी एक वैज्ञानिक सिद्धांत के खोजकर्ता इत्यादि के बारे में बता पाना कितना कठिन है, क्योंकि आविष्कार के बारे में कुछ तय कर पाना काफी दुसाध्य है।

भारतीय जादू के संदर्भ में आपने जिक्र किया, टोकरी ट्रिक का। इसे पश्चिमी जादूगरों ने सीखा और लंबे समय तक इसे प्रस्तुत किया। साधारणतया हम यह कहते हैं, आदमी हवा में बैठ गया। इसके बारे में पहली बार 19वीं सदी में वाकया सामने आया। इसे फ्रांसीसी जादूगर रॉबर्ट हाउडिन ने सीखा और आज भी यह यूरोप और भारत में समान रूप से प्रस्तुत किया जाता है। तमाम तरह के प्रारूप हैं, कुछ विकसित तरीकों और प्रस्तुतियों से भरे हुए, लेकिन अंततः खेल अनिवार्य रूप से एक ही होता है। जैसा कि हर अच्छे आविष्कार में होता है और अच्छे थिएटर में लोग हमेशा अच्छे विचार ले जाते हैं। वे हमेशा या तो विचार ले जाते हैं या चुराते हैं, उत्पन्न करते हैं, बदलते हैं या उनमें से विचारों को उठाते हैं और उनका केवल यही उद्देश्य होता है कि वे और बेहतर प्रस्तुति कर सकें।

प्रश्न : ऐसा कहकर कि इंडियन रोप ट्रिक कभी हुआ ही नहीं, क्या आप जादू के प्रति विरक्त कर रहे हैं?

उत्तर : नहीं, यह विरक्ति का मामला नहीं है, मैं ऐसा नहीं सोचता। इंडियन रोप ट्रिक के यहाँ पर बहुत से प्रकार रहे होंगे। हाल में भारत में और विश्व के दूसरे हिस्सों में भी जादूगरों ने यह प्रयास किया कि किंवदंती को जीवंत किया जाए। इंडियन रोप ट्रिक की किंवदंती के साथ यह दिक्कत है कि इसके साथ वैसा करना असंभव है। मुझे अच्छा लगेगा अगर मैं रोप ट्रिक का हर प्रारूप देख पाऊँ तो जैसे बच्चा ऊपर जाकर कहाँ गायब हो जाता है। बतौर जादूगर मैं चाहूँगा और यह भी कि जादू वास्तविक हो, और यह मुझे किसी की तुलना में ज्यादा खुशी देगा। मैं ही क्या, ज्यादातर जादूगर वास्तविक जादू देखना पसंद करेंगे।

यह विरक्ति से ताल्लुक नहीं रखता, यह वास्तविक आश्चर्य से संबंधित है, यह बताने के लिए कि कुछ लोगों की सोच में से वैश्विक आश्चर्य को उत्पन्न किया जा सकता है। मानवी दिमाग की क्षमता तो उसमें है कि वह किंवदंती को भी जीवंत बनाए रखे। मेरे हिसाब से यह एक जबरदस्त चीज है। यही वह चीज है, जिस पर हमें अभिभूत होना चाहिए। यह विरक्ति से कतई संबंधित नहीं है। यह चीज जादू को लोगों से दूर नहीं ले जा रही है। यह इस बात को साबित कर रही है कि वास्तविक जादू कहाँ ठहरता है।

प्रश्न : बुद्धिवादी और भंडाफोड़ करनेवाले जादू का इस्तेमाल कर लोगों को बताते फिरते हैं कि जादू में असली जादू जैसा कुछ नहीं है, बल्कि केवल एक ट्रिक होती है।

उत्तर : मैं जादू को लेकर ऐसा नहीं सोचता, क्योंकि मेरा विश्वास है कि जादू मंच का हिस्सा है। मेरा विचार यह है कि आप जब इसे देख रहे होते हैं तो तब आप इस पर वास्तविकता में विश्वास नहीं करते। यह बिल्कुल उसी तरह है, जैसे आप फिल्म देखते हैं, जिसमें जॉन वेन अपने एक साथी को मार डालता है। आप जानते हैं कि यह सच नहीं है। इसलिए जादू सामान्य तौर पर एक मंच है, एक प्रस्तुति है, जहाँ आप कुछ असंभव सा करते हो। लेकिन जिस पल आप अपने कदम खींचते हो, उसी समय आपको पता होता है कि ऐसा होता नहीं है।

भंडाफोड़ को हम मंच से नहीं जोड़ सकते, यह वास्तविक दुनिया के लिए है। यह इस तरह कहने के लिए है कि कुछ लोग हैं, जो दावा करते हैं कि वे बनावटीपन स्वीकार नहीं कर सकते और कहते हैं कि वास्तविक दुनिया में वास्तविकता ही रहनी है। इसलिए यह एक सामाजिक-राजनीतिक संदेश है कि मनोरंजन के अलावा शिक्षा दी जाए; यद्यपि कि यह कभी-कभी ज्यादा मनोरंजक भी हो सकता है।

ज्यादातर जादूगर अपने कार्यक्रम में खुलासा करनेवालों को भी शामिल कर लेते हैं और ऐसा वे लंबे समय तक करते हैं और उसके लिए अलग-अलग कारण भी बताते हैं। यह विवादास्पद होता है, जिसकी वजह से ज्यादा-से-ज्यादा लोग कार्यक्रम देखने आते हैं। इससे लगातार एक संदेश भी जाता है कि आप कुछ अलग करना चाहते हैं। डीबंकर यह मानते हैं कि अतींद्रिय लोग ठग होते हैं और उनका (डीबंकर) अधिकार है यह कहने का—सावधान रहो। आपको ठगा जा सकता है।

मुझे डीबंकिंग से कोई समस्या नहीं है। मैं क्या करता हूँ, इससे मतलब नहीं है, बल्कि मेरा यह सोचना है कि यह एक दिलचस्प तरीका है कि आप लगातार इस बारे में बात करते हैं।

प्रश्न : ऐसा कैसे होता है कि जादूगर दूसरे क्षेत्रों में भी अव्वल रहते हैं, भले ही वह क्षेत्र उनके प्रमुख कार्य से जुड़ा हो अथवा नहीं? उदाहरण के लिए, जॉर्ज मेलीज सिनेमा के माहिर थे और जैस्पर मास्केलिन युद्ध में अपना वेश बदलने में माहिर थे। इस कला में ऐसा कुछ है क्या, जो उन्हें दूसरे क्षेत्रों में भी अव्वल रहने का हुनर सिखा देता है?

उत्तर : चकमा देने की कला का प्रयोग सभी करते हैं, हर दिन करते हैं और कुछ विशेष प्रकार की चीजें हैं, इसमें जिसके लिए विशेष महारत भी चाहिए होती है। लेकिन जादूगर क्या करते हैं, यह बिल्कुल अलग खेल होता है। वे लोगों को तब चकमा दे रहे होते हैं, जब लोग जान रहे होते हैं कि उनके साथ वैसा किया जा सकता है। भ्रमित करने के दूसरे अर्थों में, कुल मिलाकर यह है कि आपको नहीं पता होता कि आपके साथ कुछ धोखा होनेवाला है। अगर आप एक ठग हैं और अगर आप अपनी पत्नी से झूठ बोलते हैं या स्कूल शिक्षक से झूठ बोलते हैं या यह एक सैन्य धोखा है तो यह हमेशा उस हालात को दरशाएगा, जबकि दूसरे पक्ष को इसके बारे में जरा सा भी आभास नहीं रहेगा।

जादू में आप उन लोगों को चमका देने जाते हैं, जो इस बारे में जान रहे होते हैं कि आप ऐसा करेंगे। मेरे हिसाब से यह आपको बाध्य करता है कि आप नित नए-नए तरीके खोजें, ताकि लोग आपको पकड़ न पाएँ और इसका आनंद लें। इसलिए जब आप प्रस्तुतीकरण करते हैं, नए तरह के जादू बनाते हैं और उसे विकसित करते हैं तो आप चकमा देने के सिद्धांत और तकनीक के दूसरे तरीकों का इस्तेमाल करते हैं। और हाँ, सैन्य मामले में शत्रु को यह पता नहीं चलता कि उनके साथ धोखा होनेवाला है, हालाँकि वे इस संशय में रहते हैं कि उनके साथ कहीं-न-कहीं कोई धोखा हो सकता है। यह जादू के बेहद करीब का मामला होता है, कुछ-कुछ ठगी के खेल जैसा, जहाँ एक शख्स पूरी तरह इस बात से अनजान होता है कि उसे चकमा मिल सकता है।

इसलिए चकमा भी अलग-अलग प्रकार का होता है, लेकिन एक जादूगर इसका फायदा उठा सकता है। अगर आप लोगों को भरमा सकते हैं, तब आपको हमेशा अपना स्तर ऊँचा उठाते रहना होगा और तमाम लोगों की सोच से इस तरह की शरारती सोच विकसित करनी होगी।

प्रश्न : इन वर्षों के दौरान जादू का खेल किस तरह बदला है? लगातार तकनीकी उन्नयन के चलते जादू पर किस तरह का प्रभाव या चुनौती बढ़ी है?

उत्तर : तकनीकी उन्नयन ने निश्चित ही जादू के तौर-तरीकों पर अपना प्रभाव

डाला है। जादूगरों ने इसका फायदा उठाते हुए अपनी प्रस्तुतियों को बेहतर ही बनाया है, तकनीकी सुधारों का लाभ उन्हें बिल्कुल मिला है। दुर्भाग्य से तकनीकी सुधारों ने जहाँ नए अवसर प्रदान किए हैं, वहीं इस वजह से जादू की हैरत में डालनेवाली विशेषता खत्म होती जा रही है। लोग आधुनिक तकनीक के बारे में जानते हैं। इस वजह से जादूगर का पेशा कठिन होता जा रहा है। लेकिन क्लोजअप जादू अब भी सर्वाधिक प्रभावशाली बना हुआ है। यह बिल्कुल दर्शकों की नाक के नीचे प्रस्तुत किया जाता है और वह भी रोजमर्रा की वस्तुओं के माध्यम से। तकनीकी उन्नयन के इस दौर में यही अब एक सामान्य बात है, जो अत्यधिक प्रभावशाली असर डालती है। जीवंत प्रस्तुति पर ध्यान देने के चलते ही जादू का अस्तित्व बना रहेगा। जो जादू लोगों के सामने दिखाया जाएगा, वह हमेशा लोगों को पसंद आएगा और उसका जीवन लंबा रहेगा। क्लोज अपप्रकृति के जादू को पसंद करनेवाली पीढ़ी जितनी तेजी से बढ़ रही है, उतनी तेजी से इससे पहले कभी नहीं बढ़ी। कुछ हद तक ऐसा इसलिए, क्योंकि डेविड ब्लैन जैसे लोग इस हुनर को टी.वी. पर भी दिखाने लगे हैं। ऐसा इसलिए, क्योंकि उनकी प्रस्तुति देखने के लिए वहाँ बैठे लोगों की प्रतिक्रिया भी कैमरे के जरिए तुरंत दिख जाती है।

प्रश्न : और आपके लिए जादू का क्या मतलब है ?

उत्तर : मैं सोचता हूँ कि जादू का पहला और प्राथमिक उद्‌देश्य होता है आश्चर्य को उकसाने का। मेरा एक दोस्त पॉल हैरिस, काफी अच्छा अमरीकी जादूगर है, उसमें चौंकानेवाली खासियत है। जैसे कि आप जन्म के समय नहीं जानते थे कि क्या संभव है और क्या संभव नहीं है और तब यह पूरी दुनिया हैरतअंगेज लगती थी। जैसे-जैसे हम बड़े होते जाते हैं, अपने विचारों को लेकर ज्यादा से ज्यादा स्थिर हो जाते हैं और तय कर लेते हैं कि हमसे क्या संभव हो पाएगा तथा इसे पूरा करने के लिए हम हर चीज के लिए छोटे-छोटे कबूतरखाने बनाने लगते हैं। तब हम भूल जाते हैं कि ये खाने ही वे वस्तुएँ हैं, जिन्हें हमने गढ़ा है। यह हमारे निर्माण की वास्तविकता है।

जादू यह करता है कि वह हमें ऐसा अनुभव प्रदान करता है, जो हमारे बनाए किसी कबूतरखाने में सेट नहीं होता। जब हम जान रहे होते हैं कि अमुक चीज नहीं होगी और वह हो जाती है, वह पल होता है, केवल वह पल, जब आप उसे अपने बनाए किसी खाने में नहीं रख सकते। कुछ सेकेंड बाद ही आप उसे किसी खाने में रख देंगे और कहेंगे कि यह है वह जादुई ट्रिक, लेकिन उसी पल जब कुछ गायब होगा या सामने आएगा या बदलेगा, उस बिंदु पर आप कुछ देखेंगे और

आपको लगेगा कि ऐसा तो हो ही नहीं सकता।

वही आश्चर्य का वास्तविक पल होता है। उस समय आपको लगता है कि दुनिया में जितना आपने देखा है, उससे कहीं ज्यादा है देखने को। कोई वास्तविक आश्चर्य की जरूरत नहीं होती यहाँ। यह सिर्फ आपको रोजमर्रा के जीवन में कुछ याद दिलाने के लिए है, जो कि आप आमतौर पर याद नहीं करते। आप जिस तरह अपना जीवन जी रहे हैं, वह केवल एक तरह का है। आप जिस नजर से दुनिया को देख रहे हैं, वह केवल एक तरीका है। और मेरा यह सोचना है कि अगर लोगों को यह बार-बार बताया जाए कि दुनिया देखने के लिए बहुत से तरीके या रास्ते हैं, जो आप सोचते हैं कि असंभव है, वह वास्तव में संभव है, तब जाकर यह दुनिया बेहतर हो जाती है।

(डॉक्टर पीटर लैमॉण्ट के साथ मेरा साक्षात्कार अगस्त 2004 को छपा और यहाँ उनकी इजाजत के बाद उसे फिर से प्रकाशित कर रहा हूँ।)

□

3

अपने जादू को वास्तविक बनाना

एक पत्रकार ने हाल ही में मुझसे बहुत पुराना एक सवाल किया, "जादू क्या है?"

मैंने तुरंत जवाब दिया, "कुछ ऐसा, जो आश्चर्य पैदा करे।"

फिर एक सोच मेरे दिमाग में दौड़ने लगी—वे विचार, जिन्हें पहले मैंने कभी नहीं सुना था। जब आप पंडित हरिप्रसाद चौरसिया या उस्ताद जाकिर हुसैन को कार्यक्रम प्रस्तुत करते हुए देखते हैं और उन पलों के गवाह बनते हैं तो आप आश्चर्यजनक रूप से इतने अभिभूत और संतुष्ट हो जाते हैं कि आपके मुँह से सिर्फ एक ही बात निकलती है, यह तो जादुई था! विभूतियाँ अपने संगीत से जादू उत्पन्न करती हैं। एक ऐसी अनुभूति, जिसमें व्यक्ति खो जाता है, वह हमें आनंद के गहरे सागर में ले जाकर छोड़ देती है।

और एक यह क्षेत्र है, जिससे हम जुड़े हुए हैं—जादू की प्रस्तुति। लेकिन जैसे एक विशारद अपने संगीत को जादू के स्तर तक ले जाता है, क्या हमें अपनी जादुई कला को और बेहतर बनाने की कोशिश नहीं करनी चाहिए, ताकि देखनेवालों को यह उनकी अपनी प्रस्तुति लगे और वह जादुई हो और मंत्रमुग्ध कर देनेवाला हो?

क्या हमें अपने दर्शकों के लिए हमेशा कोई ऐसा जादुई पल पैदा करने के बारे में नहीं सोचना चाहिए? क्या हमें अपने दर्शकों के मन में ऐसी छाप नहीं छोड़नी चाहिए कि उनका ऐसा मनोरंजन हो कि वे ताउम्र उस अनुभव को न भूल पाएँ?

कुछ क्षणों के लिए सोचिए, जादू शब्द के आपके लिए क्या मायने हैं? क्या यह ट्रिक्स के अर्थ सूचित करता है या प्रकृति के ऊपर शक्ति या ताकत की बात कहता है?

अब आप अपने पहले अनुभव के बारे में सोचिए, जब आप जादू के साथ थे : क्या आपको याद है कि आप बेवकूफ बने थे, धोखा खाए थे या आप एक बेहतरीन सफर पर थे?

या क्या आपकी सोच में किसी ऊपरी असामान्य घटना के तत्त्व बैठे हुए हैं?

आप जादूगर क्यों बनना चाहते हैं? क्या आपका उद्‌देश्य उन हैरतअंगेज ताकतों के बारे में जानना है, ताकि आप खुद कोई चीज प्रस्तुत कर सकें और जब चाहें, उसे गायब कर सकें? क्या ऐसा इसलिए कि आप ताकतों पर अपनी पकड़ हासिल करना चाहते हैं, ताकि जिसे चाहें गिरा सकें और जिसे चाहें हवा में उड़ा सकें? क्या आप वह सबकुछ करना चाहते हैं, जो मैंड्रेक द मैजिशियन कर सकता था?

अगर ऐसा है तो आप केवल ट्रिकबाज, मसखरेबाज या हाथ की सफाई दिखानेवाले कलाकार बनकर कैसे संतुष्ट रह पाएँगे? आपको यह कैसा लगेगा, जब कोई आपके बारे में यह जानेगा कि आप तो केवल ट्रिक्स ही दिखाते हैं और तो कुछ आपके पास है ही नहीं?

क्या आप चाहते हैं कि आपके दर्शक जादू की ताकत का अनुभव हासिल करें, बजाय कि उनके समक्ष कोई पहेली रखें, ताकि वे उसे हल कर सकें?

आपके अंदर स्वयं जादू करने की ताकत मौजूद है। वास्तविक जादू करने के लिए। प्रस्तुतीकरण की ताकत का इस्तेमाल करें और दर्शकों की नजर में भी आप चढ़ जाएँ।

शुरुआत करनेवालों के लिए मैं सिर्फ इतना कहूँगा कि विश्वास करना सीखें। इसी छोटी सी बात से ही आप में अंतर आ जाएगा। यह बिल्कुल वैसा है, जैसे किसी कहानी या फिल्म में होता है कि दुनिया को उससे विश्वास कराया जाता है। हम सब जानते हैं कि कलाकार वास्तविकता में नहीं मरा, लेकिन फिल्म का आनंद लेने के लिए हमें भावनाओं की जरूरत पड़ती है।

उसी तरह हमें ऐसे लोगों की जरूरत होती है, जो जादू में विश्वास कर सकें और तभी प्रस्तुति का वे असली आनंद ले पाएँगे। उनके सामने ट्रिक्स या पहेलीनुमा सवालों को दागकर उनकी विद्वत्ता नापने का कोई मतलब नहीं है। मेरे मित्र प्रदीप राव को ही लीजिए, हमें जरूरत है कि हम यह चाहते हैं कि दर्शक खुद-ब-खुद उस दुनिया में स्वेच्छा से गोते लगाएँ, जिस दुनिया के बारे में उन्हें विश्वास कराया जाता है, जिसे वास्तविकता की जगह बदलना भी कहते

हैं। इस बारे में भी सोचिए। हम सभी जानते हैं कि हैरी पॉटर एक काल्पनिक चरित्र है। वह मैंड्रेक भी तो केवल कॉमिक पट्टियों में ही मौजूद रहता है। जो जादू वे संभव कर दिखाते हैं, वह सिर्फ इसलिए, क्योंकि हम उन्हें ऐसा करने देने की छूट देते हैं।

क्या आप नहीं चाहेंगे कि आप भी असली जादूगर बन जाएँ?

□

4

नए जादुई दौर के लिए यही है समय

जादू और रहस्यों की धरती के रूप में जिस भारत की छवि बनी है, वह सभ्यता के लंबे इतिहास से निकलकर बनी है, जिसे तैयार करने में तमाम मिथ्या, किंवदंतियों और लोककथाओं ने अपना योगदान दिया है।

हमारे भगवान्, यक्ष, अप्सराएँ, दानव और असुर सभी जादू करते हैं और भ्रम से भरपूर अद्भुत शक्तियों का प्रदर्शन करते हैं। हमारी पुस्तकों और धर्मग्रंथों में तमाम पाठ गरुड़ी, माया और इंद्रजाल जैसे अर्थपूर्ण चरित्रों से भरे पड़े हैं।

यह इस बड़े परिप्रेक्ष्य में है, पसंद करें या नहीं कि एक जादूगर भारतीयों के एक समूह का अपने जादू के जरिए मनोरंजन करने के लिए आगे बढ़कर उनके बीच जाता है। इसलिए भारतीय दर्शकों के साथ जादूगर को यह दिमाग में रखकर जाना चाहिए कि वहाँ बैठे लोग माया का अनुभव प्राप्त करना चाहते हैं। वे जिस जादू की समझ रखते हैं, उसके साक्षी बनना चाहते हैं और उसे महसूस करना चाहते हैं, जैसे कि किसी वास्तविक जादू की तरह।

यह बिल्कुल सही है, इससे मतलब नहीं कि आपके कार्यक्रम का अवसर क्या है—जन्मदिन दावत, कंपनी की मीटिंग, पार्लर, थिएटर या एक जनसभा। वे वहाँ आपकी ट्रिक देखने नहीं पहुँचे होते, जो कि आपके तमाम गुणों में से सबसे विचित्र किस्म की होती है।

उस समय के बारे में सोचिए, जब लोग आपके पास आकर आपको अपने अनुभवों के बारे में बताते हैं, जब उन्होंने कोई अविस्मरणीय जादू शो देखा होगा और वे आपको बताते हैं कि कैसे उसे किसी मानव ने किया, जबकि वह उसके बस का नहीं था, सरकार सीनियर ने समय को बदल दिया, एक योगी ने किसी अनजाने शख्स को उसके पिता का नाम भी बता दिया, एक अनजाना व्यक्ति कुछ खोजता हुआ चला जाता है और दूर से ही दूसरे का पर्स उसकी जेब से निकल

जाता है; एक रस्सी जो यों ही हवा में फेंकी जाती है, वह बादलों को पकड़ लेती है, और ऐसे ही असंख्य जादू हैं, जो दर्शकों के दिमाग में पैदा किए जाते हैं। ऐसा सिर्फ इसलिए किया जाता है, ताकि जादुई कहानियों और विश्वासों को लेकर मानवी जरूरत पूरी की जा सके।

साम्राज्यवादी आक्रमणकारियों, अंतरराष्ट्रीय जादूगरों, तार्किकतावादियों, इतिहासविदों और बहुत से लोगों ने लगातार दौरा किया और उन्होंने ढूँढ़ निकाला और उसे छूकर महसूस किया, जिसने भारत को इतना महिमामंडित कर रखा था। लेकिन भारतीय जादूगर तो महज शर्ट और ब्लेजर में सिकुड़ आए और जीन इयुगेन रॉबर्ट हाउडिन की रंग मंडली में प्रस्तुत खेलों को ही प्रस्तुत करते रहे।

जादुई धरती जिसकी प्रतिष्ठा बड़े-बड़े जादू के खेलों, मसलन ग्रेट इंडियन रोप ट्रिक, जिंदा गाड़ने, हवा में उड़ते योगी और जादुई आम के पेड़ के कारण पूरी दुनिया में थी, वह अब सिमटकर सस्ते अनुकरण को ही श्रेष्ठ प्रस्तुति मानकर बैठ गई है।

हमारे बेहतरीन प्रस्तुतकर्ता बाकी दुनिया के साथ कदम-से-कदम मिलाकर बेशर्मी से दूसरों की कला की नकल कर अत्यधिक बुरे तरीके से जादू के नाम पर मजाक दिखा रहे हैं। जादू के बेहतरीन खेल के नाम पर लोग निराश करनेवाले जादू के प्रदर्शन दिखा रहे हैं, जिससे सिर झुक जाता है। इनमें डाव हेनिंग, डेविड कॉपरफील्ड, पॉल डैनियल, जेफ मैकब्रिज, लांस बर्टन और टॉमी वंडर जैसे कुछ लोगों के शो से चुराए गए जादू की झलकी बेहद भौंडे अंदाज में प्रस्तुत की जाती हुई नजर आती है।

वह रचनात्मकता कहाँ है, जो कभी पूरी दुनिया में महान् जादू के रूप में जानी जाती थी?

'मैजिक बाई मिसडायरेक्शन' पुस्तक में डैरियल फिट्जकी कहते हैं, "यह ठीक है कि आपके सामने दर्शक हैं, क्योंकि आप जादूगर हैं, लेकिन यह ज्यादा सही है कि आपके दर्शक वहाँ इसलिए हैं, क्योंकि वे मनोरंजन की उम्मीद लेकर आए हैं, जादू के जरिए मनोरंजन!"

इन शब्दों को हमेशा दिमाग में रखें और खुद से पूछें, मैं कौन हूँ? जादू में मैं क्या कर रहा हूँ? किस तरह की छाप मैं दर्शकों पर छोड़ने जा रहा हूँ? जो कार्यक्रम मैं दिखाने जा रहा हूँ, उसके बारे में लोगों की क्या राय होगी?

अब आप खुद से यह पूछें : क्या मैं मनोरंजनकर्ता हूँ या एक जादूगर हूँ? अब सही है, इनमें से कोई शब्द चुन लें।

आगे बढ़ने से पहले इन सवालों के जवाब तय कर लें।

आपने क्या चुना? जादूगर? (मुझे हैरत होगी अगर आप नहीं चुनेंगे यह शब्द!)

याद रखें कि मनोरंजनकर्ता के रूप में आपके पास और भी सफल माध्यम हैं, चुनने के लिए संगीत, नृत्य, कॉमेडी, मंच, सिनेमा और भी बहुत कुछ। जादूगर बनने के लिए आपको जादू की रचना करनी होगी।

सदियों से दुनिया के लोग जादू की धरती भारत के रहस्यों और किंवदंतियों से चमत्कृत होते रहे हैं। अब यह समय है कि हम इस भव्य संस्कृति में कुछ नया जोड़ें और आनेवाली सदियों के लिए कुछ नए रहस्य तैयार करें, ताकि वे प्रयास करें और सदियों तक उसे सुलझाते रहे। सच में, नए जादुई युग के लिए यही समय है।

□

5

संसाधन

इस हिस्से में आपको तमाम सूचनाओं और जानकारियों से रू-ब-रू कराया जाएगा, जो आपकी जादू की यात्रा में सहायक होंगी और आपकी मदद करेंगी। हालाँकि वर्तमान इंटरनेट युग में जानकारी जुटाना काफी आसान हो गया है, लेकिन एक गुणकारी सामग्री का कोई विकल्प नहीं है, चाहे वह ऑनलाइन हो अथवा ऑफलाइन।

इसका कतई यह मतलब नहीं है कि यहाँ दिए गए किसी भी मुद्दे या विषय पर भारी-भरकम सूची या शब्दावली लाद दी जाएगी। श्रेष्ठतम स्तर पर यहाँ आपको शुरुआती बिंदु के बारे में बताया जाएगा, जो कि जादू के लिए आपका आगे का कदम होगा, आपकी आगे बढ़ने की प्रक्रिया थोड़ी-बहुत आसान हो जाएगी।

पुस्तकें : हर किसी के लिए शुरुआती बिंदु

हम ऐसे युग में रह रहे हैं, जहाँ हम इलेक्ट्रॉनिक मीडिया को ज्यादा तरजीह देते हैं, इसमें हमारा प्राथमिक लक्ष्य दृश्य एवं श्रव्य सामग्री पर ज्यादा होता है। यद्यपि डी.वी.डी. और ऑनलाइन मीडिया के कारण जादू की सामग्री की आपूर्ति में कई गुना बढ़ोतरी हो गई है और स्रोतों के नए द्वार खुल गए हैं, लेकिन मेरा अब भी यही मानना है कि जादू के सर्वश्रेष्ठ विचार अब भी कलात्मक पुस्तकी ढाँचे में निहित हैं।

दुनिया के उच्चतम दर्जे के जादूगर शान से दोहराते हैं—"असली जादू तो पुस्तकों में है। इससे इतर आपको इन्हें पढ़ने के लिए और क्या कारण चाहिए?"

मैं आपको पुस्तकों की सूची देने का प्रयास नहीं करूँगा, लेकिन मैं आपको

उन लेखकों की सूची उपलब्ध कराऊँगा, जिनको पढ़ने की ज्यादा सलाह दी जाती है। जिन जादूगरों का उल्लेख यहाँ किया जाएगा, उनकी कोई भी रचना आपको कहीं भी मिले, पढ़ डालिए और फिर आप कभी गलत साबित नहीं होंगे।

इनमें प्रमुख हैं—हैरी बैरन, हेनरी हे, वाल्टर गिब्सन, मार्टिन गार्डनर, कार्ल फुल्व्स, जीन ह्युगार्ड, बिल टार, टेन एन्नेमन, हैरी लोरेन और लेविस गैन्सन।

जब आप इन महान् जादू लेखकों की पुस्तकें पढ़ेंगे तो खुद-ब-खुद तमाम अन्य लेखकों और पुस्तकों के संदर्भ और सिफारिशों के बारे में जान जाएँगे। इसलिए यहाँ दी जा रही पुस्तकों की संदर्भ सूची और संदर्भों पर ध्यान दें।

जादू पर आधारित कुछ कलात्मक पुस्तकें हैं, जो आपकी नींव मजबूत करेंगी। यह निम्नलिखित हैं—

- मैजिक एंड शोमैनशिप : हेनिंग नेल्म्स
- एमेच्यो मैजिशियंस हैंडबुक : हेनरी हे
- टारबेल कोर्स इन मैजिक (8 वॉल्यूम सेट) : हार्लन टारबेल
- कंप्लीट कोर्स इन मैजिक : मार्क विल्सन
- इनसाइक्लोपीडिया ऑफ कार्ड ट्रिक्स : जीन ह्युगार्ड
- मॉडर्न क्वाइन मैजिक : जे.बी. बोबो
- एबॉट्स इनसाइक्लोपीडिया ऑफ रोप ट्रिक्स : स्टीवर्ट जेम्स

ऊपर की पुस्तकों के अलावा आपको कुछ चुनिंदा लेखकों, मसलन मैक्स मैवेन, जुआन टामारिज, रॉबर्ट नील, जैमी इयान स्विस, पीटर लैमॉण्ट, जिम स्टेनमेयर और इयुगेन बर्गर की जादू पर लिखी पुस्तकों को भी पढ़ना चाहिए।

ज्यादातर पुस्तकें थ्योरी पर आधारित हैं, जादू के अर्थ अभ्यास और जादू के प्रस्तुतीकरण को लेकर गहरी बातें बताती हैं।

एक बार फिर मैं केवल यही कहना चाहता हूँ—

- आपके हाथ जो भी जादू से संबंधित पुस्तक लगें, उन्हें पढ़ जाइए।
- आपको हमेशा अतिरिक्त ज्ञान के रूप में लाभ ही मिलेगा। इसलिए आगे बढ़िए और अपने ज्ञान का आधार बढ़ाते जाइए।

जादू की दुकानें और डीलर्स

जादू के तमाम तरीकों को प्रस्तुत करने के लिए आपको सामग्री और वस्तुओं की जरूरत पड़ेगी, जिसे आप जादू की दुकानों और डीलर्स के माध्यम से प्राप्त कर सकते हैं।

इसके अलावा आपको तमाम सलाह ऑनलाइन भी मिल जाएगी, लेकिन मेरी यह सलाह है कि चुनिंदा डीलर्स (भारत में और ऑनलाइन) मेरे अनुभव के आधार पर आपको बेहतर चुनाव मिल सकता है। इनमें से ज्यादातर वे प्रतिष्ठान हैं, जो मेरे साथ पले-बढ़े मित्रों ने शुरू कर रखे हैं।

फनटाइम इनोवेशन

सन् 1973 में महान् जादूगर सैम दलाल, फनटाइम विश्व प्रसिद्ध इलेक्ट्रो फन (पूर्व का नाम) सर्वाधिक पुरानी और सम्मानित जादू प्रतिष्ठान है भारत में। यह कोलकाता में स्थित है, इनके पास जादुई ट्रिक्स का बेहतर संग्रह है और देश की हर पुस्तक इनके पास उपलब्ध है।

टेयहड मैजिक शॉप

यह शानदार मैजिक शॉप मुंबई के दादर में स्थित है। इसमें इलेक्ट्रो फन के साथ इन्होंने मुझे आगे बढ़ाने में और बतौर जादूगर स्थापित कराने में काफी योगदान किया है। आनंद टेयहड अपने परिवार में दूसरी पीढ़ी के मालिक हैं, जिनके संरक्षण में यह प्रतिष्ठान नित नई ऊँचाइयों को छू रहा है। यह पूरी दुनिया में जादू के सामानों के उत्पादक और निर्यातक के रूप में भी पहचाने जाते हैं।

उदय का मैजिक वर्ल्ड

सन् 1995 में सर्वाधिक प्रतिभाशाली जादूगर उदय जादूगर ने इस प्रतिष्ठान की स्थापना की, जादू के सामानों के लिए देश का अग्रणी उत्पादक और निर्यातक प्रतिष्ठान है। यह बंगलुरु में स्थित है और जादूगरों के समुदाय में इसे किफायती मूल्य पर गुणवत्ता वाली उम्दा सामग्री के लिए जाना जाता है।

द मैजिक स्पेस

बंगलुरु में गिरधर कामथ ने 1999 में इसकी (द मैजिक शॉप के नाम से) स्थापना की। मैजिक स्पेस ने उच्च गुणवत्तावाले सामान बनाकर दुनिया में बहुत

कम समय में अपना एक अलग मुकाम बना लिया। मैजिक स्टोर होने के साथ-साथ ये मैजिक कोर्स, वर्कशॉप्स और प्रशिक्षण कक्षाएँ भी संचालित करते हैं।

पेंग्विन मैजिक

एकर अल्टिंसेल और मैक्सवेल मर्फी ने अमरीका के लास वेगास में पेंग्विन मैजिक के नाम से विश्व की अग्रणी ऑनलाइन दुकान खोली और अंतरराष्ट्रीय सामानों के लिए प्रमुख जगह बनाई। उनके संग्रह में बड़े-से-बड़े जादुई ट्रिक्स और सामानों के अलावा पेंग्विन मैजिक बड़ी मात्रा में जानकारी देनेवाले डीवीडी और तत्काल डाउनलोड किए जा सकनेवाले सामान भी मुहैया कराते हैं।

मैजिक सोसाइटी और क्लब

जैसा कि पहले इंगित किया जा चुका है, यह एक अच्छा विचार है कि मैजिक क्लब और सोसाइटी से जुड़कर आप तमाम तरह की गतिविधियों में सक्रिय हो सकते हैं। इसके अलावा भी इन सोसाइटियों से जुड़ने के तमाम फायदे होते हैं, क्योंकि बड़ी संख्या में इसके सदस्यों से आपका जुड़ना फायदे का सौदा होता है।

यहाँ आपके लिए एक सूची दी जा रही है, जिसमें उच्च स्तर की अंतरराष्ट्रीय मैजिक सोसाइटियों के बारे में आप जान पाएँगे और आपको इनसे जुड़ने के बारे में भी विचार करना चाहिए।

इंटरनेशनल ब्रदरहुड ऑफ मैजिशियंस

आई.बी.एम. की स्थापना 1922 में की गई थी और अब यह जादूगरों की दुनिया की सबसे बड़ी संस्था बन चुकी है। इसमें 13 हजार से ज्यादा सदस्य हैं और यह दुनिया के 73 देशों को अपने में समेटे हुए है। इस संस्था का हिस्सा होने का मतलब ही है कि आपके लिए तमाम प्रतिष्ठा से जुड़े मार्ग खुद-ब-खुद खुल जाते हैं। इस संस्था से जुड़ने पर आपको दुनिया में के 300 रिंग्स में अपनी सक्रिय भागीदारी दिखाने का मौका मिलता है।

आई.बी.एम. के सदस्यों को लिंकिंग रिंग प्रदान की जाती है, जो कि मासिक पत्रिका है, जिसमें जादू की दुनिया से जुड़ी सूचनाएँ, खबरें, सामानों की जानकारी, ट्रिक्स आदि समाहित रहता है, जिससे आप दुनिया में हो रहे बदलाव से रू-ब-रू रहते हैं।

इसका मुख्यालय अमरीका के सेंट लुईस में है। भारत में आई.बी.एम. के तमाम प्रतिनिधि हैं, जो स्थानीय रिंग का संचालन करते हैं।

आई.बी.एम. रिंग 177 द मैजिक स्पेस, बंगलुरु आधारित।

वेबसाइट : ibmring177.blogspot.com

आई.बी.एम. रिंग 261 कालिकट, केरल आधारित।

वेबसाइट : ibm261.blogspot.com

सोसाइटी ऑफ अमेरिकन मैजिशियंस (SAM)

www.magicsam.com

इस सोसाइटी का गठन 1902 में हुआ और इसे जादुई संस्थानों में सबसे पुराना माना जाता है। यह जादूगरों की निजी उन्नति और फेलोशिप को प्रश्रय देती है। इसमें अमरीका के अलावा दुनिया की 300 असेंबलीज शामिल हैं।

इसके मासिक प्रकाशन M-U-M वार्षिक सम्मेलन और सभाओं के जरिए SAM जादू के उन्नयन के लिए जरूरी मंच प्रदान करता है, जिसमें चर्चाएँ, भाषण, शोध और प्रस्तुतीकरण के माध्यम से दुनिया में फैले 45 हजार से ज्यादा सदस्यों को अपडेट किया जाता है।

द मैजिक सर्किल

www.themagiccircle.co.uk

लंदन वेस्ट एंड स्थित इयुस्टन में स्थित इस संस्था की स्थापना 1905 में हुई थी और यह जादूगरों के प्रतिष्ठित क्लब के रूप में पूरी दुनिया में प्रसिद्ध है।

इसमें 1500 के आस-पास अंतरराष्ट्रीय मेंमरशिप है। द मैजिक सर्किल की बैठकों में एक से बढ़कर एक जादूगर और उनके कारनामे यहाँ प्रस्तुत किए जाते हैं।

इस क्लब के पास अपना खुद का सर्व सुविधा-संपन्न थिएटर है, पुस्तकालय और शानदार संग्रहालय है, जिसमें एक से बढ़कर एक शानदार पोस्टर और रहस्यों के इतिहास से जुड़ी यादगार वस्तुएँ सुरक्षित रखी गई हैं, जो देखनेवालों को हैरत में डाल देती हैं।

ऑनलाइन मैजिक फोरम्स

गूगल पर खोजेंगे तो सैकड़ों की संख्या में जादू के मंच और समूह आपके

सामने खुल जाएँगे। हालाँकि संपूर्णता के लिए मैं आपको एक चर्चित ऑनलाइन मंच के बारे में बताऊँगा

द मैजिक कैफे

www.themagiccafe.com

2001 में स्टीव ब्रुक्स ने इसकी शुरुआत की और यहाँ कहीं से भी कोई भी जुड़ सकता है। इसने दुनिया के 30 हजार से भी ज्यादा जादूगरों से संपर्क साध सकता है।

यह अच्छी तरह से गठित है और यहाँ केवल चर्चाएँ या उत्पादों की जानकारी या प्रस्तोता के विभिन्न स्तरों और जादू के तमाम पहलुओं की ही बातें नहीं होतीं, बल्कि दुनिया की खास मैजिक सोसाइटियों के बारे में भी सामग्री उपलब्ध कराई जाती है।

मैजिक मैग्जीन

दुनिया भर में बहुत सी मैजिक मैग्जीन भी प्रकाशित होती हैं, जिनमें कुछ खास मैग्जीन, जो कि जादू को ही समर्पित हैं, मैजिक सोसाइटियों द्वारा प्रकाशित की जाती हैं। यहाँ दो अंतरराष्ट्रीय मैग्जीनों के बारे में बताना चाहूँगा, जो अपने आप में महान् हैं।

GENII, द कंजुर्स मैग्जीन

www.geniimagazine.com

सन् 1936 में विलियम लार्सन सीनियर द्वारा शुरू की गई सबसे पुरानी स्वतंत्र जादू मैग्जीन आज भी द जीनी कॉरपोरेशन द्वारा प्रकाशित की जाती है। इसका नेतृत्व 1998 से रिचर्ड कॉफमैन कर रहे हैं। इसमें सहयोगकर्ताओं के रूप में जादू की दुनिया से जुड़ी नामचीन हस्तियाँ शामिल रही हैं। प्रिंट या ऑनलाइन संस्करण के उपभोक्ता इस मैग्जीन के 75 साल पुराने आर्काइव से कुछ भी प्राप्त कर सकते हैं।

सन् 1991 में स्टैन एलेन द्वारा शुरू की गई मैजिक मैग्जीन को सबसे ज्यादा बिक्री के चलते गिनीज बुक ऑफ वर्ल्ड रिकॉर्ड में भी स्थान हासिल हुआ। इस मैग्जीन के सभी पन्ने रंगीन होते हैं और आधुनिक तकीके का पूरी तरह फायदा

उठाते हुए अब इसका आईपैड संस्करण भी उपलब्ध है, जो मल्टीमीडिया सामग्री के साथ यह और भी गंभीर हो गई है।

विभिन्न जादू लेखकों, पुस्तकों, दुकानों, सोसाइटियों, मंचों और मैग्जीनों का जिक्र किया गया, इन सबके अलावा जादू की दुनिया में ऐसे तमाम नगीने हैं, जो केवल खोजे जाने का इंतजार कर रहे हैं। तो आप ऐसा करिए।

आपकी यात्रा अब शुरू होती है।

□□□